10|18
12, avenue d'Italie — Paris XIIIe

Du même auteur
aux Éditions 10/18

Série « Charlotte et Thomas Pitt »

L'ÉTRANGLEUR DE CATER STREET, n° 2852
LE MYSTÈRE DE CALLANDER SQUARE, n° 2853
LE CRIME DE PARAGON WALK, n° 2877
RESURRECTION ROW, n° 2943
RUTLAND PLACE, n° 2979
LE CADAVRE DE BLUEGATE FIELDS, n° 3041
▶ MORT À DEVIL'S ACRE n° 3092
MEURTRES À CARDINGTON CRESCENT, n° 3196
SILENCE À HANOVER CLOSE, n° 3255
L'ÉGORGEUR DE WESMINSTER BRIDGE, n° 3326,
L'INCENDIAIRE DE HIGHGATE, n° 3370
BELGRAVE SQUARE, n° 3438

Série « William Monk »

UN ÉTRANGER DANS LE MIROIR, n° 2978
UN DEUIL DANGEREUX, n° 3063
DÉFENSE ET TRAHISON, n° 3100
VOCATION FATALE n° 3155
DES ÂMES NOIRES, n° 3224
LA MARQUE DE CAÏN, n° 3300
SCANDALE ET CALOMNIE, n° 3346
UN CRI ÉTRANGLÉ, n° 3400

MORT
À DEVIL'S ACRE

PAR

ANNE PERRY

Traduit de l'anglais
par Anne-Marie CARRIÈRE

10 18

INÉDIT

« Grands Détectives »
dirigé par Jean-Claude Zylberstein

Sur l'auteur

Anne Perry, née en 1938, à Londres, est aujourd'hui célébrée dans de nombreux pays comme une « reine » du polar victorien. C'est en 1979 qu'elle publie la première enquête du couple de détectives Charlotte et Thomas Pitt, *L'Étrangleur de Cater Street,* une série qui compte aujourd'hui vingt romans. Forte de ses premiers succès, elle publie en 1990 *L'Étranger dans le miroir,* qui inaugure une seconde série victorienne, menée par l'inspecteur William Monk. *Funeral in Blue,* la douzième enquête de William Monk, va paraître prochainement en Angleterre. Anne Perry a par ailleurs écrit plusieurs romans fantastiques – *Tathea, Shadow Mountain.* Elle vient de publier aux États-Unis *The One Thing More,* un roman qui a pour cadre, cette fois, le Paris de la Révolution française. Elle vit au nord d'Inverness, en Écosse.

Titre original :
Death in the Devil's Acre

ISBN 2-264-02963-3

Pour Bella et tante Issy.

1

L'agent de police Withers éternua. En ce mois de janvier glacial, le vent venu de la Tamise s'engouffrait en hurlant dans la ruelle sombre. L'aube ne poindrait que dans trois heures, et les becs de gaz des rues avoisinantes éclairaient à peine ce passage lugubre, encombré d'ordures, situé à la limite de Devil's Acre [1], à l'ombre de Westminster.

Il éternua de nouveau. La puanteur de l'abattoir, à moins de cinquante mètres, le prenait à la gorge, mêlée à l'odeur nauséabonde des égouts, des vieux détritus et de toute la crasse accumulée au fil des ans.

Et maintenant... bizarre : le portail de la cour était ouvert. Il n'aurait pas dû, en principe — pas à cette heure matinale. Sans importance, sans doute ; un jeune apprenti qui avait négligé de faire son travail — certains étaient vraiment insouciants. Certes, la viande devait très probablement être en sûreté dans les chambres froides, mais aller voir, c'était enfin quelque chose qui rompait la longue monotonie de sa ronde.

Il traversa la ruelle. Mieux valait jeter un coup d'œil à l'intérieur et vérifier que tout était en ordre.

Il regarda autour de lui : l'endroit était silencieux. Seul un vieil ivrogne qui avait trouvé là un refuge pour

1. Littéralement : l'Arpent du Diable. (*N.d.T.*)

la nuit somnolait au milieu de la cour. Il lui dirait de déguerpir, pour son bien, avant l'arrivée des bouchers, qui n'hésiteraient pas à le jeter dehors sans ménagement. Ces gaillards-là étaient souvent prompts à la bagarre !

Il le secoua par l'épaule.

— Allons, mon vieux, dit-il d'une voix forte. Vous devriez partir. Vous n'avez rien à faire ici. Entre nous, drôle d'idée de choisir un endroit pareil pour piquer un roupillon...

L'homme ne bougea pas.

— Hé, réveillez-vous !

Il le secoua plus fort et souleva sa lanterne pour mieux l'observer. Le pauvre vieux ! Était-il mort de froid ? Il n'aurait pas été le premier que Withers découvrait dans cet état. Non seulement des vieillards, mais quantité d'enfants en bas âge succombaient aux rigueurs de l'hiver.

A la lumière de la lanterne, il constata que le pauvre homme était bel et bien mort ; ses yeux grands ouverts étaient vitreux. Il arborait une expression étonnée, comme si la mort l'avait surpris.

— C'est curieux, remarqua l'agent à voix haute. D'habitude, les gens qui meurent de froid s'en vont dans leur sommeil...

Il déplaça sa lanterne vers le bas du corps.

— Oh ! Dieu tout-puissant !

L'entrejambe et le haut du pantalon étaient noyés dans le sang ; le tissu de laine brune avait été lacéré et les parties génitales, complètement arrachées, reposaient entre les genoux, masse de chair violette, sanguinolente, méconnaissable.

Withers sentit une sueur glacée perler à son front. Il eut envie de vomir, incapable de contrôler le tremblement de ses jambes. Dieu miséricordieux, quel être humain avait pu faire subir pareil supplice à son prochain ? Il partit à reculons en trébuchant et s'appuya contre le mur, tête baissée, pour empêcher la nausée de le submerger.

Un long moment s'écoula avant qu'il ne reprenne ses esprits. Que faire ? Chercher du secours, c'était certain. Et surtout, quitter l'endroit au plus vite et fuir cette chose abominable allongée par terre.

Il se redressa, passa le portail qu'il claqua derrière lui avec violence, heureux de sentir la morsure du vent d'est sur son visage, en dépit de l'air marin glacé et piquant qu'il charriait. Un meurtre n'était pas un événement exceptionnel dans les taudis surpeuplés de Londres, en l'an de grâce 1887. Mais là, il s'agissait d'un acte d'une bestialité que le policier n'avait jamais rencontrée auparavant.

Il lui fallait trouver un collègue pour monter la garde auprès du cadavre, puis faire un rapport à ses supérieurs qui prendraient l'affaire en main. Dieu merci, il n'était pas assez gradé pour se voir confier l'enquête !

Deux heures plus tard, l'inspecteur Thomas Pitt, une lampe à la main, refermait derrière lui le portail de l'abattoir et entrait dans la cour. Il se dirigea vers le corps, toujours allongé à l'endroit exact où l'agent l'avait découvert. Dans la lumière grise du petit matin, la scène était particulièrement macabre.

Pitt se pencha en avant pour soulever l'épaule du cadavre et voir s'il n'y avait rien dessous — une arme peut-être, ou d'autres blessures. La castration en elle-même n'avait pas provoqué le décès. Un homme victime d'une telle agression aurait certainement cherché à se protéger, à étancher le sang qui jaillissait de son corps. L'idée le rendit malade et il s'efforça de la chasser de son esprit. Ignorant les sueurs froides qui trempaient sa chemise, il poursuivit son inspection.

L'homme n'avait pas une goutte de sang sur les mains. Ses ongles étaient impeccables, détail extraordinaire pour quelqu'un fréquentant ce quartier, et, qui plus est, ayant dormi dans la cour d'un abattoir !

En continuant l'examen, Pitt découvrit une grande tache sombre sous le corps, souillant le tissu de la veste : la blessure était située près de la colonne vertébrale, au niveau du cœur. Il éleva sa lampe pour observer les environs, mais ne vit aucune trace de sang sur les dalles. Il se releva en soupirant et essuya machinalement ses mains sur son pantalon. Ensuite, il étudia le visage.

L'homme avait une mâchoire lourde, un nez épaté, le teint encore vif, la bouche marquée de rides d'expression, des petits yeux ronds — les traits d'un bon vivant. Corpulent, de taille plus petite que la moyenne, avec des mains grassouillettes et très propres ; les cheveux bruns tiraient sur le gris.

Il portait un costume marron de laine épaisse, qui pochait par endroits et plissait au niveau de l'estomac. Pitt remarqua quelques miettes dans les plis du gilet. Il en prit une entre ses doigts et la porta à son nez : du fromage. Du stilton, s'il ne se trompait pas, ou quelque chose comme ça. Les habitants de Devil's Acre ne mangeaient pas de stilton au dîner !

Derrière lui, il entendit un bruit de pas étouffé. Il se retourna pour voir le nouvel arrivant, heureux d'avoir enfin un peu de compagnie.

— Bonjour, Pitt. Qu'est-ce que vous nous avez dégoté, cette fois ?

C'était Meddows, le médecin légiste, un homme capable de faire preuve d'une insupportable bonne humeur dans les moments les plus inopportuns. Mais loin de paraître offensante, sa question apporta à Pitt une saine bouffée de réconfort, au milieu de ce cauchemar. Meddows s'approcha de lui et baissa les yeux vers le cadavre.

— Nom de Dieu ! Le pauvre diable...

— Poignardé dans le dos, expliqua Pitt.

Meddows leva un sourcil et lui lança un regard oblique.

— Ah ? Bien, je suppose que c'est déjà quelque chose...

Il s'accroupit, balança sa lanterne sourde de manière à bien éclairer le corps et commença à l'examiner avec soin.

— Inutile de regarder, remarqua-t-il sans tourner la tête. S'il y a quelque chose d'intéressant, je vous le signalerai. Voyons... mutilation plutôt rudimentaire — un couteau aiguisé, hop, on coupe, et voilà le travail !

— Vous voulez dire que la personne qui a fait cela n'était pas très habile ? s'enquit Pitt tout en regardant par-dessus la tête de Meddows le reflet du soleil levant sur les fenêtres de l'abattoir.

— En effet, soupira celui-ci. L'homme a agi sous l'emprise d'une haine farouche.

— L'œuvre d'un fou ?

Le médecin fit la grimace.

— Qui sait ? Retrouvez-le et je vous dirai ce que j'en pense... Bon, qui est ce pauvre diable ? Avez-vous une petite idée ?

Pitt n'avait même pas pensé à fouiller les vêtements du mort. C'était pourtant la première chose qu'il aurait dû faire. Sans répondre, il se pencha en avant et se mit à explorer les poches.

Il y trouva tout ce à quoi il s'attendait, excepté de l'argent — mais s'attendait-il vraiment à en trouver ? Une montre de gousset en or, éraflée, mais en bon état de marche, et un trousseau de quatre clés. L'une paraissait être celle d'un coffre-fort, deux autres des clés de porte d'entrée et la dernière, celle d'un placard ou d'un tiroir, à en juger par sa taille ; bref, tout ce qu'un homme d'âge moyen, d'un milieu relativement aisé pouvait avoir dans ses poches. Pitt trouva également deux mouchoirs, sales, mais tissés dans un coton égyptien aux ourlets finement roulottés, deux reçus ayant trait à des dépenses de ménage et un troisième à une commande de douze bouteilles de vin, du bourgogne d'un prix très élevé. Oui décidément, un bon vivant, amateur de bonne chère.

Le nom et l'adresse figuraient sur les reçus : Dr Hubert Pinchin, 23, Lambert Gardens. Un quartier fort éloigné de Devil's Acre en ce qui concernait le niveau et la qualité de vie, même s'il n'en était pas très loin à vol d'oiseau. Qu'est-ce que ce médecin faisait donc dans la cour d'un abattoir, atrocement assassiné et mutilé ?

— Eh bien ? demanda Meddows.

Pitt répéta à haute voix le nom et l'adresse.

La surprise fit naître une ride comique sur le visage du médecin légiste.

— Bizarre... Si je m'attendais à cela ! s'exclama-t-il. A propos, si cela peut vous réconforter, il était sans doute inconscient ou presque mort lorsqu'on lui a fait ça, ajouta-t-il en désignant le bas du corps. Tout comme l'autre... Je suppose que vous êtes au courant, naturellement.

— L'autre ? De quoi parlez-vous ? L'autre quoi ?

Le visage de Meddows se crispa.

— L'autre cadavre, mon vieux. Celui qu'on a déjà trouvé castré de la même manière. Ne me dites pas que vous l'ignoriez !

— Si, première nouvelle, fit Pitt, abasourdi.

Comment se pouvait-il qu'il n'ait pas entendu parler d'une telle monstruosité ?

— Un joueur invétéré ou un proxénète... poursuivit Meddows. Retrouvé de l'autre côté de Devil's Acre, mais c'est vrai, ce n'est pas votre district. Émasculé aussi, le pauvre bougre, bien que ce ne fût pas la même boucherie que celui-ci. On dirait que nous avons un maniaque en liberté dans le quartier... On s'est débrouillé pour que la presse n'ébruite pas la première affaire. La victime était le genre d'individu à finir poignardé ; cela n'a rien d'étonnant, dans ce milieu.

Il se releva lentement ; les articulations de ses genoux craquèrent.

— Celui-ci, c'est différent... Il avait peut-être connu des jours meilleurs, mais il s'alimentait correctement. A première vue, je dirais que sa pauvre mise vient plutôt d'un penchant pour l'excentricité que d'un manque de moyens. Regardez : le costume est élimé, mais la chemise est neuve et assez propre ; il n'a pas dû la porter plus d'une journée.

Pitt repensa au fromage de stilton et aux ongles impeccables. Il savait que Meddows le regardait, attendant un commentaire de sa part.

— Oui, vous avez raison. A présent, si vous en avez fini, nous devrions le faire transporter à la morgue. Autopsiez-le soigneusement, et prévenez-moi s'il y a du nouveau.

— Bien entendu.

Maintenant venait la partie la plus délicate de son travail : informer la famille — ou la veuve. Pitt se demanda s'il lui était possible de confier cette tâche à une jeune recrue, puis, comme d'habitude, parvint à la conclusion qu'il ne pouvait se soustraire à cette triste besogne. S'il ne le faisait pas, il aurait l'impression d'abuser à la fois l'agent qu'il envoyait à sa place et la famille en deuil, qu'il aurait pu réconforter.

Il donna des ordres précis aux hommes qui attendaient dehors. Le corps devait être emporté, la cour mise sous scellés, puis fouillée méthodiquement, afin de découvrir un indice, même le plus infime, permettant de fournir un début de piste à l'enquête. Ensuite la police se lancerait à la recherche des vagabonds et des prostituées traînant dans le quartier, des locataires qui auraient pu rentrer chez eux au milieu de la nuit, bref, de toute personne susceptible d'avoir vu ou entendu quelque chose en rapport avec le crime.

Pendant ce temps, il se rendrait au 23, Lambert Gardens pour informer ses occupants — lesquels, à cette heure-ci, devaient commencer à prendre leur petit déjeuner — du décès tragique du maître de maison.

Il fut reçu par un majordome très compétent, qui l'accueillit avec amabilité, bien que Pitt lui fût inconnu et sa venue trop matinale pour une simple visite de courtoisie.

— Bonjour, monsieur.

— Bonjour. Je suis de la police. Est-ce bien la demeure du Dr Hubert Pinchin ?

— En effet, monsieur, mais je crains que le Dr Pinchin ne soit pas là pour le moment. S'il y a urgence, je peux vous recommander un autre médecin.

— Je n'ai pas besoin d'un médecin. Désolé, j'ai une mauvaise nouvelle à vous apprendre : le Dr Pinchin est décédé.

— Oh, mon Dieu !

Le visage du majordome se crispa, mais il garda son sang-froid et recula d'un pas pour laisser passer le policier.

— Entrez, monsieur. Auriez-vous la bonté de m'expliquer ce qui s'est passé ? Cela me facilitera la tâche pour annoncer la nouvelle à Mrs. Pinchin. Je suis certain que vous agiriez avec beaucoup de tact, mais...

Il eut la délicatesse de laisser planer le doute.

— Oui, je comprends, dit Pitt avec un soulagement qui provoqua en lui un bref sentiment de culpabilité.

— Comment est-ce arrivé, monsieur ?

— Il a été attaqué et poignardé dans le dos. Je crois qu'il n'a pas eu le temps de souffrir. Je suis navré.

Le majordome le dévisagea longuement, immobile. Puis il avala sa salive.

— Assassiné ?

— Oui. Vous m'en voyez désolé, répéta Pitt. Quelqu'un pourrait-il venir identifier le corps, pour éviter à Mrs. Pinchin cette douloureuse corvée ?

Devait-il mentionner dès à présent la mutilation dont le médecin avait été victime ?

— Certainement, monsieur, fit le majordome, qui avait recouvré à la fois son contrôle et celui des opérations. Je vais informer Mrs. Pinchin du décès de son époux. Sa femme de chambre est très dévouée ; elle veillera sur elle. Un médecin du voisinage viendra s'occuper d'elle. Peters, le valet de pied, qui travaille ici depuis douze ans, ira reconnaître le corps.

Il eut un instant d'hésitation.

— Il n'y a pas de doute, n'est-ce pas ? Le Dr Pinchin était un peu plus petit que moi, bien bâti, rasé de près, avec un teint assez vif, précisa-t-il avec un vague espoir dans la voix, hélas bien inutile.

— Oui, acquiesça Pitt. Portait-il un costume de tweed brun, assez épais, relativement usagé ?

— En effet, monsieur. C'est le costume qu'il avait sur lui en quittant la maison hier.

— Alors, je crains qu'il y ait fort peu de doute. Mais votre valet devrait peut-être s'en assurer avant que vous annonciez la nouvelle à Mrs. Pinchin.

— Oui, monsieur, bien entendu.

Pitt lui donna l'adresse de la morgue, puis lui apprit la nature des autres blessures, en ajoutant que la presse ne manquerait pas de s'emparer de l'événement et qu'il était préférable de tenir les journalistes à l'écart de la maison le plus longtemps possible, jusqu'à ce qu'un autre fait divers vienne supplanter ce meurtre dans l'esprit des lecteurs.

Pitt quitta Lambert Gardens sans avoir rencontré la veuve, qui n'était pas sortie de son lit. Il se contenta d'imaginer le choc qu'elle recevrait en apprenant la nouvelle ; viendraient ensuite l'incrédulité, la lente acceptation de la réalité, et le début d'un chagrin écrasant.

Il devait, bien sûr, rencontrer l'officier de police chargé de l'enquête sur la précédente affaire, qui paraissait similaire. Les deux crimes étaient-ils reliés ? Il n'en savait rien, mais en l'occurrence, l'hypothèse ne devait surtout pas être négligée. Il se trouverait peut-être même déchargé de l'enquête. Cela d'ailleurs ne le dérangerait pas le moins du monde ; il n'éprouvait aucun sentiment de propriété, comme cela avait été le cas dans d'autres affaires. Celui qui avait commis ce meurtre était entré dans un royaume bien éloigné du monde ordinaire du crime et du châtiment.

Tandis qu'il avançait en luttant contre les rafales de vent qui faisaient s'envoler les détritus sur les trottoirs, Pitt se disait qu'il ne verrait décidément aucun inconvénient à ce qu'on lui retirât l'enquête. Il traversa la rue devant un cab qui passait au trot. Un jeune garçon, qui nettoyait la chaussée après le passage des chevaux, interrompit son travail pour se reposer sur son balai. Le bout de ses doigts rouges et gercés dépassait de ses gants. Soudain, un coupé qui filait à toute allure les éclaboussa tous deux de crottin.

Le garçon sourit devant l'expression irritée du policier.

— Vous auriez dû rester de l'autre côté, m'sieu, cria-t-il joyeusement. Vous auriez pas été sali !

Pitt lui tendit une petite pièce en hochant la tête d'un air entendu.

A son arrivée au commissariat, il fut reçu avec une chaleur inattendue.

— Inspecteur Pitt ? Je suppose que vous venez pour notre meurtre. Vous avez eu un cas semblable ce matin, je crois ?

Pitt fut surpris que ce jeune agent ait déjà entendu parler de l'assassinat d'Hubert Pinchin. Son visage dut refléter son étonnement, car l'homme déclara avant qu'il n'ait posé la question :

— Les journaux ont tiré cet après-midi une édition spéciale, monsieur. L'affaire fait toutes les manchettes. Épouvantable ! Oh, je sais qu'ils écrivent des choses horribles, et en rajoutent un peu pour effrayer le lecteur. Mais tout de même !

— Je crains que cette fois, ils n'aient rien eu à rajouter, hélas, répliqua Pitt.

Il défit son cache-col et ôta son chapeau. Son manteau lui battait les jambes, un côté plus long que l'autre ; il avait encore dû le boutonner de travers.

— Puis-je parler à l'officier en charge de l'affaire, s'il est là ?

— Oui, monsieur. L'inspecteur Parkins. Je crois qu'il sera très content de vous voir.

Pitt en doutait, mais lui emboîta néanmoins le pas et entra dans un grand bureau — plus grand que le sien, remarqua-t-il — sombre mais agréablement chauffé, qui sentait le vieux papier et l'encaustique. Sur la table de travail trônait la photographie d'une femme entourée de quatre enfants. L'inspecteur Parkins, un homme brun, soigné de sa personne, tenait dans sa main une liasse de feuillets qu'il lisait d'un air renfrogné. L'agent lui présenta Pitt avec force salamalecs. Parkins perdit aussitôt son expression maussade et invita cordialement son collègue à s'asseoir.

— Tenez, mon vieux, déplacez ces dossiers et mettez-vous à l'aise. Sale affaire, hein ? Vous désirez savoir les détails ? On l'a trouvé dans le caniveau, tout ce qu'il y a de plus mort et déjà raidi, normal, avec le froid qu'il fait. Horrible ! Attendez, ce n'est pas fini... Poignardé dans le dos, le pauvre gars, avec une lame longue et aiguisée, probablement un couteau de cuisine...

Il s'interrompit pour reprendre sa respiration et passa sa main dans ses cheveux clairsemés.

— Un proxénète. Retrouvé par une prostituée du quartier. En d'autres occasions, j'aurais dit bon débarras, mais là... Eh bien, je suppose que vous voulez reprendre l'affaire, puisqu'elle a certainement un lien avec la vôtre.

C'était une affirmation plutôt qu'une question. Pitt sursauta.

— Oh, non ! Je pensais que vous teniez à la garder.

Parkins agita les bras comme s'il déclinait un traitement de faveur.

— Pas du tout ! Vous êtes inspecteur principal et vous avez plus d'expérience que moi. J'admire la façon dont vous avez mené l'enquête de Bluegate Fields[1]. Oui, il nous arrive d'entendre parler de différentes affaires, ajouta-t-il avec un vague geste de connivence devant l'expression surprise de Pitt. Par des collègues, un mot par-ci, un mot par-là...

Pitt fut sensible au compliment. En dépit de son expérience, il était vulnérable ; entendre vanter ses mérites lui procurait un singulier réconfort. Durant l'enquête de Bluegate Fields, il avait pris des risques et manqué de perdre son travail.

— Notre homme n'était qu'un vulgaire souteneur, poursuivit Parkins. Encore une fois, bon débarras ! Mais sa mort ne changera rien au problème. Un autre ne tardera pas à prendre sa place, si ce n'est déjà fait. C'est comme si vous preniez un seau pour écoper la Tamise. On n'arrête pas le flux et le reflux de la marée, et pourtant on se demande où passe toute cette eau. Bon, revenons à nos moutons. Votre type était médecin. Quelqu'un de convenable, donc. Vous devriez récupérer nos dossiers, rapport d'autopsie et tout le reste. Vous voulez voir le corps, j'imagine ?

— Il est encore là ? s'étonna Pitt.

— Oui. Depuis une semaine, mais il fait assez froid pour conserver un macchabée pendant des mois. Vous devriez y jeter un coup d'œil. On pourrait établir que c'est l'œuvre du même maniaque, sait-on jamais ?

En silence, Pitt le suivit jusqu'à la morgue du commissariat. Parkins ouvrit la porte, échangea quelques mots avec le gardien, puis précéda Pitt à l'intérieur. La pièce était froide et sèche. Il y flottait une odeur de renfermé, de vieux médicaments.

Parkins se dirigea vers l'une des tables recouvertes de draps blancs et découvrit non seulement le visage du défunt, mais la totalité du corps entièrement nu. Un geste que Pitt jugea indécent, même s'agissant d'un mort. Il faillit prendre le drap pour recouvrir les

1. Voir *Le Cadavre de Bluegate Fields,* 10/18, n° 3041.

membres inférieurs, puis se dit que ce serait ridicule de sa part. Après tout, n'était-il pas venu examiner un cadavre ?

La mutilation n'était pas identique. Cet homme avait été castré par des mains particulièrement inexpertes ; les testicules avaient été arrachés et le sexe presque entièrement coupé.

Pitt, la gorge sèche, déglutit péniblement.

— Merci, ça ira. J'en ai assez vu.

Parkins remit le drap en place et le regarda, avec un rictus triste et désabusé.

— Triste spectacle, n'est-ce pas ? dit-il avec flegme. De quoi vous rendre malade. Vous ne connaîtriez pas cet homme, par hasard ? C'est peu probable, mais avec un peu de chance... ajouta-t-il en retirant le haut du drap.

Pitt n'avait même pas pensé à observer le visage du défunt. Il y jeta un coup d'œil et ressentit aussitôt un désagréable picotement. Il avait déjà vu ces traits sombres et renfrognés, ces paupières lourdes, ces lèvres ourlées et sensuelles. Du moins en était-il presque sûr.

— Qui est-ce ? demanda-t-il.

— Un dénommé Max, connu aussi sous d'autres noms : Bracknall, Rawlins, Dunmow. Il tenait plusieurs maisons closes. Un type très entreprenant. Pourquoi ? Vous le connaissez ?

— Je crois, répondit lentement Pitt. Il ressemble à quelqu'un que j'ai rencontré il y a quelques années, au cours d'une enquête criminelle, à Callander Square.

— Callander Square ? fit Parkins, étonné. Un quartier que ne fréquente guère ce genre d'individu. En êtes-vous sûr ?

— Non, pas tout à fait. Il était valet de pied. A l'époque, il s'appelait Max Burton, s'il s'agit du même homme.

— Pourriez-vous vous renseigner ? s'enquit Parkins intéressé. Je serais curieux de le savoir. Ce pourrait être important.

Puis il se rembrunit et ajouta à voix basse, comme s'il s'adressait à lui-même :

— Tout de même, cela m'étonnerait. Ou alors, il a vraiment changé de style de vie depuis lors.

— Je crois pouvoir retrouver sa trace, fit Pitt, songeur. Ce ne devrait pas être trop difficile. Ah, j'oubliais ! Où se situe la blessure mortelle ?

— Là, dit Parkins, qui lui aussi pensait visiblement à autre chose. Poignardé dans le dos, à ce niveau...

Il désigna un point sur le dos de Pitt, à quelques centimètres à gauche de la colonne vertébrale. La plaie se situait du même côté que celle d'Hubert Pinchin, à peine plus bas ; mais Max était plus grand que le médecin.

— Quel genre d'arme ? s'enquit Pitt. De quelle taille ?

— Une lame d'environ vingt centimètres de long sur presque quatre de large à la base. Un couteau de cuisine, par exemple. Tout le monde en possède un chez soi. Désolé.

Parkins leva un sourcil, devinant où Pitt voulait en venir.

— La même arme que pour votre cadavre, c'est ça ?

Pitt n'appréciait pas que l'on considérât le corps d'Hubert Pinchin comme sa propriété, mais il comprenait ce que Parkins voulait dire.

— Oui, la même, semble-t-il.

Il se sentit obligé d'ajouter :

— La seule différence, c'est que le cadavre de l'abattoir a été entièrement émasculé. Le tout était placé entre ses genoux.

Le visage de Parkins se crispa.

— Attrapez-le, murmura-t-il. Attrapez ce salaud, Mr. Pitt.

Depuis les meurtres, trois ans auparavant, Pitt n'était pas revenu à Callander Square[1]. Il se demanda si les

1. Voir *Le Mystère de Callander Square,* 10/18, n° 2853.

Balantyne vivaient encore là. Il se tenait au milieu d'arbres au tronc humide et aux branches dénudées. En cette fin d'après-midi maussade, le vent charriait des nuages chargés de pluie ; la nuit allait bientôt tomber. Il se trouvait à six mètres de l'endroit où l'on avait découvert les corps. Pitt, chargé de l'affaire, était venu interroger les habitants de ces élégantes demeures georgiennes, aux fenêtres hautes et aux façades immaculées. Ces gens employaient des valets pour ouvrir leurs portes, des femmes de chambre pour recevoir les visiteurs, des majordomes pour tenir l'office, garder la clé de leurs celliers, répartir les tâches et mener à la baguette tout le personnel, derrière les grandes portes vertes matelassées.

Il remonta le col de son manteau, enfonça son chapeau un peu de travers, plongea ses mains dans ses poches encombrées d'objets disparates, des bouts de ficelle, des pièces de monnaie, un couteau, trois clés, deux mouchoirs, de la cire à cacheter, et d'innombrables morceaux de papier. Il ne se dirigea pas vers la porte de service, ainsi que l'on pouvait s'y attendre de la part d'un policier ; il préféra se présenter à la grande porte, comme n'importe quel visiteur.

Le valet le reçut avec froideur.

— Bonjour... monsieur.

L'hésitation était légère, mais suffisante pour signifier que ce « monsieur » était de pure politesse, et qu'il n'engageait en rien l'opinion personnelle du domestique.

— Bonjour, répondit Pitt, très à l'aise. Je m'appelle Thomas Pitt. J'aimerais m'entretenir avec le général Balantyne d'une affaire urgente. Sinon je ne me serais pas permis de me présenter à sa porte sans m'assurer que je ne le dérangeais pas.

Le valet tiqua : le visiteur avait devancé sa repartie.

— Le général Balantyne ne reçoit pas nécessairement tous les gens qui se présentent à sa porte, Mr. Pitt, dit-il encore plus sèchement, tout en jaugeant d'un œil critique sa tenue débraillée.

Ce visiteur n'était pas une personne de qualité, en dépit de son langage châtié. Ses vêtements ne venaient pas de chez un tailleur, cela sautait aux yeux, et il ne devait point avoir de domestique, car un valet digne de ce nom se serait tranché la gorge plutôt que de laisser son maître sortir avec un gilet qui ne serait pas assorti à la chemise. Quant à la veste, un vrai désastre ! Et la cravate... Ah, la cravate ! Elle avait dû être nouée par un aveugle possédant deux mains gauches.

— Je suis désolé, répéta-t-il, plus sûr de son fait, mais le général Balantyne ne reçoit pas sans rendez-vous, à moins évidemment qu'il ne s'agisse d'un intime. Vous pourriez peut-être lui écrire une lettre, ou la faire rédiger par quelqu'un...

Suggérer qu'il était illettré ! Il ne manquait plus que cela !

— Je connais bien le général Balantyne, répliqua Pitt. Il s'agit d'une affaire de police. Si vous préférez bavarder sur le pas de la porte, libre à vous. Mais j'imagine que votre maître aimerait mieux que cela se passe à l'intérieur. Ce serait tout de même plus discret, non ?

Le valet ne put dissimuler un tressaillement de surprise. Avoir affaire à la police et, qui plus est, sur le seuil de la maison était ce qui pouvait lui arriver de pire. Maudit soit cet impertinent individu ! Très vite, il recouvra ses esprits, mais hélas, même debout sur la marche plus élevée du perron, il ne pouvait regarder Pitt de haut, car celui-ci était beaucoup plus grand que lui.

— Si c'est à propos d'un vol, vous devriez passer par l'entrée de service, maugréa-t-il. Le majordome vous recevra, au cas où cela serait vraiment nécessaire.

— Il ne s'agit pas d'un vol, riposta Pitt, glacial, mais d'une affaire criminelle. Et c'est avec le général en personne que je désire m'entretenir, pas avec le majordome. Imaginez sa réaction si vous m'obligiez à revenir avec un mandat...

Le valet sut reconnaître sa défaite. Il battit en retraite.

— Si vous voulez bien me suivre et patienter dans le salon, dit-il, omettant le « monsieur » à dessein, le général vous recevra quand il sera prêt.

Il traversa le hall d'un air digne et ouvrit la porte d'un vaste salon. Dans la cheminée rougeoyaient quelques braises répandant une tiédeur hélas insuffisante à réchauffer les doigts engourdis de Pitt et à traverser l'épaisseur de ses vêtements pour lui apporter un peu de chaleur.

Le valet regarda les cendres chaudes avec un petit sourire satisfait, puis tourna les talons et quitta la pièce en refermant derrière lui la porte de bois cirée, sans même inviter Pitt à lui laisser son chapeau et son manteau. Cinq minutes plus tard, il était de retour. Il prit le manteau, le cache-col et le couvre-chef du policier d'un air pincé et le pria de suivre la femme de chambre jusqu'à la bibliothèque.

Là, un grand feu illuminait d'écarlate les reliures de cuir des livres alignés sur les rayonnages et faisait briller les trophées de guerre accrochés au mur. Le général se tenait debout derrière sa table de travail jonchée d'encriers, de porte-plume, de presse-papiers, de livres ouverts ; on y voyait aussi un canon miniature en cuivre, réplique exacte de ceux de la guerre de Crimée. Il n'avait pas vraiment changé depuis leur dernière rencontre : épaules larges, port de tête fier et altier ; ses cheveux châtain clair commençaient peut-être à grisonner. Mais ce que l'on remarquait avant tout chez lui, c'était la forte ossature de son visage.

— Eh bien, Mr. Pitt ? lança-t-il, très carré.

Le général était incapable de mettre des formes devant un interlocuteur. Toute sa vie, il avait respecté la rigueur militaire, même face à la peur et à la grande douleur. Jeune soldat, sur les crêtes qui entouraient le port de Balaklava, au bord de la mer Noire, il avait assisté à la charge de la Brigade légère. Le carnage de la guerre de Crimée avait marqué sa mémoire à tout jamais. Il connaissait les hommes de la fameuse « fine ligne rouge » qui avaient vaillamment résisté au déferlement des troupes russes, en dépit d'une position impossible à tenir. Des centaines d'entre eux étaient morts au combat, mais pas un seul n'avait déserté les rangs de la cavalerie anglaise.

— Mon valet me dit que vous désiriez me parler à propos d'un meurtre. Ai-je bien compris ?

Pitt se surprit à se redresser légèrement, presque au garde-à-vous, talons rapprochés et menton relevé.

— Oui, monsieur. Il y a une semaine un crime odieux a été commis dans un quartier connu sous le nom de Devil's Acre, tout près de Westminster.

— Je sais où c'est.

Le général fronça les sourcils.

— Mais ce meurtre n'a-t-il pas été perpétré aujourd'hui même ?

— Il y a eu, hélas, un second assassinat cette nuit. Le premier n'avait pas attiré l'attention des journalistes. Cependant, j'ai été appelé ce matin sur place et, lorsque j'ai entendu parler du crime précédent, je suis allé voir le corps.

— Naturellement, fit le général, dont le froncement de sourcils s'accentua. En quoi puis-je vous être utile ?

A présent qu'il devait en venir aux faits, Pitt se sentait embarrassé de demander au général de l'accompagner à la morgue pour reconnaître le corps d'un proxénète. Quelle importance, après tout, que l'homme en question ait été au service des Balantyne à l'époque des meurtres de Callander Square ? A présent, cela ne changeait pas grand-chose.

Mais il ne pouvait revenir en arrière. Il s'éclaircit la gorge.

— Il... il est possible que vous connaissiez cet homme.

Le général ne cacha pas sa stupéfaction.

— Moi ?

— Oui, monsieur, je le crois.

Pitt lui exposa succinctement les circonstances de la mort d'Hubert Pinchin et ce que l'inspecteur Parkins lui avait montré à la morgue.

— Très bien, soupira Balantyne. Je vous accompagne.

Il tira sur la sonnette pour demander au valet de préparer la voiture.

La porte s'ouvrit et, à la place du valet, entra l'une des personnes au physique le plus frappant qu'il ait été donné à Pitt de rencontrer : Lady Augusta Balantyne. Son visage avait la finesse d'une porcelaine de Chine, mais non sa fragilité. Elle portait des vêtements magnifiques, avec le goût discret des gens qui, issus d'une famille fortunée, n'éprouvent jamais le besoin de le montrer de façon voyante. Elle observa Pitt d'un air dédaigneux ; par son attitude même, elle semblait exiger non seulement une justification à sa présence dans sa maison, mais aussi à son existence sur terre.

Pitt ne se laissa pas intimider.

— Bonjour, Lady Augusta, dit-il en inclinant la tête. J'espère que vous allez bien ?

— Je suis toujours en excellente santé, merci, monsieur... euh...

Elle ne pouvait avoir oublié les circonstances étranges et douloureuses de leurs précédentes rencontres.

— ... Mr. Pitt.

Ses sourcils s'arquèrent très légèrement, mais son regard demeura glacial.

— A quel malheureux événement devons-nous attribuer votre visite, cette fois ?

— Il s'agit d'un problème d'identification, madame, répondit Pitt, très courtois.

Il sentit le général se détendre, même s'il ne pouvait que l'apercevoir du coin de l'œil.

— Un homme que le général Balantyne pourrait

identifier, auquel cas son assistance nous serait d'un grand secours.

— Bonté divine ! Ce monsieur ne peut-il pas vous dire son nom ?

— Il arrive que les gens mentent, madame, répondit-il sèchement.

Elle rougit de sa maladresse à ne pas avoir soupçonné l'évidence.

— De plus, j'ai cru comprendre que l'homme était mort, ajouta le général, sarcastique. Cette affaire ne vous concerne en rien, ma chère. Il est de mon devoir d'aider la police, si je le peux. Je pense ne pas en avoir pour longtemps.

— Avez-vous oublié que nous dînions avec Sir Harry et Lady Lisburne, ce soir ? fit-elle, ignorant Pitt, comme s'il n'était qu'un vulgaire laquais. Je n'ai pas l'intention d'arriver en retard. Je ne tiens pas à passer pour une personne mal élevée, et ce, quelle que soit la haute idée que vous vous faites de votre devoir.

— La morgue où il se trouve est à moins d'une demi-heure d'ici, rétorqua le général, irrité.

Il avait horreur des dîners mondains, surtout chez Harry Lisburne, où la soirée risquait d'être particulièrement assommante.

— Un simple coup d'œil me suffira pour préciser si je connais cet homme ou non. Je serai de retour avant la nuit.

Lady Balantyne eut un petit reniflement dédaigneux et quitta la pièce sans un regard pour le policier. Le général passa dans le vestibule, prit son manteau des mains du majordome et sortit avec Pitt, sous la pluie, au moment où l'attelage arrivait des écuries pour venir se ranger au bord du trottoir.

Le trajet se déroula en silence. Pitt ne voulait pas risquer de compromettre l'identification en évoquant trop tôt l'affaire et d'autre part, il n'avait guère envie de se répandre en propos inutiles.

La voiture s'arrêta non loin de la morgue. Ils en descendirent et remontèrent l'allée, toujours silencieux. A l'intérieur du bâtiment, ils furent accueillis par l'employé qui parut étonné de voir un gentleman de la qualité du général Balantyne ; mais reconnaissant Pitt, il conduisit les deux hommes sans hésiter vers le corps.

— Et voilà, monsieur, dit-il en soulevant vivement le drap à la manière d'un prestidigitateur faisant apparaître un lapin.

Comme Pitt avant lui, Balantyne porta directement son regard vers la partie mutilée du corps, sans même regarder le visage. Il prit une profonde inspiration et expira lentement. Il avait l'expérience de la mort ; à maintes reprises, il avait vu mourir des hommes, sur le champ de bataille, ou des suites de maladie. En revanche, il ne concevait pas que cette boucherie ait été commise délibérément, ici, dans une rue de la capitale de son propre pays. Cette castration inexperte n'était pas le fruit d'une canonnade hasardeuse, mais l'aboutissement d'une haine visant un individu précis.

Le général regarda enfin le visage. Aussitôt, Pitt, qui l'observait attentivement, comprit qu'il avait reconnu le défunt.

— Général ?

Balantyne releva lentement la tête. Le policier ne lut aucune émotion dans le regard de ce militaire qui ne laissait guère entrevoir ses sentiments, pas plus qu'il n'était habitué aux démonstrations de sympathie. Pitt ne pourrait jamais vraiment le comprendre : leur origine sociale les séparait. Balantyne était l'un des derniers représentants d'une race de soldats ayant servi leurs monarques et leur pays, au sacrifice de leur vie, sans poser de questions, dans toutes les guerres contre l'étranger, depuis la bataille d'Azincourt. Pitt, lui, était le fils d'un garde-chasse accusé à tort d'un menu larcin. Il avait grandi sur la propriété d'un hobereau qui l'avait fait éduquer et lui avait enseigné une diction parfaite, afin qu'il tienne compagnie à son fils unique et l'encourage dans ses études. La soif d'apprendre du jeune Pitt constituait un défi et, plus d'une fois, le père l'avait cité en exemple, afin de secouer l'indolence du garçon.

Pourtant le policier appréciait, admirait même Balantyne, un homme qui vivait dans le respect du code de vie qu'il s'était fixé, comme l'aurait fait un chevalier ou un moine du temps jadis.

— Le reconnaissez-vous ? le pressa-t-il, bien que la question fût de pure forme : la réponse se lisait sur le visage du général.

— Bien sûr, fit celui-ci, très posé. Il s'agit de Max Burton, mon ancien valet de pied.

2

Gracie pénétra en trombe au salon avec les premières éditions des journaux du soir, les joues en feu, les yeux écarquillés.

— Madame, madame ! Il y a eu un horrible meurtre, ce matin, le plus horrible de tous les crimes commis dans la capitale ! C'est écrit là ! Une histoire à faire pâlir même un homme au cœur bien accroché !

— Réellement ? fit Charlotte, sans lever les yeux de sa couture.

La presse exagérait toujours ; sinon qui s'arrêterait dans la rue en plein mois de janvier pour acheter un journal parlant d'événements ordinaires ?

— Mais, madame, c'est vrai ! C'est affreux ! s'écria Gracie, horrifiée par son indifférence. Il a été haché en menus morceaux à un endroit qu'une dame digne de ce nom ne devrait jamais mentionner ! Les journaux ont raison. Il y a un fou en liberté qui rôde dans Devil's Acre ! Les prêcheurs n'ont peut-être pas tort de dire que la fin du monde est proche. Ce monstre, c'est Satan en personne !

La jeune fille pâlit en imaginant la diabolique apparition.

Charlotte songea que si elle ne coupait pas court à ces élucubrations, Gracie allait lui faire une crise de nerfs.

— Voyons, ne dites pas de bêtises ! Donnez-moi ces journaux et allez finir d'éplucher les légumes, sans quoi nous n'aurons rien à manger pour dîner. Avec le temps qu'il fait, si Monsieur rentre et s'aperçoit que le souper n'est pas prêt, il ne sera pas content du tout.

Menace de pure forme, bien entendu. Gracie éprouvait un immense respect pour Pitt ; c'était lui le maître de maison. De plus, il était policier et, à ce titre, représentait la loi. Il devait en connaître des choses fascinantes et en avoir vu des horreurs ! Encore plus épouvantables que ce que l'on pouvait lire dans les journaux. Mais Gracie savait qu'elle n'avait rien à craindre de lui. Pitt n'était pas homme à mettre un domestique à la rue parce que le dîner n'était pas prêt.

— C'est horrible, madame, redit-elle en secouant la tête pour bien montrer qu'elle avait raison depuis le début. Voulez-vous que je mette des choux ou des navets dans la soupe ?

— Les deux, répondit Charlotte d'un ton absent, déjà absorbée dans la lecture du journal.

Gracie comprit qu'elle n'avait plus rien à faire dans le salon et partit à la cuisine, en ruminant les événements de la journée. C'était pour elle une source de grande satisfaction de travailler chez une dame, pas une de ces parvenues qui se croient supérieures aux autres ; non, une vraie dame, née dans la haute société, qui avait grandi dans une maison où l'on employait un vrai personnel : majordome, soubrettes, caméristes et même valets de pied ! Aucune des sœurs ou des amies de Gracie ne travaillait pour une telle maîtresse et elle était auréolée de prestige à leurs yeux, car elle était capable de dire ce qu'il convenait de faire et de ne pas faire et de leur expliquer comment tenir une maison.

Bien sûr, depuis son mariage, Charlotte avait descendu quelques degrés dans l'échelle sociale ; chacun sait qu'un policier n'est pas un gentleman. Pourtant, il était parfois très excitant de travailler chez un inspecteur de police. Gracie aurait pu en raconter des choses, si elle avait voulu ! Mais elle préférait y faire simplement allusion, sans entrer dans les détails. C'était une jeune personne d'une loyauté indéfectible envers ses employeurs.

A dire vrai, elle ne voyait pas toujours d'un très bon œil sa maîtresse intervenir dans des enquêtes criminelles. N'avait-elle pas, plus d'une fois, été confrontée à un assassin ? Chercher à démasquer un meurtrier, même faisant partie de la bonne société, n'était pas, de l'avis de Gracie, une occupation digne d'une dame.

En secouant la tête, elle versa les navets dans l'évier et entreprit de les peler sous l'eau du robinet. Sauf erreur de sa part, son petit doigt lui disait que Mrs. Pitt était prête à se lancer dans de nouvelles aventures. Gracie s'en rendait compte à la façon qu'avait Charlotte de ne pas tenir en place, de tripoter les objets, de commencer sa couture sans la terminer... Et elle écrivait à sa sœur Emily, madame la vicomtesse Ashworth ! Une demoiselle qui s'était vraiment mariée au-dessus de son rang ! Non qu'elle fût désagréable ; chaque fois qu'elle venait à la maison, elle se montrait tout à fait charmante. Mais, le plus souvent, c'était Charlotte qui lui rendait visite, dans sa splendide résidence de Paragon Walk. Qui aurait pu l'en blâmer ?

Gracie se laissa aller à une douce rêverie, essayant de s'imaginer à quoi pouvait ressembler la demeure d'une vicomtesse. Elle devait avoir des valets de pied, grands et séduisants, et qui portaient livrée. On a beau dire, une livrée, ça vous habille un homme...

Ce soir-là, Charlotte attendit le retour de son mari avec une particulière impatience. Elle avait lu soigneusement tous les articles relatifs au meurtre de Devil's Acre, car le cadavre mutilé avait été retrouvé dans le district de Pitt. Elle se doutait que la visite qu'il avait reçue ce matin-là avant l'aube avait un lien avec l'assassinat du Dr Pinchin.

Hélas, elle ne voyait pas comment se rendre utile

dans ce cas particulier. Elle était prête à relever le défi et à affronter le danger que représentait une nouvelle enquête, mais l'homme avait été découvert dans un quartier dont elle ignorait tout, excepté sa mauvaise réputation. Et à Lambert Gardens, lieu de résidence du médecin, Charlotte ne connaissait personne qui fît partie du cercle des relations de sa famille. Elle ne pouvait donc être d'aucun secours à Pitt.

Néanmoins, si celui-ci acceptait de lui parler de l'affaire, elle pourrait peut-être exploiter au moins son intuition et sa finesse d'analyse. Par le passé, elle s'était montrée assez habile à deviner les mobiles des assassins ; les êtres humains n'ont-ils pas tous la même nature profonde, en dépit des circonstances ?

En entendant la porte s'ouvrir, elle se précipita vers Pitt, devançant Gracie. Elle le débarrassa de son manteau qu'elle mit à sécher sur la patère, puis se tourna vers lui pour l'embrasser. Son visage était glacé. Il devait être épuisé ; il avait quitté la maison aux aurores, sans même prendre un petit déjeuner. Son instinct lui conseilla de refréner sa curiosité et d'attendre qu'il ait fini de souper pour lui parler. Elle se dirigea vers le salon en l'entretenant de choses anodines ; Pitt s'installa devant le feu pour se réchauffer les mains en attendant que Gracie serve le dîner.

Vers neuf heures, elle décida qu'elle s'était montrée suffisamment patiente et qu'il était temps d'en venir au fait.

— Ce matin, un agent est venu vous chercher... Il s'agissait du crime de Devil's Acre, n'est-ce pas ?

Une ombre de tristesse amusée passa sur les traits de Pitt. Quand Charlotte essayait de lui extorquer des renseignements par la bande, il voyait toujours clair dans son petit jeu, aussi avait-elle renoncé à faire preuve de subtilité ! De toute façon, elle n'avait pas eu le loisir de réfléchir à la question pour aborder le sujet de façon détournée.

— Oui, répondit-il, sur ses gardes. Mais votre

famille n'a pas de relations à Lambert Gardens. Désolé, vous ne pouvez m'être d'aucun secours.

Charlotte ne manquait pas de repartie.

— Non, bien sûr, mais comment ne pas s'intéresser à cette affaire ? Elle fait la manchette de tous les journaux du soir !

Voyant Pitt faire la grimace, elle préféra changer de tactique.

— Soyez prudent, Thomas. On dirait qu'un fou dangereux opère dans ce quartier. Le crime paraît bien être l'œuvre d'un déséquilibré, non ? D'abord, que faisait ce Dr Pinchin à Devil's Acre ? Y possédait-il un cabinet de consultation ? Les journaux le décrivent comme un homme très respectable.

Charlotte se méfiait des apparences ; elle avait souvent côtoyé des gens « respectables » : l'adjectif signifiait qu'ils étaient assez riches ou assez intelligents pour conserver une façade d'honorabilité derrière laquelle pouvaient se cacher toutes sortes de vices.

Pitt sourit. Son regard clair et perspicace la mit mal à l'aise.

— Merci, ma chérie, mais vous n'avez pas à vous faire de souci pour moi. Je n'ai pas l'intention de parcourir les rues de Devil's Acre tout seul. Rassurez-vous, je n'aurai rien à craindre des fous en liberté.

Charlotte hésita : devait-elle faire mine d'être blessée et soutenir qu'il avait mal interprété ses propos ? Très vite, elle comprit que cela ne servirait à rien.

— Bien sûr que non. Je suis stupide de vous avoir dit cela. Mais le Dr Pinchin n'était peut-être pas aussi respectable que le suggèrent les journalistes ? Bien sûr, ils doivent faire attention à ce qu'ils écrivent ; le pauvre homme est mort ce matin.

Elle ouvrit de grands yeux et s'enquit d'un air innocent :

— Avait-il une famille ?

— Charlotte !

— Oui, Thomas ?

Il poussa un profond soupir.

— Je vous répète de ne pas vous mêler de cette affaire. A notre connaissance, le Dr Pinchin est la deuxième victime d'un déséquilibré qui opère à Devil's Acre. L'autre corps a également été découvert là-bas. Il ne s'agit pas du résultat tragique d'une querelle domestique, Charlotte. Cette fois, l'assassin n'agit pas pour des mobiles que vous êtes si prompte à deviner, d'ordinaire.

— Un autre mort ? s'écria-t-elle, ignorant le compliment. Mais les journaux n'en ont pas parlé ! La police tient-elle à garder le secret ? Qui est-ce ?

Un éclair d'irritation passa dans les yeux de Pitt. Était-ce à cause de ses questions ou des circonstances du meurtre ? Charlotte n'aurait su le dire. Il attendit plusieurs secondes avant de reprendre la parole. Quand il le fit, ce fut d'un ton résigné.

— En fait... Il s'agit de quelqu'un que vous avez rencontré, par le passé.

Elle sentit un frisson de peur et d'étonnement la parcourir, mêlé d'une sensation d'excitation, dont elle eut aussitôt honte.

— Que j'ai déjà rencontré ? répéta-t-elle, incrédule.

— Vous souvenez-vous du général Balantyne, de Callander Square ?

Son excitation se mua en une horreur si intense qu'elle en eut la nausée. La pièce se mit à tourner autour d'elle et elle crut s'évanouir. Elle revit en pensée la fière physionomie du général, un homme solitaire au tempérament orgueilleux et rigide, qui plaçait son devoir au-dessus de tout. Se pouvait-il qu'il ait trouvé la mort de si horrible manière dans ce quartier sordide, lui qui aurait dû tomber au service de sa patrie ?

— Charlotte !

Il devait bien exister un moyen de ne pas ébruiter l'affaire. Un homme tel que lui ne méritait pas pareil destin !

— Charlotte !

La voix de Pitt la ramena à la réalité. Elle releva la tête.

— Il ne s'agit pas du général Balantyne, mais de son ancien valet, Max. Vous souvenez-vous de lui ?

Comment avait-elle pu se laisser aller à cette panique ridicule ? Elle prit une profonde inspiration.

— Max ? Oui, bien sûr, je m'en souviens... Un être odieux. Chaque fois qu'il me regardait, j'avais l'impression d'être déshabillée du regard...

Un instant la mine de Pitt s'allongea, puis une expression amusée se peignit sur son visage.

— Éloquente description ! Je ne vous savais pas si clairvoyante.

Charlotte se sentit rougir. Elle n'avait pas voulu lui laisser entendre qu'elle comprenait fort bien ce genre de regard, surtout venant d'un valet.

— Eh bien... commença-t-elle, avant de renoncer à aller plus loin.

Pitt attendit, mais elle refusa de s'empêtrer dans d'inutiles explications.

— Que faisait Max à Devil's Acre ? Les habitants de ce quartier n'emploient pas de valets, que je sache.

— En effet. Il tenait une maison de passe — et même plusieurs, d'après ce que l'on dit.

Charlotte ne perdit pas son sang-froid. Au fil des ans, elle avait beaucoup appris, d'une façon ou d'une autre, sur la misère et la prostitution non seulement des adultes, mais aussi des enfants.

— Je vois...

Elle se souvenait du visage ténébreux de Max, de ses yeux enfoncés dans leurs orbites, de ses lèvres lourdes et sensuelles. Il lui avait toujours donné une conscience aiguë de ce que peut être le pouvoir physique d'un homme à la fois maître et esclave de ses désirs.

— Au fond, ce métier lui allait comme un gant...

Pitt la dévisagea, surpris.

Elle commença à bredouiller une explication, puis changea d'avis. A quoi bon se justifier ? Elle était peut-être moins au fait que lui des vicissitudes de l'existence, mais pas au point d'être une oie blanche !

— Dans ce cas, il devait avoir nombre d'ennemis, poursuivit-elle. S'il possédait plusieurs maisons closes, il gagnait beaucoup d'argent... J'imagine que les proxénètes n'hésitent pas à éliminer la concurrence, sans le moindre scrupule.

— En effet, acquiesça Pitt, dont la physionomie montrait un tel mélange de sentiments qu'il était impossible de deviner le fond de sa pensée.

— Le Dr Pinchin possédait peut-être un hôtel de passe, qui sait ? suggéra-t-elle. Les propriétaires des murs de ce genre d'établissement sont parfois des gens très respectables, vous savez.

— Je suis au courant, remarqua-t-il d'un ton sec.

Elle surprit son regard et se sentit obligée de s'excuser.

— Bien sûr, Thomas. Excusez-moi.

— Encore une fois, je vous conseille de ne pas intervenir dans cette affaire. Il ne s'agit pas de votre monde.

Ne trouvant pas d'argument à lui opposer, Charlotte jugea inutile de poursuivre la conversation.

— Vous avez raison, Thomas, fit-elle en épouse obéissante. Je ne connais pas Devil's Acre.

Néanmoins, le lendemain matin, dès le départ de Pitt, elle prit ses dispositions afin de s'absenter une bonne partie de la journée. Gracie, qui préférait de beaucoup s'occuper des enfants plutôt que de noircir les fourneaux, cirer le parquet du couloir ou frotter le perron, accueillit les instructions de sa maîtresse avec enthousiasme — et la tacite promesse de tenir sa langue. Elle savait reconnaître une atmosphère de conspiration, même si elle ne l'approuvait pas. Selon elle, la curiosité d'une dame devait se limiter aux affaires de cœur de ses semblables, à leur manière de s'habiller et au prix de leur garde-robe, et encore, en conservant sa dignité. Que Charlotte cherche à découvrir l'assassin d'un gentleman, passe encore, mais pas celui d'un soi-disant médecin exerçant à Devil's Acre et qui ne devait pas valoir grand-chose, ah ça non ! Gracie avait entendu parler de ce quartier et des gens qui le fréquentaient !

Charlotte lui avait dit qu'elle allait voir sa sœur Emily, mais Gracie avait sa petite idée sur la question. Lady Ashworth n'hésitait pas elle aussi à aller fourrer son nez dans des histoires peu orthodoxes.

Elle exécuta une petite révérence.

— Bien, madame. Je vous souhaite de passer une bonne journée. Prenez bien garde à vous, tout de même...

Charlotte se retourna vivement, frôlant une chaise avec le bas de sa robe, pour prendre le manteau que Gracie lui tendait.

— Bien entendu ! Quelle idée ! Je vais seulement à Paragon Walk.

— Oui, madame, bien sûr...

Charlotte lui lança un regard oblique, mais ne répondit pas, considérant qu'elle lui avait déjà suffisamment recommandé la discrétion.

— Que dois-je dire à Monsieur à son retour ? demanda Gracie.

— Rien du tout, puisque je serai rentrée avant lui. D'ailleurs, si ma sœur est occupée, je reviendrai peut-être pour le déjeuner.

Sur ces paroles, elle ouvrit la porte, descendit les marches du perron et s'éloigna vivement vers l'arrêt de l'omnibus, au coin de la rue.

Paragon Walk resplendissait d'élégance dans le frais soleil d'hiver. Charlotte remonta d'un pas vif l'agréable allée qui menait à la porte d'Emily. Le valet l'ouvrit avant même qu'elle ait eu le temps de tirer le cordon de la sonnette. Dans une maison bien organisée, les fenêtres de l'office donnent toujours sur la rue, de façon à voir arriver les visiteurs.

— Bonjour, Mrs. Pitt, dit-il, très courtois.

— Bonjour, Albert.

Elle accepta avec satisfaction cette tacite invitation à entrer. C'était un sentiment très agréable d'être ainsi reconnue. Cela lui donnait la brève illusion de faire de nouveau partie de ce monde-là.

— Lady Ashworth rédige son courrier, mais je suis sûr qu'elle sera heureuse de vous recevoir, expliqua le valet, tout en la précédant dans le grand vestibule décoré de portraits de la famille Ashworth, dont certains remontaient à l'époque élisabéthaine où l'on portait des fraises et des culottes de soie bouffantes aux rayures multicolores.

Charlotte opina, connaissant le peu de goût de sa sœur pour l'art épistolaire. Quand elle apprendrait l'incroyable nouvelle qu'elle avait à lui annoncer, Emily serait d'autant plus ravie de sa visite.

Le valet ouvrit la porte du boudoir.

— Mrs. Pitt, madame.

Emily se leva et repoussa plume et papier à lettres avant même que Charlotte eût franchi le seuil. Plus petite et plus blonde que sa sœur, elle possédait une chevelure soyeuse et bouclée que Charlotte lui enviait depuis leur plus tendre enfance. Elle s'avança vers elle, se jeta dans ses bras et la tint serrée contre son cœur, le visage illuminé de plaisir.

— Quelle bonne idée d'être venue ! Ce courrier m'ennuie à mourir. J'écris à des cousines de George, alors que je ne peux en supporter aucune. Vraiment, tu sais, les jeunes bécasses qui sortent pour la première fois dans le monde cette saison sont encore plus bêtes que celles de l'année dernière. Et Dieu sait que celles-là étaient écervelées ! Je n'ose songer à celles de l'an prochain ! Comment vas-tu ?

Elle recula d'un pas pour examiner sa sœur d'un œil critique.

— Toi, tu as l'air en trop bonne santé pour être à la mode. Cette année, les femmes doivent se montrer pâles et fragiles comme des lis et non fraîches et épanouies comme des roses. Et ne sais-tu pas que cela fait vulgaire d'avoir l'air si excitée ? Que se passe-t-il ? Attention, si tu me caches quelque chose, je...

Ne trouvant pas le châtiment approprié, elle ne termina pas sa phrase et alla se lover dans la confortable bergère installée devant la cheminée. Charlotte prit place sur le canapé, en face d'elle, détendue et satisfaite.

— Te souviens-tu des meurtres de Callander Square ?

Emily se redressa, les yeux brillants.

— Quelle question ! Qui aurait pu les oublier ? Pourquoi ? Il y a eu un nouvel assassinat, là-bas ?

— Te souviens-tu aussi de cet odieux valet dénommé Max ?

— Vaguement, pourquoi ? Pour l'amour du ciel, arrête de tourner autour du pot et explique-toi ! De quoi diable parles-tu ?

— As-tu lu dans les journaux d'hier ou de ce matin l'annonce du meurtre du Dr Hubert Pinchin ?

Emily s'était avancée sur le bord de son fauteuil, droite comme un I.

— Bien sûr que non, voyons ! George ne me laisse lire que les carnets mondains. Qui est ce Pinchin et qu'a-t-il à voir avec cet horrible valet ? Vraiment, ce que tu peux être agaçante !

Charlotte s'enfonça un peu plus dans les coussins du canapé et entreprit de lui narrer toute l'histoire. En entendant certains détails macabres, Emily crispa ses doigts sur les plis nacrés de sa robe de satin rose.

— Mon Dieu, quelle horreur ! Entre nous, ce domestique ne me plaisait guère, avoua-t-elle avec franchise. Il avait quitté le service des Balantyne avant la fin de l'affaire, n'est-ce pas ?

— Oui. Apparemment, il s'est reconverti dans le commerce des prostituées. Une affaire florissante.

Emily tressaillit.

— Dans ce cas, il est peut-être préférable qu'il ait été découvert mort dans un caniveau, et par une fille de joie, de surcroît. Serait-ce blasphémer de supposer que Dieu a le sens de l'humour ?

— Il a créé l'homme, répondit Charlotte. Il doit donc avoir un sens de l'absurde assez prononcé. D'après les journaux, le Dr Pinchin était quelqu'un de respectable.

— Alors qu'allait-il faire à Devil's Acre ? Soigner les gens par charité ?

— Je l'ignore. Je pense que Thomas le découvrira.

— En tout cas, un gentleman qui désire s'offrir une femme facile peut la dénicher dans un cabaret, ou à Haymarket. Inutile de s'aventurer dans un quartier aussi mal famé que Devil's Acre.

Charlotte se sentait un peu désappointée. Le mystère se dissipait trop vite à son goût.

— Les tarifs des prostituées de Haymarket étaient peut-être trop élevés pour lui. Le Dr Pinchin pouvait faire partie de la clientèle de Max...

— Pourquoi le tuer, dans ces conditions ? l'interrompit Emily avec un bon sens exaspérant. Seul un imbécile irait tuer la poule aux œufs d'or.

— Sa femme, peut-être ?

Emily souleva un sourcil incrédule.

— A Devil's Acre ?

— Pas de ses propres mains, sotte que tu es ! Elle a pu louer les services d'un tueur. Il faut vraiment haïr quelqu'un de toutes ses forces et avoir l'esprit tordu pour lui faire subir pareil supplice.

Le visage d'Emily perdit son expression amusée.

— Évidemment. Mais, ma chère, toutes sortes d'hommes fréquentent des femmes de mauvaise vie ; tant qu'ils le font avec discrétion, une épouse sensée ne va pas chercher plus loin. Si votre mari ne vous dit pas où il a passé la soirée, il est sage de ne pas le presser de questions, si l'on tient à sauvegarder le bonheur de son couple.

Que les gens s'arrangent avec leurs vérités comme ils le peuvent, songea Charlotte, ne trouvant pas de repartie qui ne fût ni trop cruelle ni trop naïve.

Mais Emily suivait déjà une autre idée.

— C'est curieux de voir réapparaître cet horrible valet. Il me mettait toujours mal à l'aise. Je me demande où il a trouvé l'argent pour ouvrir une maison de passe. Je veux dire, qui possédait les murs et a payé son installation ? Le Dr Pinchin ?

Un soupçon bien plus terrible faisait son chemin dans l'esprit de Charlotte, lié au souvenir des crimes de Callander Square, et au départ aussi discret que précipité de Max de la maison Balantyne.

— C'est fort possible, acquiesça-t-elle d'un ton brusque. Encore une fois, je pense que Thomas le découvrira.

Emily plissa les yeux et lui lança un regard suspicieux, mais s'abstint de tout commentaire.

— Veux-tu rester déjeuner avec moi ?

Pendant que Charlotte se préparait à rendre visite à sa sœur, Pitt descendait du cab qui venait de le déposer devant le 23, Lambert Gardens. Il remonta l'allée menant à cette haute demeure à l'élégante façade, dont aujourd'hui, bien sûr, les rideaux étaient tirés et les fenêtres tendues de crêpe noir, avec une couronne mortuaire sur la porte. L'ensemble produisait un curieux effet d'aveuglement.

Il ne servait à rien d'atermoyer. Pitt frappa à la porte et attendit plusieurs minutes avant qu'un valet à l'air morose vînt lui ouvrir. Le drame qui s'était abattu sur la maison le rendait manifestement mal à l'aise ; quel degré d'affliction un domestique était-il censé arborer, dans des circonstances aussi macabres ? Devait-il faire semblant de rien ? Après tout, que pouvait-il dire ? La fille de cuisine avait déjà donné son congé et il envisageait d'en faire autant.

Il ne reconnut pas Pitt.

— Mrs. Pinchin ne reçoit pas de visiteurs, s'empressa-t-il d'annoncer. Mais si vous voulez bien me laisser votre carte, je suis sûr qu'elle acceptera vos condoléances.

— Inspecteur Pitt, de la police. Je suis en effet venu pour exprimer ma sympathie à Mrs. Pinchin, mais aussi pour m'entretenir avec elle. Je crains que cela soit nécessaire, hélas.

Visiblement pris dans une douloureuse alternative, le valet ne sut que répondre : était-il plus important de préserver l'intimité d'une maison en deuil, face à l'intrusion choquante de la police, ou bien d'obéir à un représentant de la loi, que, sans nul doute, il respectait ?

— Auriez-vous l'obligeance d'aller chercher le majordome et de me laisser entrer ? suggéra Pitt avec tact. En restant sur le pas de la porte, nous allons finir par attirer l'attention des domestiques du voisinage. On pourrait jaser...

Le soulagement qui se peignit sur le visage du valet était presque comique. C'était la bonne solution. Les commérages seraient inévitables, mais il ne tenait pas à être blâmé pour avoir contribué à les répandre.

— Oui, oui, monsieur, tout de suite. Si vous voulez bien me suivre...

Il fit entrer Pitt dans le grand vestibule qui sentait légèrement le renfermé, comme s'il n'avait pas été aéré depuis plusieurs jours. Les miroirs étaient drapés de crêpe noir, à l'instar des fenêtres. Un vase garni de grands lis blancs était posé sur un socle ; dans ce décor, les fleurs paraissaient artificielles, bien qu'elles fussent fraîches et qu'elles aient dû coûter très cher, en cette période de l'année.

Le valet abandonna Pitt dans un salon glacial, plongé dans la pénombre. La cheminée n'avait pas été allumée. On aurait dit que les habitants de cette maison étaient décidés, même si le corps du maître ne pouvait reposer à son domicile, à faire en sorte que celui-ci conserve la froideur mortuaire d'un tombeau.

Mr. Mullen, le majordome, ne tarda pas à apparaître ;

ses cheveux blond roux qui commençaient à s'éclaircir étaient peignés avec soin ; il arborait une mine décidée.

— Je suis désolé, Mr. Pitt, fit-il en secouant la tête. Mrs. Pinchin ne pourra vous recevoir que dans une demi-heure environ. Voulez-vous prendre du thé ? Avec ce mauvais temps...

Pitt se sentit tout de suite réchauffé. Il respectait cet homme qui connaissait son devoir et l'accomplissait avec une rare conscience professionnelle.

— Très volontiers, Mr. Mullen, je vous en remercie. Pourriez-vous m'accorder quelques instants, si vous n'êtes pas trop occupé ?

— Certainement, monsieur.

Mullen sonna le valet et le pria d'apporter une théière et deux tasses. Jamais il n'aurait pris le thé en compagnie d'un gentleman et, s'il s'était agi d'un livreur, il l'aurait envoyé boire un verre à la cuisine. Mais il considérait Pitt un peu comme un égal, ce qui, comprit ce dernier, était très flatteur pour lui. En un certain sens, le majordome règne en maître sur une grande maison : il peut avoir sous ses ordres plus d'une dizaine de domestiques. Il arrive parfois qu'il soit plus intelligent et qu'il inspire plus de crainte au personnel que le propriétaire des lieux.

— Êtes-vous depuis longtemps au service du Dr Pinchin, Mr. Mullen ? demanda Pitt pour engager la conversation.

— Onze ans, monsieur. J'étais auparavant au service de Lord et Lady Fullerton, de Tavistock Square.

Pitt aurait bien aimé connaître la raison pour laquelle cet homme avait abandonné un emploi certainement plus lucratif dans une meilleure maison. Il n'osa pas le lui demander, de peur de l'offenser. Une telle question, outre son manque de respect, serait malvenue à ce stade de l'enquête. Mais Mullen lui fournit spontanément la réponse. Il ne tenait sans doute pas à ce qu'on le soupçonnât d'incompétence.

— Chaque hiver, ils descendaient dans le Devon,

dit-il avec une pointe d'amertume. Le voyage ne me plaisait guère, et je ne souhaitais pas rester inactif en ville durant plusieurs mois de l'année, à surveiller un personnel réduit, dans une maison déserte.

— Je comprends, acquiesça Pitt.

La gestion d'un grand domaine était une tout autre affaire avec les battues, les chasses à courre, suivies de bals, et les nombreux invités venus fêter Noël à la campagne. Sans compter que pour un homme habitué à la capitale, le silence du Devon devait représenter une forme d'exil.

— Travailler au service d'un médecin doit être passionnant ? poursuivit Pitt, pour entrer dans le vif du sujet.

Mullen eut un sourire poli. C'était un homme bien trop discret pour aller répéter tout ce qu'il avait appris au cours de ces longues années passées au service du Dr Pinchin. Un majordome trahissant la confiance de son maître était à ses yeux un être méprisable qui entachait l'honneur de toute la profession.

Il répondit à dessein à côté de la question ; tous deux se comprenaient fort bien.

— Oui, monsieur. Mais le Dr Pinchin ne recevait pas ses patients à son domicile. Son cabinet était situé dans Highgate. Toutefois d'éminents collègues venaient dîner ici, à l'occasion.

Mullen cita les noms de plusieurs praticiens et chirurgiens très connus. Pitt les nota mentalement, en se promettant d'aller leur rendre visite afin de compléter l'image qu'il se faisait d'Hubert Pinchin, bien qu'il sût d'expérience que les membres d'une même corporation ont tendance à faire corps et à se défendre mutuellement, avec un acharnement frisant parfois le ridicule. Néanmoins, il gardait l'espoir qu'une jalousie personnelle ou professionnelle fasse se délier les langues.

Mullen lui en apprit un peu plus sur les habitudes du médecin, en particulier qu'il rentrait souvent très tard à son domicile ; il lui arrivait même parfois de ne pas rentrer de la nuit, sans donner d'explication ; on pouvait supposer que les gens ne tombent pas forcément malades pendant les heures de bureau !

Quelques instants plus tard, la caméristе frappa à la porte pour demander au policier de la suivre dans la salle à manger ; sa maîtresse était prête à s'entretenir avec lui.

Valeria Pinchin était une sorte de Walkyrie aux yeux bleus, à la poitrine opulente, au grand front balayé par une mèche de cheveux blonds grisonnants. Elle était entièrement vêtue de noir, comme toute veuve en grand deuil, non seulement à cause du décès brutal de son époux, mais aussi des circonstances particulièrement tragiques de sa mort.

Son visage exprimait une sévère détermination. Pâle et sur la défensive, elle observait Pitt avec circonspection.

— Madame, commença-t-il d'un ton où perçaient la déférence et une réelle compassion, permettez-moi de vous offrir mes condoléances, dans la terrible épreuve que vous traversez.

— Merci, répondit-elle en relevant son menton puissant avec un léger reniflement. Vous pouvez vous asseoir, Mr... euh... Pitt.

Il prit place en face d'elle, de l'autre côté de la table du petit déjeuner. Elle but une gorgée de thé, sans même lui en proposer une tasse. La venue de ce policier était inhérente au désastre qui la submergeait. Il faisait partie de ces gens dont, par nécessité, on était parfois obligé de supporter la pénible présence, comme les dératiseurs ou les cureurs de caniveaux. Il était inutile de le traiter en égal.

— Je suis désolé, madame, reprit Pitt, mais je me vois dans l'obligation de vous poser un certain nombre de questions.

Elle fixa sur lui un regard outré.

— Je ne peux vous être d'aucune aide ! Vous n'imaginez pas que je suis au courant de ce... de cet...

Elle n'acheva pas sa phrase, incapable de trouver un mot suffisamment suggestif.

— Bien sûr que non, madame.

Pitt n'arrivait pas à la trouver sympathique. Il s'obligea à se souvenir de gens, encore sous le choc d'un épouvantable drame, qu'il avait rencontrés par le passé. Chacun avait eu sa manière propre de cacher son chagrin et de protéger ses blessures.

Mrs. Pinchin se calma, mais ses yeux bleus continuaient à étinceler. Son opulente poitrine, agrémentée d'un collier de plusieurs rangs de perles de jais, se soulevait et s'abaissait sous l'effet de l'indignation.

Pitt fit une nouvelle tentative.

— Vous pouvez m'aider, madame, en me parlant de votre mari. Ainsi, je pourrais découvrir s'il comptait un ennemi parmi ses relations.

Il tenait à se montrer le plus courtois possible, sans jamais oublier d'analyser les faits jusqu'au bout, avec logique. L'assassin d'Hubert Pinchin avait certainement ses raisons ; un simple voleur n'émascule pas ses victimes !

Mrs. Pinchin ouvrit la bouche comme pour parler, puis changea d'avis et but une gorgée de thé. Pitt attendit.

— Mon mari était...

De toute évidence, elle avait du mal à exprimer ses pensées sans trahir une partie de son existence qu'elle jugeait trop privée — ou trop douloureuse — pour être connue et exposée en public. Surtout devant ce policier !

— Mon mari était un homme excentrique, Mr. Pitt. Il avait choisi de pratiquer son art dans un milieu particulier. Si j'osais, je dirais qu'il soignait des gens... indignes de lui.

Elle renifla à nouveau.

— Je ne voudrais pas paraître injuste vis-à-vis des indigents, mais Hubert aurait pu faire une carrière très brillante. Vous avez certainement entendu parler de mon père, le Dr Albert Walker-Smith ? ajouta-t-elle en relevant le menton avec fierté.

— Un médecin très célèbre, en effet, mentit Pitt avec aplomb.

Voyant l'expression de son interlocutrice se détendre, Pitt craignit un instant qu'elle attende un commentaire approprié de sa part. Il n'avait pas la moindre idée de la personnalité d'Albert Walker-Smith, mais il ne doutait pas que sa fille ait rêvé d'un époux digne de lui.

— Vous dites que votre mari était excentrique, madame. Est-ce seulement parce qu'il n'a pas poursuivi la brillante carrière que vous espériez ?

Elle froissa sa serviette entre ses grandes mains.

— Je ne suis pas sûre de vous comprendre, Mr. Pitt. Mon époux n'avait pas de pratiques immorales — si c'est ce que vous suggérez !

Derrière ces mots planaient toutes ces choses pressenties au sujet des égarements masculins, des déviances que, dans son ignorance d'épouse modèle, elle tentait désespérément de se représenter.

Pitt la regarda, désemparé. Il se rendait compte qu'il n'arriverait à rien avec des questions aussi prévisibles, face à une femme caparaçonnée dans sa dignité et consciente de l'attitude à respecter lorsque l'on est en deuil. Ses pensées étaient endiguées, aussi canalisées que les flots d'une rivière s'écoulant depuis toujours vers la mer.

— Aimait-il le fromage de Stilton ? demanda-t-il de but en blanc.

Mrs. Pinchin haussa les sourcils.

— Pardon ? dit-elle d'une voix dure.

Il réitéra sa question.

— Oui, mais je trouve la question offensante et déplacée, Mr. Pitt. Je ne sais quel fou furieux a agressé et assassiné mon mari d'une manière...

Les larmes lui montèrent aux yeux. Elle avala sa salive.

— ... de la manière la plus atroce qui soit. Et vous osez me demander s'il aimait le fromage !

Elle ne pouvait s'empêcher de réagir ainsi : les valeurs de la bonne société et la dignité étaient sa seule défense.

— La question n'est pas sans rapport avec l'affaire, madame, répliqua Pitt, s'efforçant de rester patient. Il y avait des miettes de stilton sur son gilet.

— Oh... Je vous demande pardon, s'excusa-t-elle avec raideur. Vous connaissez votre métier, je suppose. Oui, mon mari appréciait la bonne chère. Il mangeait toujours très bien.

— J'ai cru comprendre d'après ce que vous m'avez dit qu'il travaillait parfois gratuitement, par pure charité ?

— Il travaillait souvent pour la gloire, en effet, répliqua-t-elle avec un certain ressentiment. Il passait le plus clair de son temps à soigner des gens... oui, indignes de lui. Si vous lui cherchez des rivaux dans sa profession, Mr. Pitt, vous perdez votre temps. Mon mari avait de grandes compétences, mais il n'a jamais su ou voulu les mettre en pratique, comme il aurait pu le faire.

Son intonation amère révélait des années d'attente déçue, lorsqu'elle repensait aux occasions de réussite que son mari avait manquées.

— Néanmoins, c'était un homme très respecté, me semble-t-il, observa Pitt.

Il était tiraillé entre une antipathie instinctive et la pitié envers son amertume. Elle avait été mariée à un homme sans ambitions et n'avait pu échapper à une vie étriquée. Hubert Pinchin avait refusé de réaliser les rêves de grandeur de son épouse, qui étaient pourtant à sa portée.

— Oui, d'une certaine façon, soupira-t-elle. Il était très enjoué. Les gens l'aimaient bien.

En disant cela, elle paraissait surprise, comme si elle faisait un constat qui la dépassait et qu'inconsciemment elle n'admettait pas. Sa déception était trop profonde pour trouver ces vétilles dignes d'intérêt...

— De temps à autre, il établissait un diagnostic très brillant. C'était sa spécialité, vous savez, le diagnostic.

Pitt en revint aux faits.

— Vous souviendriez-vous d'un détail, madame, susceptible de nous aider ? Quelqu'un lui gardait-il rancune ? Un ancien patient, peut-être, ou une personne qui n'aurait pas supporté le décès d'un parent et l'en aurait tenu pour responsable ? Avez-vous remarqué quelque chose d'anormal dans son attitude, ces derniers temps ? Avait-il reçu une visite inattendue ?

— Mon mari ne ramenait pas ses amis les moins respectables dans cette maison, Mr. Pitt, répliqua-t-elle, la bouche pincée. Il rencontrait certaines personnes ailleurs, si vous voyez ce que je veux dire. Ces derniers jours, je n'ai rien remarqué d'anormal dans son comportement. Il vaquait à ses occupations...

Une ombre de tristesse passa sur son visage, où se mêlaient la réprobation des habitudes du défunt et le chagrin de se retrouver seule, sans lui. Malgré ses défauts et ses manières exaspérantes, elle s'était habituée à cet homme qui avait partagé sa vie pendant trente ans. A présent, il ne lui restait plus rien.

Un instant, Pitt ressentit une réelle pitié pour elle, mais il savait que le gouffre qui les séparait était infranchissable. Sa compassion ne soulagerait pas sa douleur ; au contraire, elle lui semblerait impertinente.

Il se leva.

— Je vous remercie pour votre aide, madame. J'espère ne plus avoir à vous déranger. Je suis certain que Mr. Mullen pourra me fournir tous les renseignements dont je pourrais avoir besoin.

— Au revoir, Mr. Pitt.

Elle le suivit des yeux jusqu'à la porte, d'un air morne, se servit une tasse de thé, s'essuya les lèvres avec sa serviette puis tamponna les larmes qui roulaient sur ses joues.

Pitt referma délicatement la porte derrière lui. Dans le vestibule, il trouva Mullen qui l'attendait.

— Puis-je vous être utile, monsieur ?

Pitt soupira.

— Oui, s'il vous plaît. J'aimerais vérifier les livres de comptes de la maison et visiter votre cellier. Vous avez soigneusement vérifié les références des domestiques, avant l'embauche, je présume ?

Mullen se raidit. Son expression aimable se pétrifia.

— Très certainement, monsieur. Puis-je vous demander ce que vous espérez découvrir ? Les comptes sont à jour, je peux vous le certifier. Quant aux membres du personnel, leur honnêteté et leur moralité sont au-dessus de tout soupçon, sinon ils ne resteraient pas ici ! Et il leur est interdit de sortir la nuit.

Pitt était désolé de l'avoir vexé. En fait, il ne soupçonnait pas les domestiques. Il voulait simplement avoir des preuves du niveau de vie de Pinchin et apprécier ses dépenses. Un homme appartenant à cette classe sociale ne fréquentait pas des endroits comme Devil's Acre, même pour se divertir à peu de frais. Était-il moins aisé qu'il ne le paraissait, ou au contraire plus riche que sa pratique médicale ne le lui permettait ? Dépensait-il tout son argent — ou le gagnait-il — dans des établissements de prostitution ou des maisons de jeu ? Il n'aurait pas été le premier notable à tirer une part substantielle de ses revenus de propriétés immobilières situées dans les quartiers pauvres.

— Il s'agit d'une vérification de routine, Mr. Mullen, dit-il en souriant. Tout comme un majordome vérifie les références de son personnel, même s'il lui fait confiance.

Mullen se détendit un peu. Il appréciait la minutie dans le domaine professionnel.

— Tout à fait, Mr. Pitt. J'ai l'habitude des méthodes de la police. Si vous voulez bien me suivre...

Après sa visite chez les Pinchin, Pitt passa une partie

de l'après-midi à vérifier les comptes du cabinet de consultation de Highgate ; puis il rencontra plusieurs des collègues du médecin, très choqués par son décès et peu enclins à bavarder. Il rentra chez lui à dix-neuf heures passées, fourbu et glacé jusqu'à la moelle, mais guère plus avancé dans son enquête. Si Pinchin possédait des immeubles dans Devil's Acre, ou s'il opérait des transactions commerciales en dehors de son cabinet, on n'en trouvait nulle trace dans les livres de comptes. Son niveau de vie, cependant, laissait transparaître qu'il jouissait d'un revenu supérieur à ce que ses honoraires lui rapportaient. Héritage ? Économies ? Cadeaux en nature ? Tours de passe-passe dans la comptabilité ? Ou encore chantage auprès de certains patients dont les péchés nécessitaient le recours à un médecin : maladies honteuses, enfant non désiré... Les possibilités étaient légion.

Gracie lui ouvrit la porte, prit son manteau et l'emporta dans l'arrière-cuisine pour le faire sécher.

— Quel sale temps, monsieur ! remarqua-t-elle en secouant comme si c'était une couverture le lourd pardessus dont le poids manqua de la faire tomber.

Elle partit en trottinant devant lui, maudissant à voix basse toutes les heures que ce pauvre monsieur était obligé de passer dehors sous la pluie. Pas une seule fois, elle ne croisa son regard ; elle était désolée pour lui, pour quelque obscure raison ; comme le laissaient voir ses épaules étroites raidies par la réprobation.

L'attitude de Charlotte, plus attentionnée et bavarde que de coutume, ne tarda pas à lui mettre la puce à l'oreille.

— Êtes-vous sortie aujourd'hui ? lui demanda-t-il.

— Un petit moment, oui. Je suis rentrée avant qu'il ne commence à pleuvoir. Ce n'était pas désagréable.

— Et vous êtes revenue en voiture... ironisa-t-il.

— Que voulez-vous dire ?

— Vous êtes allée voir Emily, n'est-ce pas ?

Bien malgré elle, Charlotte fut forcée de l'admirer.

— Comment le savez-vous ?

— Les épaules de Gracie.

— Pardon ?

— Les épaules de Gracie. Quand elle n'est pas contente, elle se tient raide comme la justice. Puisque je viens juste de rentrer, il ne peut s'agir de moi ! Donc, c'est vous la responsable. J'en déduis que vous êtes allée chez Emily pour lui raconter tout ce que vous savez sur les meurtres de Devil's Acre — d'autant plus que l'une des victimes est le valet d'une ancienne relation. Je me trompe ?

— Thomas, je...

Il attendit.

— Bien sûr que nous en avons parlé ! s'écria-t-elle, les yeux brillants, les joues en feu. Nous en avons parlé, et voilà ! Je vous le jure ! Que faire, de toute façon ? Nous ne pouvons pas nous rendre dans ce quartier. Mais nous nous sommes demandé ce que le Dr Pinchin, lui, pouvait bien faire là-bas. Il y a des endroits plus appropriés pour trouver des filles publiques, si c'est cela qu'il recherchait.

— Oui, je le sais, merci.

Leurs regards se croisèrent, brièvement, puis elle demanda avec une fausse candeur :

— Avez-vous songé que peut-être il finançait les activités de Max ? Parfois les personnes les plus inattendues s'associent avec...

— Merci, je le sais également, répondit-il, gagné par l'envie de rire.

— Ah ?

Elle parut déçue. Il lui prit la main et l'attira vers lui.

— Charlotte... murmura-t-il.

— Oui, Thomas ?

— Mêlez-vous de ce qui vous regarde !

3

Le lendemain, Pitt passa à l'étape suivante de l'enquête. Il prit un manteau élimé, un chapeau défraîchi qu'il n'aurait pas osé porter en temps normal et partit pour Devil's Acre sous un petit crachin, à la recherche des maisons closes tenues par Max, ou du moins de l'une d'entre elles.

Devil's Acre, comme tous les vieux quartiers pauvres de Londres, était habité par des populations hétérogènes qui vivaient les unes au-dessus des autres, au sens propre du terme. Dans les plus hautes maisons, aux façades coquettes donnant sur de larges rues bien éclairées, habitaient marchands cossus et rentiers. Derrière, dans des immeubles plus bas donnant dans des voies étroites, on trouvait des logements à louer pour employés de bureau et petits commerçants. En s'enfonçant plus avant apparaissaient de misérables bâtisses abritant des logis délabrés et des sous-sols où les plus démunis s'entassaient parfois à deux ou trois familles dans une seule pièce. Là, une odeur infecte d'ordures et de latrines agressait les narines. Les rats grouillaient partout, si bien qu'il n'était pas rare qu'un bébé laissé sans surveillance se fasse dévorer vivant. Beaucoup d'enfants mouraient de faim ou de maladie avant l'âge de six ou sept ans. Les survivants ne tardaient pas à rejoindre les rangs des voleurs à la tire et des apprentis vide-goussets.

Dans cet entrelacs de ruelles et de passages s'étaient installés des ateliers où l'on exploitait les ouvriers, des bureaux où avoués et clercs véreux rédigeaient de fausses déclarations, trafiquaient livres de comptes et reçus ; on y trouvait aussi des ateliers de fabrication de fausse monnaie et des magasins où les receleurs de marchandises volées faisaient leurs vilaines affaires ; sans parler des cafés clandestins, des asiles de nuit et des maisons closes, tous mauvais lieux également fréquentés par des indicateurs de police.

Cette faune vivait à l'ombre des tours de Westminster, l'abbaye où l'on couronnait les rois et qui abritait le tombeau d'Édouard le Confesseur, souverain saxon régnant à l'époque où Guillaume le Conquérant quittait les côtes normandes à bord de ses navires pour aller conquérir l'Angleterre. Plus loin se dressaient la tour de Big Ben et le palais de Westminster, siège du Parlement depuis sa première convocation par Simon de Montfort, comte de Leicester, six cents ans plus tôt.

Pitt avait peu d'espoir d'obtenir des réponses aux questions qu'il se posait, dans cette taupinière surpeuplée. La police était l'ennemi naturel de l'habitant de Devil's Acre qui, possédant une sorte de sixième sens, reconnaissait l'étranger, comme un chien renifle de loin l'arrivée d'un congénère. Dans le passé, il lui était arrivé d'y procéder à quelques arrestations, mais nombre de criminels avaient réussi à lui filer entre les doigts. Il y comptait aussi quelques connaissances — ou plutôt des gens sachant qu'ils pouvaient tirer avantage de leur collaboration avec la police.

Il remonta des ruelles sinistres devant des garnements oisifs au visage fermé qui l'épiaient d'un œil méchant. La tête dans les épaules, il affectait la démarche furtive d'un traîne-misère, sans jeter un regard en arrière, de crainte qu'ils sentent sa peur et se jettent sur lui comme une horde de chiens affamés.

Mais il faisait mine de savoir où il allait, feignant de connaître comme sa poche les étroites venelles, parfois juste assez larges pour laisser deux hommes se croiser.

On entendait craquer des poutres vermoulues. Des tas de bois achevaient de pourrir. Les rats s'éparpillaient à son approche en grattant le sol humide de leurs pattes griffues. Des vieillards, probablement soûls ou peut-être déjà morts, étaient allongés sous les porches.

Pitt mit une demi-heure à trouver l'homme qu'il cherchait ; celui-ci exerçait le métier d'écrivain public dans un grenier délabré où il rédigeait de fausses lettres de recommandation, et imitait les papiers officiels. Squeaker Harris, Harris le Couineur, ainsi nommé à cause de sa voix suraiguë, était un petit homme aux yeux étroits et au nez pointu qui faisait penser à un rongeur. Il ne lui en manquait que la queue longue et dénudée.

— Qu'est-ce que vous m'voulez ? demanda-t-il, agressif. J'ai rien fait ! Vous pouvez rien prouver !

— D'accord, Squeaker, répliqua Pitt. Quoique... en cherchant bien, je pourrais trouver quelque chose...

Squeaker eut un grand geste de dénégation, mais une certaine anxiété se lisait sur son visage de fouine.

— Ah ça non ! Jamais !

— Attention, il ne faut jurer de rien, tant que je n'ai pas cherché...

— Alors qu'est-ce que vous m'voulez, hein ? Vous venez jamais ici pour des prunes.

— J'ai besoin de renseignements, fit Pitt en le dévisageant avec un léger mépris.

Squeaker aurait dû savoir que simuler le malentendu était une perte de temps.

— Je sais rien du tout ! J'ai entendu parler de rien !

— Bien sûr que non... ironisa Pitt. Vous êtes un citoyen modèle, un honnête écrivain public qui, moyennant quelques sous, rédige des lettres pour aider ceux qui ne savent pas écrire, c'est ça ?

Squeaker opina du bonnet.

— C'est ça ! Vous avez tout compris !

— Mais vous connaissez bien Devil's Acre...

— Ça c'est sûr, puisque j'y suis né !

— Avez-vous déjà entendu parler d'un souteneur nommé Max ? Pas de mensonges, sinon je vous arrête pour recel d'information relative à un homicide, et là, pour vous, c'est la corde, je vous préviens. Une sale affaire.

— Oh ! Vous parlez du pauvre gars qui s'est fait...

Sous la crasse de son visage, Squeaker pâlit.

— Alors ? le pressa Pitt. Que savez-vous sur lui ?

— Je sais pas qui l'a tué, je l'jure, Mr. Pitt. Un fou furieux ! Qui ferait une chose pareille ? Ça se conçoit pas, des choses comme ça.

— Bon, vous ignorez le nom de l'assassin, concéda Pitt avec un sourire tolérant. Sans cela, vous nous auriez prévenus, bien entendu...

— Bien entendu, renchérit Squeaker, en détournant les yeux d'un air anxieux.

Il se doutait bien que le policier se moquait de lui, mais il n'avait pas envie de s'en assurer.

— Je le jure, ajouta-t-il pour faire bonne mesure.

— Et Max ? reprit Pitt. A quoi ressemblait-il ?

— Connaissait bien son métier. Il était doué, ça oui, on peut pas dire le contraire, admit Squeaker en rechignant.

Le métier de proxénète était certainement plus lucratif que celui de petit faussaire, et sans aucun doute plus jouissif. Squeaker ne voulait pas concéder trop de compliments ; après tout, Max n'aurait pas fait un bon faussaire. Il n'était même pas sûr qu'il fût capable de rédiger une lettre ! Bien écrire était un art, et Squeaker ne tenait pas à ce que son métier fût dévalorisé.

Au souvenir du visage lourd et sensuel, des yeux sombres de Max Burton, Pitt ne douta pas un instant qu'il ait exercé sa profession avec talent.

— Oui, c'est ce que l'on m'a dit. Il tenait plusieurs maisons closes, non ?

Squeaker lui lança un coup d'œil prudent.
— Vous savez ça aussi ?
— Oui. Quel genre de clients recevait-il ?
— Tout dépend de la maison... Si vous parlez de celle de Partridge Lane, eh bien, n'importe qui peut y aller ; on y trouve des filles de la rue. Mais celle de George Street, alors là, c'est différent. Là-bas, les pensionnaires ont de la classe. J'ai même entendu dire que Max pouvait procurer à des gentlemen fortunés des dames de la haute, comme qui dirait.

Il eut un clin d'œil entendu et sourit de toutes ses dents jaunies. L'idée l'amusait, manifestement, une manière de prendre sa revanche sur la société des nantis dont il était exclu.

Pitt haussa un sourcil intéressé. L'affaire s'annonçait prometteuse...

— Des dames de la bonne société, rien que ça ? reprit-il d'un ton sceptique.

— Croyez-moi si vous voulez, c'est la vérité vraie, jura Squeaker, enhardi par le soudain intérêt du policier. Faudrait p'têt' chercher l'assassin de ce côté-là... La règle d'or par ici, c'est de jamais se mêler à la haute. Ceux-là, ils aiment pas être reconnus et prennent ça très mal ; ils peuvent devenir méchants. Vaut mieux s'en tenir à ce qu'on connaît, comme ça vous risquez pas de tomber sur quelqu'un qui ignore les règles, qui vous r'garde de haut et qui vous plante un couteau dans le bide. Mais ce qu'on a fait à Max, Mr. Pitt, c'est pas correct. Vraiment dégoûtant. Je me demande ce que vous attendez pour mettre de l'ordre dans le quartier. Bientôt ce sera plus vivable par ici.

Pitt se retint de sourire.

— Dégoûtant, en effet, acquiesça-t-il. Mais un homme jaloux peut être poussé à bout, si par exemple il s'aperçoit qu'on lui a pris son épouse pour en faire une prostituée.

Squeaker soupira. Il n'avait ni femme ni enfants, et parfois il le regrettait. Il rêvait d'une bonne épouse, dont il n'aurait pas à payer la tendresse, une femme qu'il finirait par apprivoiser, avec le temps, et des enfants qui le traiteraient avec respect — tout homme devrait connaître ça, à un moment de sa vie.

— Vous avez raison, Mr. Pitt, dit-il avec lenteur. « Jamais toucher à la femme d'un autre » : encore une règle qui devrait être écrite en lettres d'or. Au fond, maquereau, c'est un métier risqué. Avec les femmes, faut faire attention où on met les pieds ; et puis y a des types de la haute qui ont des drôles de goûts, enfin, d'après ce qu'on dit. Des fois, on entend des histoires pas croyables. Moi, au moins, avec mes lettres, je sais où je vais. Les gens perdent pas la tête pour de la paperasse.

Pitt ne chercha pas à discuter.

— Donc cet établissement de luxe se trouve dans George Street ?

— Ben, c'est ce que je viens de vous dire, non ? fit Squeaker, du ton patient d'un instituteur s'adressant à un élève un peu borné.

— Oui, merci.

Pitt fouilla ses poches, y trouva un shilling et le lui tendit. Squeaker le prit prestement entre ses doigts sales, le porta à sa bouche, y donna un coup de dents, puis l'empocha d'un air satisfait.

— Merci, Mr. Pitt.

— Un conseil, Squeaker : ne quittez pas Devil's Acre pendant quelque temps. Si je m'aperçois que vous m'avez menti, je reviendrai pour vous faire cracher le morceau !

— Pourquoi je vous raconterais des histoires, Mr. Pitt ? fit Squeaker, stupéfait. Ça me rapporterait rien ! Vous reviendriez pour ruiner mon travail. C'est pas bon pour le commerce d'avoir la flicaille qui traîne dans le coin, si vous me passez l'expression. Ça donne mauvaise réputation à la maison.

Pitt renifla et sortit de la prétendue « maison », contourna une pile de bois en train de pourrir dans la courette, un tas d'ordures, passa devant deux ivrognes allongés dans le caniveau et partit à grands pas, sous la pluie, en direction de George Street, une rue située dans une zone moins insalubre de Devil's Acre, à quelques pas du palais de Westminster.

En vérité, Max possédait un réel don pour les affaires. S'il était parvenu à acheter quelques « dames de la haute », comme l'avait dit Squeaker, sans compter trois ou quatre prostituées de haut vol, en quelques années, il aurait amassé un joli magot.

Pitt localisa l'établissement sans trop de difficultés. Il n'était pas rare qu'un homme demandât l'adresse d'une maison de passe et ceux qui la donnaient obligeamment étaient souvent récompensés par la direction.

Le bâtiment passait inaperçu. De l'extérieur, il paraissait même un peu délabré ; on aurait pu le prendre pour l'un des nombreux immeubles de rapport du quartier. La réussite de ce genre d'entreprise reposait sur son anonymat. Cependant, une fois la porte poussée, le style changeait du tout au tout : le hall d'entrée était décoré avec une discrète élégance ; Max avait travaillé au service de familles dont le goût avait été nourri, depuis des générations, par l'argent et la bonne éducation. Ces gens-là reconnaissaient d'instinct une toile de maître ou un meuble d'époque, tout comme ils savaient construire une phrase correcte, ou se promener la tête haute, d'une démarche à la fois assurée et nonchalante.

Du vestibule, on passait dans le salon de réception ; là encore, aucune opulence ostentatoire, aucune vulgarité. Son luxe raffiné, tout en demi-teintes, démentait la facilité dans le choix des meubles et des tableaux qui s'harmonisaient agréablement. La pièce était autant un plaisir pour la vue que pour le toucher : tapis moelleux qui donnait l'impression de marcher sur de l'herbe soyeuse, tentures et coussins de velours. Oui, décidément, Max avait des dons !

Un chasseur en livrée, qui se voulait à la fois valet et majordome, s'avança vers lui. Manifestement, c'était lui qui était chargé de décider si le client devait être introduit ou discrètement reconduit vers la sortie.

— Bonjour, monsieur.

Il détailla la tenue de Pitt, et un changement imperceptible se peignit sur son visage : à première vue, ce client n'avait pas les moyens de payer les tarifs pratiqués par la maison. Mais le chasseur était trop expérimenté pour le renvoyer sur-le-champ. Certains gentlemen titrés et fortunés se déguisaient en effet pour pénétrer incognito dans ce genre d'endroit.

Pitt comprit sa réaction et, vaguement amusé, décida de jouer le jeu jusqu'au bout.

— Bonjour, dit-il, courtois. On m'a recommandé votre établissement.

Il se redressa pour bien lui montrer que ses vêtements miteux n'étaient qu'un subterfuge destiné à se faire passer pour un habitant de Devil's Acre — ce qui était bien le cas, mais pour une tout autre raison.

— J'ai entendu dire par des amis...

Squeaker Harris pouvait-il être qualifié d'ami ?

— ... que l'on rencontre ici des dames d'une... qualité que l'on ne trouve pas chez vos concurrents.

L'expression du chasseur se radoucit. Cet homme misérablement vêtu était bien un gentleman ; sa diction parfaite, son port de tête trahissaient ses origines.

— Tout à fait exact, monsieur. Mais à quel genre de qualité pensiez-vous ? Nous vous offrons, au choix, l'expérience ou, si vous préférez, les bonnes manières et l'éducation ; dans ce dernier cas, un petit arrangement est nécessaire.

Pitt en conclut que le commerce continuait donc à prospérer, en dépit du décès dramatique du gérant des lieux.

Il ouvrit de grands yeux, les narines palpitantes, affectant un air légèrement méprisant.

— Qualité d'éducation, dit-il d'un ton qui suggérait qu'il ne pouvait en être autrement.

— C'est entendu, monsieur. Si vous voulez bien

prendre rendez-vous d'avance, je veillerai à m'occuper de tout. Vous comprendrez que dans ce cas nous ne pouvons répondre aussi précisément aux goûts personnels de chaque client, mais si vous m'indiquez le genre de silhouette, la couleur de cheveux et le teint que vous recherchez, nous nous efforcerons de vous satisfaire.

Max avait non seulement eu du talent, mais aussi du génie !

— Parfait, parfait, répondit Pitt, très à l'aise. J'aime les cheveux auburn...

Inconsciemment il décrivit Charlotte.

— ... ou, à défaut, bruns. Qu'elle ne soit ni trop grosse, ni trop maigre. Surtout, que je ne lui sente pas les os !

— Très bien, monsieur, fit l'homme en s'inclinant. Vous avez très bon goût, si je peux me permettre.

On aurait dit un sommelier approuvant le choix d'un client.

— Si vous voulez revenir dans trois jours, nous serons en mesure de vous fournir le service désiré. Nous vous demanderons de payer d'avance cinquante guinées, afin que vous puissiez rencontrer la dame, sous réserve, bien sûr, de son assentiment.

— Évidemment, répondit Pitt. Mon ami a tout à fait raison de dire que vous êtes le meilleur établissement du quartier.

— Nous n'avons pas de rivaux, monsieur, répondit simplement le chasseur. Certains, comme Mr. Mercutt, s'imaginent pouvoir nous imiter, mais ils nous sont très inférieurs en ce qui concerne la qualité des prestations — vous l'avez peut-être entendu dire.

— Mercutt ? répéta Pitt, le front plissé. Le nom ne me dit rien...

Il laissa la phrase en suspens, invitant ainsi l'homme à poursuivre. Celui-ci haussa un sourcil dédaigneux.

— Ambrose Mercutt. Un individu quelconque, mais plein de prétention.

Une duchesse n'aurait pas parlé de l'ascension

sociale d'un parvenu avec une telle condescendance fatiguée.

Pitt tenait le nom qu'il désirait. Il avait fini son travail ici. Le commissariat du quartier saurait où trouver ce Mercutt.

Il secoua la tête.

— Non, personne ne m'a jamais parlé de lui. Son établissement ne doit pas avoir grande renommée.

Autant user de quelques flatteries, avant de partir, pour le rassurer : un homme confiant a davantage tendance à trahir que quelqu'un de suspicieux.

Le chasseur eut un sourire satisfait.

— En effet, monsieur, aucune. Vous voudrez bien revenir dans trois jours, à peu près à la même heure ?

Pitt inclina la tête et s'en alla, satisfait.

L'inspecteur Parkins parut ravi de le recevoir. En effet, on l'avait déchargé de l'affaire Max Burton, et il était enchanté d'en être débarrassé. Cette enquête s'annonçait fort peu réjouissante ; or, il avait, dans son district, encore nombre de crimes à élucider.

— Ah, Mr. Pitt ! Entrez, entrez ! Sale temps, hein ? Que puis-je pour vous ?

Pitt se débarrassa de son manteau et de son chapeau élimés, puis passa les doigts dans ses cheveux, ce qui eut pour effet de les faire hérisser sur sa tête.

— Ambrose Mercutt, dit-il en s'asseyant en face de Parkins. Le nom vous dit quelque chose ?

Le visage de l'inspecteur se détendit.

— Mercutt... fit-il avec un sourire désabusé. Voyons... Un proxénète très élégant, ambitieux. Vous pensez qu'il a pu assassiner Max pour des raisons de rivalité professionnelle ?

— Max lui prenait des clients, non ?

Parkins haussa les épaules et leva les yeux au ciel.

— Savez-vous combien il y a de maisons de passe, dans ce quartier ?

La question était de pure forme, mais Pitt la prit au pied de la lettre.

— La capitale compte environ quatre-vingt-cinq mille prostituées.

Parkins porta les mains à son visage.

— Mon Dieu ! Tant que ça ? Parfois, quand je les regarde, je me demande comment elles en sont arrivées là. C'est stupide de ma part, n'est-ce pas ? Ici, dans mon secteur, on en compte environ deux mille. Nettoyer le quartier ne servirait à rien. Elles recommenceraient ailleurs. Ce n'est pas sans raison que cette activité est réputée être le plus vieux métier du monde. Et beaucoup de leurs clients sont des hommes riches et puissants, vous le savez aussi bien que moi. Un inspecteur de police qui leur mettrait des bâtons dans les roues ferait preuve de plus de témérité que de bon sens.

Le constat était vrai, hélas.

— Donc, vous ne vous intéressez pas de près aux activités de Max ou à celles d'Ambrose Mercutt ?

Parkins fit la grimace.

— On ne peut pas tout faire ! Autant concentrer nos moyens d'action sur de vrais criminels, lorsqu'il y a des victimes réelles. Nous pouvons mettre les gens en prison, si nous arrivons à les pincer pour vol à la tire, fabrication de fausse monnaie, cambriolage, attaque à main armée. Ce type de délinquance nous donne déjà suffisamment de travail.

— Que sait-on des relations entre Max et Ambrose Mercutt ?

Parkins se détendit et se laissa aller contre le dossier de sa chaise.

— Avant l'arrivée de Max, Mercutt possédait le monopole de la clientèle huppée. Mais Burton a rapidement pu fournir des prostituées de haut vol — voire des femmes issues d'un milieu aristocratique, d'après ce que j'ai entendu dire. Dieu seul sait pourquoi elles font ça.

Son visage reflétait sa totale perplexité devant un comportement qu'il jugeait aberrant.

— Oui, Mercutt avait de bonnes raisons de détester Max, mais, quoi qu'il en soit, il n'était pas le seul ! Le proxénétisme est un milieu où l'on se fait facilement trancher la...

Il s'interrompit, se souvenant brusquement de l'usage du couteau dans les deux crimes qui les intéressaient.

— Où Max allait-il dénicher ces dames ? se demanda Pitt à voix haute. Si elles ont envie de tromper leurs maris, la bonne société peut leur offrir suffisamment de chances de se distraire...

— Ah bon ?

Parkins, qui exerçait depuis toujours son métier dans les bas-fonds de la capitale, Devil's Acre, Whitechapel, Spitalfields, où il n'adressait jamais la parole à un membre de la haute société, écoutait son collègue avec intérêt. Celui-ci lui faisait soudain entrevoir un monde qui lui était inconnu.

Pitt s'efforça de ne pas paraître condescendant.

— J'ai eu à plusieurs reprises l'occasion de m'en rendre compte, répondit-il avec un petit sourire.

— De vraies dames n'oseraient pas faire cela, tout de même ? fit Parkins, choqué.

Pitt hésita ; cet homme travaillait dans un quartier sordide parmi des gens condamnés à survivre dans des conditions difficiles et à mourir jeunes. Or tout le monde a besoin de croire à un idéal, même si celui-ci est à jamais hors de portée — il faut toujours laisser aux gens leurs illusions.

— Quelques-unes seulement, mentit-il.

Parkins parut se détendre et l'anxiété s'effaça de son visage. Peut-être réalisait-il qu'il rêvait d'un monde utopique, mais il avait besoin de croire à son existence, malgré tout.

— J'imagine que vous voulez savoir où trouver Ambrose Mercutt ?

— Oui, s'il vous plaît.

Pitt nota l'adresse, bavarda encore quelques instants avec son collègue, puis quitta le commissariat. Le ciel s'était éclairci, mais le vent piquant venu de l'est lui brûlait le visage.

Le lendemain, il passa à son bureau voir s'il y avait du nouveau, mais n'y trouvant que le rapport d'autopsie d'Hubert Pinchin, qui ne lui apprit rien d'intéressant, il retourna à Devil's Acre pour interroger Ambrose Mercutt.

La tâche s'avéra plus difficile qu'il ne l'avait supposé ; Ambrose, supervisant en personne le fonctionnement de son affaire, n'était pas levé à onze heures du matin ; il refusait de recevoir des visiteurs et a fortiori des policiers. Il fallut une demi-heure à Pitt pour convaincre son valet de chambre d'aller le réveiller. Il patienta dans la salle à manger décorée d'un tapis de couleur claire et d'un mobilier en imitation Sheraton, aux murs ornés de peintures érotiques d'artistes contemporains « décadents ».

Mercutt arriva en protestant. C'était un homme mince, élégant et veule, vêtu d'un peignoir de soie ; ses cheveux blonds ondulés retombaient sur son front, cachant de fins sourcils et des yeux clairs aux paupières gonflées.

Pitt comprit aussitôt pourquoi Burton lui avait volé sa clientèle fortunée. Max possédait une sensualité qui attirait les femmes, et un goût très sûr pour sélectionner celles qui feraient les meilleures prostituées — peut-être les initiait-il lui-même à la plus experte façon d'user de leurs charmes ? La nature l'avait doté d'avantages physiques qu'Ambrose, même avec son intelligence, ne pouvait espérer égaler.

Celui-ci, les yeux écarquillés, détailla le policier de haut en bas.

— Je n'ai jamais entendu parler de vous ! s'exclama-t-il. Vous devez être nouveau dans le secteur. Je ne vois pas ce que vous me voulez. J'ai une clientèle haut placée. Vous seriez stupide d'essayer de me compliquer l'existence, inspecteur.

Il s'interrompit pour voir si Pitt avait saisi le sous-entendu.

— Je sais que vous avez une bonne clientèle, acquiesça celui-ci en souriant. Mais peut-être moins qu'avant... depuis que Max Burton a envahi le marché.

Déconcerté, Ambrose étreignit les pans de son peignoir et les resserra autour de lui.

— Ah... Vous venez enquêter sur le meurtre de Max.

Il n'allait donc pas faire semblant de tomber des nues. Pitt en fut soulagé, car il n'était pas d'humeur à tourner autour du pot.

— Oui. Vos affaires ne m'intéressent pas, Mr. Mercutt. Mais Max a détourné une partie de votre clientèle et, peut-être, de vos pensionnaires — inutile de le nier, vous perdriez votre temps.

Ambrose haussa les épaules et regarda ailleurs.

— Ce sont les risques du métier. Une année, les affaires sont bonnes, la suivante, elles périclitent — tout dépend des filles. Ces derniers temps, Max avait de la chance, mais un jour ou l'autre ses filles l'auraient laissé tomber. Les prostituées de luxe sont comme ça : elles finissent par s'ennuyer. Lorsqu'elles ont fini de rembourser leurs dettes, il leur arrive de se marier et de sortir du circuit. Pour lui, cette période bénie n'aurait pas duré longtemps.

En disant cela, Ambrose essayait peut-être de s'en persuader, mais pour sa part, Pitt était enclin à croire Max tout à fait capable de remplacer ses pensionnaires au fur et à mesure de leur départ. Mercutt dut deviner ses doutes, car il se retourna pour le fixer d'un air de défi.

— Vous êtes-vous déjà demandé, inspecteur...

Sa voix était empreinte d'un léger sarcasme, comme si son interlocuteur ne méritait pas vraiment ce titre.

— ... comment Max parvenait à dénicher des

femmes de cette qualité ? Ces dames ne décident pas de vendre leurs charmes dans Devil's Acre pour se changer les idées ! Elles peuvent aisément se prostituer dans leur milieu, si elles le désirent. Cela vous surprend, n'est-ce pas ?

Il plongea son regard dans celui de Pitt, puis, n'y lisant aucun étonnement, poursuivit, les traits durcis :

— Si vous voulez découvrir qui a tué et mutilé Max, cherchez plutôt parmi les maris et les amants de certaines des femmes bien nées qu'il avait amenées dans ce quartier. Croyez-moi, si je décidais d'éliminer un rival, un bon coup de couteau serait amplement suffisant. Je le jetterais dans la Tamise ou laisserais son cadavre dans un de ces trous à rats, au fin fond de Devil's Acre. Je ne l'abandonnerais pas au milieu de la rue haché en petits morceaux, là où la police le découvrirait rapidement. Non, inspecteur...

Encore une fois, il eut une légère hésitation, faisant de ce grade une insulte.

— Cherchez un mari ou un père dont la femme ou la fille, séduite par Max, a accepté de se prostituer pour lui.

— Et comment s'y prenait-il, d'après vous, pour convaincre une femme de ce milieu de travailler pour lui ? insista Pitt, avec une pointe de doute dans la voix. Tout d'abord, où l'aurait-il rencontrée ?

— Naguère, il avait servi comme domestique dans les beaux quartiers. Sans doute était-il resté en contact avec des... valets de chambre.

Mercutt imprima à ce mot toute la haine qu'il éprouvait pour Max et ses congénères.

— Du chantage, probablement. C'est là que vous trouverez la clé de l'énigme, croyez-moi.

— Possible... concéda Pitt, affectant plus de scepticisme qu'il n'en éprouvait réellement.

Le raisonnement ne lui paraissait pas dénué de bon sens, en dépit de l'antipathie instinctive que lui inspirait Ambrose.

— Et comment expliquez-vous l'assassinat du Dr Pinchin ?

Ambrose leva les mains au ciel, d'un geste théâtral.

— Ça, Dieu seul le sait ! Peut-être faisait-il chanter ces dames ? A moins qu'il n'ait eu recours à son art pour découvrir leurs secrets intimes ? Ou bien alors il était associé à Max. Comment le saurais-je ? Voulez-vous que je fasse le travail à votre place ?

Pitt sourit et vit une trace d'irritation passer sur le visage d'Ambrose. Celui-ci avait parlé ainsi pour l'offenser, non pour l'amuser.

— J'apprécie toujours l'aide d'un expert, répliqua-t-il d'une voix douce. Dans mon métier, j'ai eu l'occasion d'enquêter sur différents homicides et incendies volontaires ; grâce aux cambrioleurs, j'ai pu parfaire mes connaissances en matière d'œuvres d'art ; en revanche, la tenue d'une maison close est tout à fait étrangère à mes compétences. Je n'ai pas votre expérience, Mr. Mercutt.

Celui-ci prit une inspiration, prêt à répliquer, mais ne trouva pas la repartie à temps : Pitt avait déjà tourné les talons et quitté son élégant salon. Ambrose se retrouva seul, debout au milieu de la pièce, dans son peignoir de soie.

Dehors, il pleuvait. Pitt sortit dans la rue bordée de murs gris. Au fond, il était assez content d'avoir rabattu son caquet à cet individu. Mais l'hypothèse émise par Mercutt lui semblait fort plausible.

4

Lady Augusta Balantyne appréhendait la matinée qui s'annonçait. Elle avait décidé de ne pas différer plus longtemps sa visite à sa fille, pour lui dire tout net ce qu'elle pensait de son comportement. Christina et son mari, Alan Ross, venaient dîner chez eux le soir même, mais ce qu'Augusta avait à dire à Christina était d'ordre strictement privé. Comme par le passé, lorsqu'elle avait eu à s'occuper des écarts de conduite de leur fille, Augusta avait la ferme intention de laisser son époux à l'écart de tout cela. Le général Balantyne était peut-être un tacticien de génie, lorsqu'il commandait une canonnade ou une charge de cavalerie, mais dès lors que la bataille concernait les sentiments et l'éventualité d'un scandale, il était notoirement incompétent.

Durant le petit déjeuner, Augusta s'en tint à une conversation polie, se contentant des banalités d'usage. Le général, de son côté, se garda bien d'évoquer les meurtres de Devil's Acre, qui faisaient la une de tous les journaux, pour ne pas choquer son épouse, sans se rendre compte qu'elle les avait déjà lus. Augusta ne chercha pas à aborder le sujet : cela lui convenait très bien de le laisser dans l'ignorance, s'il y tenait.

A dix heures, elle fit préparer son attelage et ordonna au cocher de la conduire chez sa fille. Sa visite ne manqua pas d'étonner Christina.

— Maman ! Quelle surprise ! Je ne m'attendais pas...

— Bonjour, Christina.

Lady Augusta entra sans se préoccuper, une fois n'est pas coutume, de la fraîcheur des fleurs, de la présence de nouveaux bibelots, ni même de la nouvelle toilette de sa fille. Elle lui avait déjà reproché ses dépenses excessives ; désormais, c'était l'affaire d'Alan Ross. Aujourd'hui, un souci infiniment plus sérieux l'habitait.

— Je viens juste de finir de prendre mon petit déjeuner, expliqua Christina, encore étonnée par cette arrivée inopinée. Voulez-vous du thé ?

— Non, merci. Je ne tiens pas à être interrompue par les allées et venues des domestiques, ni à devoir faire attention aux tasses.

Christina faillit protester puis se ravisa. Elle s'assit sur le canapé et prit sa broderie.

— J'espère que vous n'avez pas été obligée d'annuler le dîner ?

— Si tel était le cas, j'aurais envoyé un valet faire la commission, fit sèchement Lady Augusta. Non, je voulais te parler en privé, car, ce soir, l'occasion ne se présentera pas.

Elle observa le charmant profil de sa fille, la courbe douce du menton, les yeux baissés. Comment pouvait-on posséder à la fois un tel caractère et si peu d'instinct de survie ? Depuis toujours, Augusta avait tenté d'inculquer à sa fille sa conception des usages et des interdits en société, sans jamais y parvenir. La discussion s'annonçait donc fort déplaisante, mais elle était inévitable.

— Peux-tu poser cette broderie et m'écouter avec attention ! De récents événements m'ont amenée à réfléchir : je ne puis me permettre de te laisser te comporter de la sorte.

Stupéfaite, Christina écarquilla ses yeux bleus. Étant

une femme mariée, elle n'avait de comptes à rendre qu'à son mari, non à sa mère !

— Que voulez-vous dire, maman ?

— Ne me réponds pas comme si j'étais stupide, Christina ! Je sais pertinemment que tu vas t'amuser dans des endroits très mal fréquentés. Je comprends qu'une femme puisse s'ennuyer...

— Ah ? s'étonna Christina, cinglante. Avez-vous la moindre idée de ce que s'ennuyer veut dire ? S'ennuyer à mourir, au point d'avoir le sentiment que votre vie vous échappe et, devant le vide de vos journées, reconnaître que vous pourriez aussi bien passer votre temps à dormir ?

— Bien sûr que je le sais ! T'imagines-tu être la seule femme à trouver son mari assommant, et ses amies tellement prévisibles, qu'elle connaît d'avance chaque mot de leur conversation avant même qu'elles n'aient ouvert la bouche ?

Le visage de Christina s'assombrit, mais sa mère n'aurait su dire si elle était réellement peinée ou simplement agacée.

— Pourtant, papa, quand il était jeune, devait être quelqu'un de passionnant ? Un soldat qui revient du front a toujours des choses à raconter.

— Passionnant ? Ma chère petite, à ton avis combien de fois ai-je eu envie de l'écouter décrire le dispositif de l'artillerie durant la bataille de Balaklava — ou d'ailleurs ? Ton père considérait qu'il était déloyal de parler des erreurs ou des ambitions des autres officiers, et vulgaire d'évoquer leurs liaisons amoureuses devant des femmes. Mon Dieu ! Je m'ennuyais parfois à un tel point que si je n'avais pas été une femme bien élevée, je me serais mise à hurler et je l'aurais giflé, pour le plaisir de le faire sortir de ses gonds ! Mais cela n'aurait servi à rien. Il n'aurait pas compris. Il se serait imaginé que j'avais une crise de nerfs et m'aurait conseillé d'aller me reposer et de me faire monter une tasse de camomille dans ma chambre.

J'ai donc appris à garder mon calme dans ces circonstances, tout en pensant à autre chose. Un peu d'autodiscipline te ferait du bien ; tu te rendrais mieux compte de ce que tu as à perdre. Alan te gâte beaucoup trop...

— Alan ? Me gâter ? D'accord, il me donne tout ce dont j'ai besoin, mais il s'adresse à moi comme si j'étais une relation mondaine, quelqu'un avec qui il faut se montrer aimable !

Ses joues s'empourprèrent sous l'effet de la colère.

— Il est si plein de piété qu'il en est insupportable ! Il aurait dû épouser une nonne ! Parfois, je me demande s'il possède la moindre once de passion, de vraie passion !

Augusta chassa le bref élancement de pitié qui l'avait traversée. Le moment était mal venu de s'apitoyer.

— Ne confonds pas passion et excitation, répondit-elle avec froideur. L'excitation, ma chère, revient à disputer une partie de cartes en pariant sur des allumettes ; perdant ou gagnant, au bout de la partie, il ne reste qu'un tas de brins de bois.

L'expression de Christina se durcit. Elle releva le menton.

— Vous n'avez pas à me dicter ma conduite, maman. Je fais ce que je veux.

Lady Balantyne décida de changer de tactique.

— As-tu lu les journaux ?

— Pourquoi cette question ? Puisque mon mari n'y voit pas d'inconvénient, cela ne vous regarde pas.

— Si tu les as lus, tu dois être au courant des deux horribles crimes perpétrés à Devil's Acre.

La jeune femme pâlit. Max Burton était à leur service, avant son mariage avec Alan Ross. Cela peinait Augusta d'avoir à lui rappeler de douloureux souvenirs, mais le comportement inadmissible de Christina et surtout son entêtement à le nier ne lui laissaient pas le choix.

— L'une des victimes a passé un certain temps à notre service, souviens-toi...

— Je suis au courant, fit Christina. Une affaire très déplaisante, ajouta-t-elle en reprenant sa respiration.

— La police enquête sur les deux crimes.

— Évidemment. Cela dit, je n'en vois pas l'utilité. Il n'est pas rare que ce genre de personnes finissent assassinées. A mon avis, on ne découvrira jamais le meurtrier. Quant au mobile du crime, il n'a guère d'importance. Je ne peux pas croire que la police s'y intéresse vraiment ; elle est bien obligée d'ouvrir une enquête parce que c'est ce que l'on attend d'elle.

— Sans aucun doute ; mais le problème n'est pas là. Sais-tu qui est chargé de l'enquête ? L'inspecteur Pitt. T'en souviens-tu ?

Christina tressaillit.

— A Devil's Acre, poursuivit Augusta, il y a des maisons où des femmes riches vont parfois se divertir. Pénétrer dans un monde sordide et dangereux doit leur procurer des sensations fortes. Peut-être apprécient-elles mieux par la suite la quiétude huppée de leur quartier ?

Christina fixa sur sa mère un regard dur et furibond.

— Je n'en ai pas la moindre idée ! siffla-t-elle entre ses dents, mâchoires serrées.

Augusta soupira.

— Par pitié, ne joue pas à l'innocente, et surtout, ne me prends pas pour une idiote ! Alan préfère peut-être feindre l'ignorance — entre nous, je trouve qu'il fait preuve d'une patience admirable à ton égard —, mais, face au scandale, il sera bien obligé d'ouvrir les yeux. La police va surveiller de très près les allées et venues dans Devil's Acre. Ces deux crimes ont frappé les esprits. Étant donné que Pinchin était un homme relativement honorable, les gens sont terrorisés. Si tu ne peux contrôler ton penchant à frayer avec des gens douteux, il faudra aller t'encanailler ailleurs. A mon avis, il serait encore plus sage de ne plus te montrer dans ces endroits. Londres n'est pas si grand que tu l'imagines — on n'y reste pas longtemps anonyme. Tes amies ne fréquentent sans doute pas les maisons de jeu ou les cabarets louches, mais il est fort possible que leurs maris le fassent. Ce qui pour un homme n'est que bagatelle représente pour une femme une dangereuse aventure.

— Hypocrites ! cracha Christina.

— Ma chère enfant, cesse de te comporter comme une petite fille. Tu as passé l'âge. La naïveté est excusable à vingt ans, ennuyeuse à vingt-cinq et ridicule à trente. Tu risques de perdre ta réputation. Réfléchis bien aux conséquences !

— Bien au contraire, maman, j'ai beaucoup de succès et tout le monde me trouve très amusante !

— Comme les bouffons et les catins ! Désires-tu devenir l'un ou l'autre ?

Christina blêmit.

— Vous vous imaginez que je hante les cabarets de bas étage ? Mais, maman, je n'y ai jamais mis les pieds et je ne saurais vous dire ce qui s'y passe ! Il existe quantité de maisons parfaitement respectables où je pourrais m'adonner au jeu, si je le désirais. Et je n'ai pas besoin de me chercher un amant — j'ai plus de propositions qu'il ne m'en faut.

Lady Augusta ne se laissa pas impressionner. Elle connaissait les réactions de sa fille, quand son amour-propre était blessé.

— Ah bon ? Tu oses me soutenir que tu n'es jamais allée à Devil's Acre ?

— Je n'ai pas l'intention d'en parler avec vous !

Le sujet était trop important pour qu'Augusta se permette de laisser éclater sa colère. Elle préférait ne pas lui dire qu'elle était au courant de ses incursions dans les bas-fonds proches de Westminster. La vieille et fidèle domestique qui l'avait renseignée aurait risqué sa place et, plus grave, Augusta aurait perdu une précieuse source d'information ; au surplus, Christina était si imprudente qu'il n'y avait, dans ces circonstances, que sa mère pour la protéger.

— Je m'en doute, riposta-t-elle sèchement. Voilà pourquoi il vaut mieux que je sois au courant. On t'a vue là-bas. Tu dois cesser de fréquenter ces endroits.

A présent, Christina avait peur. Augusta la connaissait trop bien pour se laisser tromper par cette pose arrogante, ces épaules bien droites sous l'épais satin de la robe. Juste ciel ! Christina n'était qu'une gamine inconsciente qui ne réfléchissait jamais aux conséquences de ses actes. Elle cherchait sans cesse à obtenir tout ce qu'elle désirait. D'où tenait-elle ce relâchement ? Certainement pas de son père ! Il n'avait jamais été prodigue d'émotions, hélas ! Augusta, de son côté, avait toujours fait preuve d'une discrétion absolue. Elle connaissait la limite entre plaisir et devoir et s'y aventurait comme une équilibriste sur son fil. Pourquoi Christina se comportait-elle de façon aussi insensée ?

— Vraiment, ma fille, tu mets ma patience à rude épreuve ! fulmina-t-elle. Parfois j'ai l'impression que tu as perdu tout sens commun !

— Si vous n'avez jamais été amoureuse pour de bon, j'en suis désolée pour vous, maman !

Christina hurlait maintenant, déversant toute sa frustration, son désir, son orgueil dans un mépris brûlant pour une femme qu'elle considérait comme moins expérimentée qu'elle.

— Oui, je suis allée à Devil's Acre, dans une maison de rendez-vous tenue par un ami, pour y rencontrer mon amant ! Mais vous ne direz rien à Alan parce que vous ne voulez pas ruiner notre mariage ! Après tout, c'est bien vous qui me l'avez choisi pour époux !

— Ma chère enfant, Alan était le meilleur prétendant qui s'offrait à toi, compte tenu des circonstances. A l'époque, tu étais bien contente de l'avoir trouvé, souviens-toi... Comment s'appelle ce monsieur ?

— Mère, je m'arrange pour le rencontrer à l'abri des regards indiscrets, rétorqua Christina. Pas comme certaines, qui profitent des réceptions pour retrouver leurs amants en cachette... Vous devriez vous en réjouir.

Quant à son nom, il ne vous regarde pas. Mais sachez qu'il s'agit d'un gentleman, si cela peut vous rassurer.

— Je vois que tes goûts s'améliorent ! riposta cruellement Augusta.

Elle se leva.

— Désormais, contente-toi de le recevoir chez toi. Christina... La bonne société a la mémoire longue et ne pardonne rien aux femmes. On fermera les yeux sur une petite incartade, ou même sur une liaison, si elle reste discrète. Mais personne ne te pardonnera d'aller t'encanailler à Devil's Acre : cela s'appelle trahir sa classe.

Elle se dirigea vers la porte et l'ouvrit. Il n'y avait pas de domestique en vue dans le vestibule.

— Sois prudente, ma fille. Tu ne peux te permettre une autre erreur.

— Je n'ai pas fait d'erreurs, répondit Christina entre ses dents. Merci de vous préoccuper de mon honneur, mais c'est inutile. Je suis assez grande pour me débrouiller toute seule.

Lady Augusta avait décidé ce soir-là d'organiser un grand dîner. Les domestiques étaient tous en livrée ; elle avait fait sortir son plus beau service de verres en cristal et trois candélabres en argent, de style georgien ; sur la table, on avait disposé des fleurs à profusion, qui devaient provenir d'une demi-douzaine de serres différentes. Le général Balantyne préférait ne pas imaginer ce qu'elles avaient coûté.

Augusta avait revêtu ses couleurs favorites, le blanc et le noir, qui soulignaient sa chevelure sombre striée de cheveux argentés et le blanc laiteux de ses épaules toujours parfaites. Balantyne fut obligé de reconnaître avec une pointe de surprise que son épouse était splendide. Il voyait encore en elle la beauté et la dignité qui l'avaient séduit quand il était jeune homme. Ils avaient fait un bon mariage. Balantyne était issu d'une lignée de militaires, à la réputation sans tache, mais plutôt désargentée. Le père d'Augusta, en revanche, portait le titre de comte ; elle serait donc comtesse à vie, indépendamment de son futur époux, sauf, bien sûr, s'il s'agissait d'un aristocrate plus titré. En dot, elle apportait une jolie fortune dont elle hériterait plus tard.

Quoi qu'il en soit, sa personnalité et ses qualités avaient permis à Balantyne de demander sa main avec enthousiasme et elle avait paru heureuse d'accepter. Le plus étonnant était que le père d'Augusta avait vu cette union d'un bon œil.

Le général se mit à penser au mariage de sa fille avec Alan Ross. Bien sûr, les circonstances avaient été différentes. Christina ne tenait pas de sa mère et, pour autant qu'il puisse en juger, encore moins de lui. Sans avoir la majestueuse beauté d'Augusta, elle possédait néanmoins un charme éblouissant. Elle avait toujours eu beaucoup de vivacité d'esprit — un esprit qu'elle exerçait malheureusement trop souvent aux dépens des autres, ce qui n'était pas pour plaire au général. Mais ses piques blessantes faisaient rire dans les salons. Pour les gens du monde, un trait d'esprit innocent était en lui-même une contradiction !

Il doutait que Christina ait jamais aimé son mari, ou qu'elle fût prête à aimer qui que ce soit. Mais elle avait certainement été très déterminée à l'épouser ; c'était d'ailleurs un sujet qu'Augusta avait refusé de discuter. Cela appartenait à un douloureux passé ; la famille avait vécu de terribles semaines d'angoisse, après les meurtres commis trois ans plus tôt ici même, à Callander Square.

Ces doutes le remplissaient encore de tristesse. Il aimait bien son gendre, un garçon étonnamment calme et posé. Son nez long et aquilin pouvait le faire passer pour un homme au tempérament fort et arrogant, mais sa bouche sensible chassait cette impression première, laissant son interlocuteur conscient de passions intérieures inaccessibles. Balantyne n'avait jamais compris ce qu'Alan éprouvait pour Christina.

Par ailleurs, il avait appris à mieux connaître son fils

Brandy. Celui-ci avait hérité de la sombre beauté de sa mère, mais en moins sévère toutefois. Il paraissait toujours prêt à rire et possédait ce que l'on pourrait appeler un sens de la dérision et une joie spontanée que son père lui enviait.

De plus, Brandy avait fait preuve d'une obstination et d'un courage surprenants, en décidant d'épouser la gouvernante de Reggie Southeron, Jemima. C'était une jeune fille charmante, bien élevée et fort cultivée, quoi que son rang social, avant son mariage, ne fût guère meilleur que celui d'une domestique.

Le bonheur du jeune couple sautait aux yeux ; ils avaient donné à leur petite fille le prénom de la mère du général, geste qui lui avait fait très plaisir. Oui, vraiment, Brandy avait fait un bon choix en épousant Jemima.

Le dîner, composé de sept plats différents, fut naturellement très long. Augusta et le général présidaient, chacun à un bout de la table. Alan Ross avait pris place du côté des fenêtres aux lourdes tentures de velours vert mousse qui protégeaient du froid humide du dehors. Ses cheveux blonds brillaient à la lueur des chandeliers. Comme à son habitude, il parlait peu. Jemima était assise à côté de lui, vêtue d'une robe à fleurs vert pâle et blanc, qui donnait envie d'en caresser la texture. Sa vue évoquait à Balantyne une belle journée de mai, plutôt qu'une nuit glaciale de janvier. Jemima lui faisait penser à une pâquerette ou à un rameau gracieux se balançant dans le vent. En ce moment, elle parlait à Augusta. Brandy l'observait de loin en souriant.

Christina, vêtue d'une superbe robe mordorée, était assise à côté de son frère ; sa chevelure brune scintillait. Balantyne comprenait pourquoi les hommes la trouvaient si séduisante, bien qu'elle eût un nez trop petit, des sourcils en aile d'oiseau et des lèvres trop pulpeuses pour un goût classique. Mais il émanait d'elle une expression de défi perpétuel qui lui conférait un éclat singulier. Elle possédait le même humour que son frère, mais sans sa tolérance et son esprit de dérision.

Le premier plat fut desservi et le second apporté.

— Vous souvenez-vous de ce Pitt ? demanda Brandy en levant les yeux de son assiette.

Ils dégustaient une roulade de poisson cuite au four, accompagnée d'une sauce aux amandes effilées. Balantyne avait toujours eu cela en horreur.

— Non, fit Augusta, froidement. Le seul Pitt que je connaisse était le Premier ministre qui a introduit la taxe sur le revenu pendant les guerres napoléoniennes.

Alan Ross cacha son sourire et Jemima inclina la tête. Mais la courbe de son cou suggéra à Balantyne qu'elle aussi souriait.

— Mais si, ce policier débraillé et hirsute qui avait toujours l'air d'avoir traversé une tempête, insista Brandy, indifférent à la froideur de sa mère. Il y a trois ans.

Il s'abstint tout de même de mentionner les meurtres de Callander Square.

— Pourquoi devrais-je m'en souvenir ? s'enquit Augusta, acerbe.

Brandy parut insensible à son ton glacial — ou à son avertissement implicite.

— Voyons, mère, ce n'est pas un personnage que l'on oublie facilement !

— Pour l'amour du ciel ! l'interrompit Christina. Il ne s'agit que d'un policier. C'est comme si tu disais qu'il faut se souvenir du nom des domestiques des voisins.

Brandy ignora également la remarque de sa sœur.

— L'inspecteur Pitt est chargé de l'enquête de Devil's Acre. Le saviez-vous ?

La physionomie d'Augusta se pétrifia, mais avant qu'elle n'eût ouvert la bouche, Christina se tourna vers son frère et lui lança d'un ton singulièrement cassant :

— J'estime très grossier de ta part d'aborder cette question pendant que nous sommes à table, Brandy.

D'ailleurs, je ne vois pas l'intérêt d'en parler, tout court ! Je te serai reconnaissante de changer de sujet de conversation. A propos, saviez-vous que la fille aînée de Lady Summerville est fiancée à Sir Frederick Byers ?

Augusta se détendit. Sous le satin de sa robe, ses épaules se relaxèrent. Mais elle ne reprit pas sa fourchette, comme si elle pouvait être appelée, à n'importe quel moment, à intervenir pour sauver la situation.

— Freddie Byers n'est même pas au courant ! ironisa Brandy. En tout cas, il ignorait encore mardi qu'il était fiancé.

Christina partit d'un curieux petit rire de gorge.

— Ça, par exemple ! Y aurait-il un beau petit scandale en perspective ? De toute façon, je ne peux pas supporter Rose Summerville. Vous ai-je déjà raconté ce qui est arrivé à ses plumes le jour de sa présentation à la princesse de Galles ?

— Ses plumes ? répéta Balantyne, incrédule.

Christina agita ses jolis doigts où brillaient deux superbes diamants.

— Voyons, papa ! Lorsque l'on est présentée à la Cour on doit porter en diadème les trois plumes symbolisant les armes du prince de Galles. Il est extrêmement difficile de les garder sur la tête, surtout si l'on a les cheveux fins, comme cette pauvre Rose.

Elle entreprit de leur raconter l'histoire des plumes de manière si comique, que, bien qu'il considérât la présentation des débutantes à la Cour comme une farce cruelle, Balantyne fut obligé de sourire.

Il jeta un coup d'œil à Jemima, qui, bien entendu, n'avait jamais approché la Cour. Mais ses yeux pétillaient, même si sa bouche montrait une légère indécision, ne sachant trop si elle devait compatir aux malheurs de ces infortunées jeunes filles rassemblées en troupeau, comme à un comice agricole, pour être présentées une par une à la famille royale, vêtues de toilettes qui avaient coûté les yeux de la tête, marquant ainsi leur entrée dans la société. L'honneur exigeait qu'elles trouvassent un mari convenable avant la fin de la saison.

Les assiettes furent desservies et on apporta le plat suivant, un aspic de poulet.

« On dirait de la chair morte », songea Balantyne en examinant sa couleur et sa texture. Le temps d'un éclair, le visage de Max se superposa à celui du valet qui se penchait pour lui présenter le plat en argent.

Il n'avait plus envie de manger. Toute cette nourriture sur la table, qui pourtant n'était pas plus chargée qu'à l'ordinaire, lorsqu'ils recevaient des invités, lui parut déplacée. Il revit en pensée le cadavre allongé sur la table de la morgue. De la viande aussi : une chair d'un blanc grisâtre, comme celle de la volaille égorgée, tout le sang descendu vers le dos et les fesses. Pourtant, même émasculé, Max ne lui avait pas semblé étranger dans la mort, comme la plupart des cadavres qu'il avait vus dans sa vie. Ce visage lourd était identique, dans sa mémoire, à celui de Max vivant.

Balantyne sentait le regard de son épouse posé sur lui. Il ne pouvait décemment pas lui dire à quoi il pensait ! Il lui fallait donc se forcer à manger, même si le poulet lui restait en travers de la gorge. Il le ferait passer avec un verre de chablis ; le désagrément qui en résulterait serait moins pénible que de lui avouer, avec force déglutitions, les pensées qui l'habitaient.

— J'aimais bien Miss Ellison, aussi, reprit Brandy à brûle-pourpoint. J'ai rarement rencontré une femme possédant autant de personnalité.

— Miss Ellison ? fit Augusta, perplexe. Je ne connais pas d'Ellison dans nos relations. Quand nous a-t-elle été présentée ?

— Sans doute jamais, fit Brandy avec un large sourire. C'était la jeune femme venue aider papa à mettre de l'ordre dans ses papiers, lorsqu'il a commencé à écrire l'histoire militaire de la famille.

Christina lui lança un coup d'œil méprisant.

— Pour l'amour du ciel, pourquoi parler d'une créature aussi ordinaire ! Le seul détail dont je me souvienne chez elle était sa magnifique chevelure. Mais même une simple soubrette peut avoir de beaux cheveux !

— Ma chère sœur, une soubrette *doit* avoir de beaux cheveux, rétorqua Brandy, tout aussi méprisant. Et le reste à l'avenant... Une maison qui prétend faire partie de la bonne société choisit ses soubrettes d'après leur physique. Tu le sais aussi bien que moi.

— En sommes-nous réduits à discuter de la physionomie des femmes de chambre ? intervint Augusta, dont les ailes du nez palpitaient comme si elle avait respiré une mauvaise odeur.

Balantyne se sentit contraint de défendre Charlotte — ou du moins le souvenir qu'il avait d'elle. Toute personne chère à son cœur méritait d'être défendue.

— Miss Ellison n'était pas vraiment une femme de chambre. En fait, elle n'était pas du tout une domestique...

— Mais certainement pas une dame, riposta un peu trop vivement Christina. Moi, je sais faire la différence, si Brandy en est incapable. Vraiment, dès qu'ils aperçoivent un joli jupon, certains hommes perdent toute capacité de jugement !

— Christina !

La voix d'Augusta résonna, sèche et glaciale ; jamais Balantyne n'avait vu son épouse aussi pâle. Était-elle en colère parce que sa fille avait insulté son père à sa propre table, ou parce qu'elle avait mis en cause Jemima, autrefois gouvernante dans une maison voisine ? Curieusement, Balantyne songea qu'il aurait préféré que ce fût pour la défense de Jemima.

Il se tourna vers sa fille et la regarda droit dans les yeux.

— L'une des qualités d'une vraie dame, dit-il avec douceur, est d'avoir de bonnes manières, de façon à ne pas choquer les autres par maladresse, fût-elle involontaire.

Christina demeura immobile, les yeux étincelants, les joues blêmes, les poings crispés sur sa serviette.

— A mon avis, papa, ce sont les domestiques et les parvenus qui n'offensent jamais personne, car ils savent qu'ils ne peuvent se le permettre.

Il y eut une agitation embarrassée autour de la table. Ce fut Alan Ross qui prit la parole, après avoir posé sa fourchette à côté de son assiette. Il avait de belles mains, fortes et nerveuses.

Il s'adressa posément à sa femme :

— Les domestiques n'insultent personne parce qu'ils n'osent pas, ma chère. Une dame n'y songerait même pas, par calcul. Voilà la différence. Ceux qui offensent les autres sont les gens qui n'ont de comptes à rendre à personne, mais qui sont incapables de se contrôler et trop insensibles pour comprendre les sentiments d'autrui.

— Vous savez si joliment tourner vos phrases, Alan ! lança Christina d'un ton de défi, teinté de mépris, sous-entendant qu'il n'avait pas pris le temps de réfléchir, mais répondu par une phrase toute faite.

Alan Ross, pétri d'un sens aigu des convenances, demeura très digne. Le général sentit une vague de tristesse l'envahir.

« Ce garçon ne méritait pas un tel camouflet », songea-t-il, en repoussant son assiette. La beauté seule ne suffit pas ; peu importe qu'elle ait de l'esprit, un joli minois ou un corps splendide, c'est la douceur et la compréhension qu'un homme recherche avant tout chez une épouse. Christina avait intérêt à l'apprendre avant qu'il ne soit trop tard et qu'elle ne perde définitivement l'affection de son mari. Quelqu'un devait la prévenir. Il convaincrait Augusta de lui parler.

La voix de Brandy le ramena à une réalité encore plus déplaisante.

— C'est bien Max Burton, notre ancien valet de

pied, qui a été tué à Devil's Acre, si je ne me trompe ? dit-il en les regardant chacun à tour de rôle.

Sa remarque obtint l'effet désiré, à savoir stopper net la conversation. Augusta, saisie, garda les mains suspendues au-dessus de son assiette. Christina laissa choir son couteau. Alan Ross ne broncha pas.

Un pétale de fleur tomba sur la table, d'une blancheur plus immaculée que celle de la nappe amidonnée.

Christina avala sa salive.

— Vraiment, Brandy, qu'en savons-nous ? Et puis, d'ailleurs, quelle importance ? Max a quitté cette maison depuis des années ! Toute cette histoire est répugnante.

— La vie des habitants de Devil's Acre ne nous concerne pas, renchérit Augusta d'une voix rauque. Je refuse d'entendre évoquer un sujet aussi indécent à ma table.

— Je ne suis pas d'accord, maman, riposta Brandy, nullement impressionné. Tant que tout le monde refusera d'en parler...

Augusta ne lui laissa pas le temps de finir sa phrase.

— J'imagine que la moitié de la capitale n'a que cela à la bouche ! Quantité de gens adorent se vautrer dans l'ignoble. Je ne tiens pas à faire partie de ceux-là. Et tant que tu seras sous mon toit, Brandy, je t'interdis d'en parler !

Celui-ci se pencha en avant, le visage sérieux.

— Je ne voulais pas évoquer des détails sordides, mère, mais les conditions de vie dans les taudis surpeuplés. Apparemment, notre cher Max était devenu proxénète...

— Brandon !

Il ignora l'apostrophe.

— Avez-vous une petite idée du nombre de prostituées dans la capitale, mère ?

Balantyne regarda son épouse et se dit qu'il n'oublierait jamais l'expression de son visage.

Elle haussa les sourcils et écarquilla les yeux.

— Dois-je comprendre, Brandy, que toi, tu le sais ? demanda-t-elle d'une voix coupante comme un rasoir.

Les joues de son fils se colorèrent légèrement, mais son visage conserva l'expression de défi qu'il arborait déjà tout petit quand on voulait l'obliger à manger du pudding ou à faire la sieste.

— Quatre-vingt-cinq mille, annonça-t-il, évitant d'ajouter « environ », ce qui aurait atténué l'impact de sa réponse. Et certaines d'entre elles n'ont guère plus de dix ou onze ans !

— Ridicule !

Pour la première fois, Alan Ross se joignit à la discussion.

— Ce que dit Brandy n'est que trop vrai, hélas, belle-maman. Plusieurs membres de la haute société, de réputation irréprochable, ont, depuis quelque temps, pris la défense de ces malheureuses. De nombreuses enquêtes ont été menées...

Christina partit d'un rire aigu et sans joie.

— Ne sois pas ridicule ! Maman a raison. Comment une personne de qualité pourrait-elle prendre fait et cause pour des prostituées ? C'est grotesque. Inutile d'en discuter. Nous frisons l'absurde. Cette conversation est des plus déplaisantes.

Balantyne se demanda pourquoi sa fille se ralliait aussi vite à l'opinion d'Augusta ; cela ne lui ressemblait pas. Il se surprit à répéter :

— Quatre-vingt-cinq mille ! Les malheureuses !

Il avait involontairement utilisé le terme souvent employé pour désigner les prostituées. Ce mot permettait de minimiser leur misère et laissait penser que l'on éprouvait de la compassion pour ce monde glauque et inquiétant.

Les yeux de Brandy s'étrécirent. Il balaya rageusement la réflexion de son père, comme s'il avait deviné ses pensées.

— Les malheureuses... Quel euphémisme ! s'exclama-t-il avec mépris. Ne prétendez pas que les gens de la bonne société ressentent de la pitié pour elles, papa, alors qu'ils ne veulent même pas en entendre parler ! Pour preuve, nous venons juste de dire que la prostitution ne constitue pas un sujet de conversation digne de notre table. Nous préférons faire semblant de croire qu'elle n'existe pas ou que ces femmes vivent dans le péché par plaisir et font leur travail la joie aux lèvres...

— Cesse de dire des âneries, Brandy, le coupa sa sœur. D'abord, tu n'y connais rien. Maman a raison. Le sujet est très déplaisant et il est grossier de ta part de nous l'imposer. Nous t'avons déjà bien fait comprendre que nous ne voulions pas entendre parler de ces choses-là. N'est-ce pas, Jemima ? ajouta-t-elle à l'adresse de sa belle-sœur, assise en face d'elle. Vous n'avez certainement pas envie de passer votre dîner à parler de prostitution ?

Balantyne se pencha en avant, prêt à défendre sa belle-fille qui était à ses yeux une créature vulnérable, car elle s'était mariée très au-dessus de sa condition et aimait follement son époux.

Mais Jemima, avec un sourire, fixa sur Christina son regard gris et pur.

— C'est un sujet délicat à aborder, en toute occasion, dit-elle en souriant. Mais si je regardais la détresse d'autres femmes, qu'elle soit physique ou morale, sans me sentir bouleversée, alors j'aurais besoin que quelqu'un me rappelât mes responsabilités d'être humain.

Il y eut un moment de silence.

Un sourire radieux éclaira le visage de Brandy dont la main s'avança, hésitante, comme s'il allait toucher celle de sa femme pour la remercier.

— Comme c'est édifiant, fit Christina avec un léger mépris. A vous entendre, on a l'impression que vous êtes encore dans votre salle de classe. Vous devriez exercer votre imagination, ma chère ! Passer pour quelqu'un d'assommant est ce qui peut arriver de pire en société.

Brandy blêmit.

— En général, celle-ci pardonne aux hypocrites ; tu obtiendras donc toujours un franc succès, ma chère sœur, du moins tant que tu prendras garde à ne pas trop montrer ton jeu, comme tu le fais en ce moment. Un hypocrite maladroit est pire qu'un fâcheux, c'est un offenseur !

— Tu ne connais rien aux usages, riposta Christina soudain crispée, les joues en feu. J'essayais seulement d'aider Jemima. Après tout c'est ma belle-sœur. Personne n'a envie que l'on assimile ses propos à ceux d'une gouvernante, quel que soit le fond de sa pensée. Pour l'amour du ciel, Brandy, nous ne sommes plus en salle d'étude !

— Christina a raison, intervint Augusta, reprenant enfin ses esprits. Tu nous fatigues. Nul n'a envie d'être instruit des maux des indigents. Si le problème t'intéresse, fais-toi élire au Parlement. Cette pauvre Jemima n'a voulu que se montrer loyale vis-à-vis de toi, comme toute épouse qui se respecte. A présent, essaie de nous changer les idées en parlant d'autre chose ; sinon taistoi et laisse les autres converser à leur guise.

Elle se tourna vers Alan Ross, ignorant son époux qui paraissait fort malheureux et cherchait ses mots pour faire comprendre qu'à son sens on ne pouvait éluder aussi facilement un tel sujet. Pour lui, qu'il dérangeât ou non était sans importance ; seule la vérité comptait.

— Alan... commença Augusta avec un léger sourire, Christina m'a dit que vous êtes allés visiter le dernier salon de l'Académie royale de peinture. Racontez-nous... Avez-vous vu des choses intéressantes ? Sir John Millais a-t-il exposé ses œuvres, cette année ?

Ross n'avait d'autre choix que de répondre ; il s'avoua vaincu avec grâce et leur offrit une description légère et assez humoristique des peintures de l'Académie.

Balantyne se dit que, décidément, il appréciait beaucoup son gendre.

A la fin du repas, une fois les assiettes à dessert débarrassées, Augusta se leva et invita ces dames à passer au petit salon, laissant ainsi les gentlemen libres de fumer, s'ils en avaient envie. Stride, le valet, apporta du porto dans une carafe de cristal de Waterford, au col en argent fermé par un ravissant bouchon cannelé. Il la laissa sur la table et se retira discrètement.

Sans savoir pourquoi — le sujet le hantait depuis plusieurs jours — Balantyne revint sur Max et Devil's Acre.

— C'est bien notre ancien valet qui a été assassiné.

Il emplit son verre, s'en saisit, le fit tourner entre ses doigts et regarda la lumière jouer dans ses reflets rubis, avant d'ajouter :

— Pitt est venu ici me demander d'aller identifier le corps.

Le visage de Ross demeura indéchiffrable. C'était un homme très secret ; il était difficile de deviner ses pensées et ses sentiments. Balantyne se souvint d'Helena Doran, la jeune fille qu'Alan avait aimée avant d'épouser Christina ; était-il possible que son gendre n'ait jamais oublié son ancien amour ? Cela lui faisait de la peine pour lui, et aussi pour Christina. Il tenait peut-être là l'explication de la nervosité et du manque de gentillesse de sa fille envers Alan. A cet égard, l'évident bonheur de Jemima ne faisait que retourner le couteau dans la plaie.

Et pourtant, la réussite d'un mariage ne repose-t-elle pas essentiellement sur une mise en commun du temps et de l'expérience de chacun ? C'est cela qui fait la solidité d'un couple ! Les unions heureuses mûrissent dans une sorte d'affectueuse camaraderie. Christina avait-elle essayé de gagner l'amour d'Alan Ross ? Cela aurait très bien pu se faire avec l'esprit et la beauté qui étaient les siens ; mais il aurait fallu qu'elle fasse preuve de douceur et de générosité. Encore une fois, Balantyne songea qu'il devait absolument demander à Augusta de parler à leur fille.

Brandy le dévisagea, étonné.

— Pitt ? La police ne l'avait donc pas identifié ?

Balantyne ramena ses pensées à Max.

— Apparemment non. Il utilisait des faux noms. Pitt a cru reconnaître le visage, voilà pourquoi il est venu me chercher.

Alan et Brandy demeurèrent silencieux. Peut-être avaient-ils cru qu'il s'agissait d'un homonyme. Désormais, ils ne pouvaient plus nier que le cadavre de Devil's Acre était celui d'un homme qu'ils avaient connu et côtoyé durant des années, même si un domestique n'était pas perçu comme un individu à part entière, mais plutôt considéré comme faisant partie des meubles.

— Pauvre diable, dit enfin Brandy.

— Croyez-vous que la police finira par trouver l'assassin ? demanda Ross, en se tournant vers son beau-père, le visage tendu. On peut comprendre son geste, si Max gagnait sa vie en vendant des femmes. On ne peut pas tomber plus bas.

— Oh, il y a pire, à mon avis, soupira Brandy. Le commerce des enfants. Surtout celui des garçons.

Ross tressaillit.

— Mon Dieu ! Je n'avais pas pensé à cela ! Notre ignorance est criminelle. Je n'arrive pas à imaginer ce qui peut pousser un être humain à agir de la sorte. Et pourtant il doit y avoir des milliers de gens qui s'abandonnent à ces immondes pulsions, dans ma propre ville. Quand je pense que je les croise peut-être dans la rue tous les jours...

— Celui des garçons... répéta pensivement Balantyne.

Après trente ans passés dans l'armée, il connaissait les tendances perverses de certains hommes éloignés par force de leur foyer, du fait de la guerre. Ces penchants contre nature étaient peut-être latents, avant que la solitude et l'absence de femmes les amènent à passer physiquement à l'acte. Mais de là à gagner sa vie en livrant des enfants à ces monstres...

— Max vendait-il des petits garçons ? demanda-t-il.

— Non, des femmes, je crois, répondit Brandy. Enfin, c'est ce que disent les journaux mais ils n'auraient peut-être pas osé mentionner qu'il obligeait des gosses à se prostituer. Les gens ne veulent pas en entendre parler. On peut blâmer les femmes publiques, dire qu'elles sont immorales et que tout ce qui leur arrive n'est pas de la responsabilité de la société. La prostitution est vieille comme le monde et durera probablement aussi longtemps qu'il existera. Nous pouvons fermer les yeux là-dessus ; les femmes bien élevées affectent de ne rien savoir. Ainsi on ne leur demande pas de réagir. L'ignorance est un bouclier très efficace.

Le général songea soudain qu'il connaissait fort peu son fils. Il émanait de lui une colère et une amertume qu'il n'avait jamais remarquées auparavant. Le temps passait si vite ! Balantyne avait l'impression de n'avoir pas changé ; il supposait donc qu'il en était de même pour Brandy. La différence existant entre quarante-cinq et cinquante ans d'âge est négligeable, alors qu'il peut y avoir un monde entre vingt-trois et vingt-huit ans.

Il observa la ligne de ses sourcils et de son nez, si différente de celle d'Alan Ross ; très brun, des traits fins et réguliers, une bouche entêtée et sensible. Un homme a tendance à s'imaginer que sa progéniture lui ressemblera plus tard. Mais Brandy lui avait-il jamais ressemblé ? A la réflexion, la réponse était peut-être négative.

— Sommes-nous donc aussi superficiels ? dit-il à haute voix.

— Disons plutôt sur la défensive, corrigea Brandy. Nous cherchons à nous protéger.

Alan Ross passa sa main dans ses cheveux.

— La plupart d'entre nous évitent de regarder l'insupportable, dit-il d'une voix à peine audible. Surtout lorsqu'il n'y a rien à faire. On ne peut blâmer une femme qui choisit d'ignorer que son époux fréquente des personnes qui se prostituent — en particulier s'il s'agit d'enfants. Savoir que ceux-ci sont de surcroît des garçons l'obligerait à quitter son mari. Or tout le monde sait qu'un divorce ruinerait son existence. Même pour un esprit progressiste, une femme divorcée cesse d'exister. Elle serait l'objet d'une pitié intolérable, sans parler des ignominies que les moins charitables pourraient s'imaginer sur son compte...

Il secoua la tête avec vigueur.

— Non, son seul choix est d'être de connivence avec son époux, de garder le secret et de ne laisser, en aucun cas, lever son dernier doute, le plus précieux. Elle ne peut guère se permettre autre chose.

Pour une fois, Brandy ne trouva rien à répondre.

Balantyne regardait la flamme des bougies du candélabre, essayant de se représenter l'enfer vécu par une femme prise au piège d'une telle relation, soupçonnant son conjoint, sans oser s'avouer la vérité. En fait, pour sa propre survie, et celle de ses enfants, elle devait être la plus ardente complice de son mari et l'aider à cacher son vice. Il ne lui était pas un instant venu à l'esprit qu'Augusta fût autre chose qu'une épouse vertueuse et comblée. Était-il si imbu de lui-même, aveugle et stupidement insensible ? Ou était-ce simplement parce qu'il avait confiance en elle, et vivait une certaine forme de bonheur conjugal ? Il n'avait jamais, de toute son existence, approché une prostituée, même quand il était jeune soldat. Bien sûr, il avait eu quelques maîtresses, avant son mariage, mais pour la joie du plaisir partagé, en aucun cas pour de l'argent. Par la suite, il n'avait jamais remis en question son devoir d'abstinence lorsque l'un ou l'autre était éloigné de la maison ou souffrant. Augusta n'était pas une femme passionnée ; peut-être la décence l'en empêchait-elle. Et depuis longtemps il s'était obligé à discipliner les exigences de son corps ; un tel contrôle fait partie de l'esprit d'un soldat, au même titre que la maîtrise de l'épuisement, de la douleur ou de la solitude auxquels il peut être confronté.

Alan Ross se carra dans son siège.

— Je suis désolé, dit-il en passant à nouveau la main dans ses cheveux. Ce n'était pas un sujet à aborder. Je vous ai gâché votre dîner.

— Oh, pas du tout, dit Balantyne, revenant à la réalité. Ce que vous dites est vrai, corrigea-t-il aussitôt. Une telle situation est effroyable. Mais l'on ne peut blâmer les gens s'ils préfèrent ignorer ce qui est susceptible de les détruire. Dieu sait qu'un proxénète ne mérite pas de vivre, mais le meurtre n'est pas la réponse au problème. Et cette mutilation est un acte de barbarie.

— Êtes-vous jamais allé à Devil's Acre, papa ? demanda Brandy, cette fois avec moins de fougue, le visage grave. Ou dans quelque autre bas-fond de la capitale ?

Balantyne savait à quoi pensait son fils. Dans le combat quotidien qu'ils menaient pour survivre dans un monde de pauvreté et de désespoir, comment ces gens pouvaient-ils ne pas se montrer barbares ? Le souvenir de campements militaires lui revint en mémoire... la Crimée, Scutari, la mort soudaine, violente... la sauvagerie des hommes de troupe dans les villes durant les journées et les nuits précédant la bataille. Du jour au lendemain, ils pouvaient se retrouver mutilés, créatures anonymes sous le soleil africain ou dans les neiges de l'Himalaya. S'il ne connaissait pas son fils, celui-ci ne le connaissait pas non plus.

— Brandy, répondit-il, trente ans dans l'armée m'ont appris ce qu'il peut se passer dans la tête d'un homme. Ma réponse te convient-elle ?

Brandy termina son verre de porto.

— Non. Seulement, je trouve inacceptable d'éluder la question plus longtemps.

Balantyne se leva.

— Nous devrions aller rejoindre ces dames au petit salon avant qu'elles ne se rendent compte que nous avons encore abordé ce pénible sujet.

Alan Ross se leva à son tour.

— Je connais un membre du Parlement que j'aimerais rencontrer. Accepteriez-vous de m'accompagner, Brandy ? Nous pourrions lui être utiles. J'ai entendu dire qu'il voulait présenter un projet de loi à la Chambre.

— A quel sujet ? demanda Brandy en leur emboîtant le pas.

— La prostitution infantile, évidemment, répliqua Ross en ouvrant la porte. Mais je vous en prie, n'en parlez pas devant Christina. Cela la mettrait dans tous ses états.

Cette remarque fit plaisir à Balantyne. Il avait cru comprendre, en entendant sa fille, qu'elle jugeait ce sujet non pas douloureux, mais plutôt de mauvais goût. Cela changeait tout. Il eut honte de l'avoir mal jugée. Mais il ne trouva rien à répondre à son gendre ; s'excuser aurait révélé le fond de sa pensée.

Peu avant minuit, quand les invités furent partis, Balantyne suivit sa femme qui montait lentement à l'étage.

— Vous savez, chaque fois que je vois Alan, je l'apprécie un peu plus. Christina a beaucoup de chance d'avoir un mari comme lui.

Elle se retourna et le dévisagea avec froideur.

— Que voulez-vous dire ?

— Eh bien, que même avec la meilleure volonté du monde, les gens ne sont pas nécessairement comme on les imaginait. Alan Ross se révèle être encore mieux que nous ne l'avions supposé lors de notre première rencontre.

— Parlez pour vous ! Vous imaginez-vous que j'aurais laissé ma fille épouser un homme sans m'assurer qu'il possédait de réels mérites ?

Piqué au vif, Balantyne répondit sans réfléchir :

— Nous n'avions guère le choix, à l'époque...

Le regard d'Augusta lui était aussi étranger que celui d'une inconnue qu'il aurait bousculée dans la rue par mégarde. L'impression de bien-être qu'il avait éprouvée au cours du repas s'évanouit comme par maléfice.

— Je veille toujours à faire le bon choix, dit-elle d'un ton sans réplique. Doutez-vous de ma compétence ?

Cette idée ne lui avait jamais traversé l'esprit, depuis le jour de leur rencontre, lors de la première sortie d'Augusta dans le grand monde. Même à cette occasion, elle avait fait preuve d'un extraordinaire sang-froid. Sa sérénité et son sérieux avaient, entre autres, contribué à l'attirer vers elle. Le souvenir était si lointain... Il tenta de retrouver la vive émotion qu'il avait ressentie, l'attente fiévreuse qui était la sienne ce jour-là, mais n'y parvint pas. Confusément, cela lui fit mal. Les qualités qui l'avaient séduit à l'époque lui paraissaient désormais effrayantes ; il lui semblait se trouver devant une porte close.

Blessé, il se sentit obligé de se défendre et de feindre l'arrogance qu'il affectait si facilement par le passé.

— Ne dites pas de bêtises, Augusta ! Je connais Christina aussi bien que vous.

Mensonge démesuré ; néanmoins, il poursuivit :

— C'est une jeune femme très volontaire, qui a beaucoup de caractère. Et même vous, ma chère, êtes capable de commettre une erreur.

Elle était fatiguée ; ses traits se durcirent, son visage se ferma. Il ne pouvait plus l'atteindre. Elle se détourna et se remit, très raide, à monter l'escalier mais il sentit qu'elle gravissait les marches avec effort.

— Bien entendu. Et vous aussi, Brandon. Par exemple, j'aimerais qu'à table vous évitiez d'aborder des sujets aussi désagréables que les taudis et la misère de leurs habitants — surtout lorsque nous avons des invités. C'est très mal élevé et ne peut que créer de l'embarras. Je pensais que vous vous en seriez rendu compte par vous-même ! Avoir conscience des réalités sociales est une chose, mais il y a des moments et des endroits plus propices pour en parler. Et s'il vous plaît, évitez de mentionner que ce misérable valet était autrefois à notre service, sinon les domestiques vont sombrer dans la psychose et la moitié d'entre eux nous donneront leur congé. Vous n'imaginez pas à quel point il est difficile de trouver un personnel compétent !

Arrivée sur le palier, elle se dirigea vers sa chambre à coucher.

— Bonne nuit, Brandon.

Il ne lui restait plus qu'à lui souhaiter également bonne nuit et à entrer dans sa chambre à coucher. Il referma la porte et demeura debout, immobile. La pièce lui sembla étrangère, bien que meubles, livres et souvenirs lui aient toujours appartenu.

Le lendemain matin, il trouva Stride qui l'attendait dans le hall, très pâle, les mains croisées sur la poitrine, lui d'ordinaire si stylé. Aucune servante n'était en vue. Un instant, le général songea qu'Augusta avait raison : avaient-elles toutes rendu leur tablier et décampé pendant la nuit, de crainte d'être employées sous le même toit qu'une créature comme Max Burton, ou de se retrouver victimes d'un méchant sortilège qui les condamnerait à finir leur vie en filles publiques ?

Stride patientait, la mine lugubre.

— Que se passe-t-il ?

— Les journaux, monsieur...

Ainsi donc, il ne s'agissait que de cela ! Balantyne était si soulagé qu'il s'entendit répondre d'un ton furibond :

— Eh bien, quoi, les journaux ? Ils sont en retard, c'est tout ! S'ils ne sont pas arrivés dans une heure, envoyez quelqu'un les chercher !

Il fit volte-face pour se rendre dans la salle à manger et ce faisant frôla Stride, qui ne bougea pas d'un pouce.

— Pardonnez-moi, monsieur, je ne me suis pas montré assez clair. Les journaux sont bien là... Mais ils annoncent qu'il y a encore eu un meurtre dans Devil's Acre, monsieur. Un crime encore plus épouvantable que le précédent.

Que pouvait-il y avoir de pire que la mutilation subie par Hubert Pinchin ? songea le général, horrifié, tout en cherchant en vain une réponse.

— Il n'a pas été aussi...

Stride hésita et déglutit.

— ... abominablement mutilé, monsieur.

— Vous venez de me dire que le crime était plus épouvantable que le précédent ! s'étonna Balantyne, à la fois perplexe et soulagé.

— Il s'agit de Sir Bertram Astley, monsieur, chuchota Stride. On l'a retrouvé devant un établissement de prostitution... réservé aux hommes.

— Aux hommes ? Mon Dieu ! Vous voulez dire... un bordel pour pédérastes ?

Stride tressaillit. Il n'était pas habitué, dans la bouche de son maître, à un langage aussi cru.

— Bertie Astley...

Balantyne sentit la nausée l'envahir. L'odeur du pilaf de poisson fumant qui se dégageait du plat en argent posé sur la desserte de la salle à manger lui parut insupportable.

— Désirez-vous que je vous apporte un verre de brandy dans la bibliothèque, monsieur ? proposa Stride.

— Oui, s'il vous plaît. Merci, dit Balantyne, en se dirigeant vers la bibliothèque.

Il bénit intérieurement la délicatesse de son valet qu'il appréciait peut-être pour la première fois à sa juste valeur.

— Que dois-je dire à Madame, monsieur ?

Le général se figea sur place. Il aurait voulu protéger Augusta d'une réalité aussi sordide. Une femme ne devrait jamais entendre parler de ce genre de choses.

— Dites-lui simplement qu'un autre meurtre a été commis.

Tôt ou tard, elle apprendrait la nouvelle ; il ne pouvait l'empêcher. Mais il valait mieux qu'elle l'entende de la bouche de Stride, qui saurait trouver les mots appropriés, plutôt que par la lecture de la presse à sensation ou par l'intermédiaire de commérages étourdis.

— Dites-lui qu'il s'agit de Sir Bertram Astley, sans lui préciser l'endroit où on l'a découvert.

— Bien, monsieur. Mais l'annonce des circonstances du décès de Sir Bertram se répandra bientôt comme une traînée de poudre.

— Oui, je le sais. Merci, Stride.

Ne trouvant rien à ajouter, Balantyne entra dans la bibliothèque. La bouteille de brandy était déjà là, posée sur un plateau d'argent, à côté du journal. Il s'en servit un grand verre et s'installa dans son fauteuil pour lire.

« Le corps de Sir Bertram Astley a été retrouvé sur les marches d'une maison à la réputation douteuse, dans Devil's Acre. » Quel style ampoulé et maladroit ! Le décès avait été causé par une profonde blessure dans le dos, mais l'homme avait été aussi sérieusement touché à l'aine et au creux de l'estomac par un violent coup de couteau. L'article ne faisait pas mention d'autres organes atteints, mais le sous-entendu était évident et d'autant plus macabre. Apparemment, le meurtrier avait eu l'intention de lui faire subir le même sort qu'à ses précédentes victimes, mais, sans doute dérangé, il avait pris peur et s'était enfui avant d'avoir pu laisser libre cours à sa folie. L'inspecteur Thomas Pitt était chargé de l'enquête, tout comme dans les deux précédentes affaires.

Balantyne posa son journal et vida son verre de brandy d'un seul trait. L'alcool lui brûla la gorge.

5

Ce jour-là, Pitt fut réveillé avant l'aube par un sergent venu le chercher en cab. Il faisait encore sombre dehors. L'homme, les traits blafards, tripotait son couvre-chef de ses doigts engourdis, tout en essayant d'expliquer à son supérieur l'urgence de la situation, sans oser exposer trop crûment les horreurs qu'il venait de voir.

Pitt comprit aussitôt qu'un autre crime avait été commis. Seule une découverte macabre pouvait amener un sergent à sa porte à une heure aussi matinale.

— Attention, monsieur, il gèle dehors, le prévint celui-ci.

— Merci.

Pitt endossa une veste et un épais manteau. En le voyant, on l'aurait dit gonflé comme une voile par la tempête ! Il prit le cache-nez que lui tendait le sergent, l'enroula autour de son cou, enfonça son chapeau sur sa tête, ce qui eut pour effet d'aplatir ses cheveux sur ses oreilles, puis il ouvrit la porte. L'homme avait raison : il faisait un froid de loup.

Ils montèrent dans le cab qui partit en cahotant sur le pavé inégal, en direction de Devil's Acre.

— Eh bien ? s'enquit Pitt, laconique.

Le sergent secoua tristement la tête.

— Sir Bertram Astley. Salement arrangé, lui aussi, mais pas autant que les précédents, si je puis dire.

— Vous voulez dire qu'il n'a pas été mutilé ?

— On dirait que notre maniaque a été dérangé... Il a dû s'y prendre trop tard... enfin, je n'en sais rien, conclut-il en secouant de nouveau la tête.

— Trop tard ? Que voulez-vous dire ? fit Pitt, perplexe.

— Le pire, c'est d'annoncer ça à la famille, bredouilla le sergent. On l'a découvert devant un établissement de prostitution réservé aux hommes.

— Je vois...

Pitt devina soudain la cause de son malaise et de sa difficulté à s'exprimer clairement. Comment, en effet, expliquer à des gens comme les Astley que leur héritier avait été assassiné puis mutilé de façon aussi abominable, devant l'entrée d'une maison de passe pour homosexuels ? A présent, il comprenait la raison pour laquelle le sergent lui avait jeté ce regard compatissant et s'était senti obligé de préciser qu'il faisait si froid dehors.

Avant tout, il devait aller examiner le corps et l'endroit où on l'avait découvert.

— Désolé, monsieur.

Le sergent remit son couvre-chef et l'aplatit du dos de la main sur sa tête.

— Qui l'a trouvé et à quelle heure ?

— L'agent Dabb, monsieur. Je l'ai laissé sur place, pour veiller à ce que personne ne touche à rien. Un très bon élément, l'agent Dabb. Il a découvert Sir Bertram vers quatre heures et quart environ. L'horloge de Big Ben venait de sonner. Il aperçoit quelqu'un allongé devant une porte. Il va voir de plus près ce qui se passe, et là, il se rend compte que l'homme est mort. On retrouve tellement de cadavres dans le quartier qu'au début, il n'y prête pas trop attention, il se dit que ce n'est même pas la peine de me faire appeler — mais quand il voit le manteau entrouvert, le pauvre Dabb comprend de quoi il retourne... Alors il nous fait prévenir en vitesse. Voilà pourquoi je suis venu vous chercher.

— Comment se fait-il que vous sachiez le nom de la victime ? s'étonna Pitt. En général, un cadavre allongé sur un trottoir de Devil's Acre ne tarde pas à être délesté de ses papiers et de son argent.

— Pas d'argent dans les poches, fit le sergent d'un air entendu, mais il avait encore sur lui sa carte de visite et quelques lettres. Je ne sais pas ce qu'en pensera le médecin légiste, mais à mon avis, il était pas là depuis bien longtemps. Une heure tout au plus, sinon des clients auraient buté sur le corps, en entrant ou en sortant. Ces gens-là décampent toujours avant l'aube. Quand le jour se lève, ils tiennent à être de retour chez eux, ou dans un endroit où ils n'ont pas honte d'être vus. On les retrouve en train de réciter leurs prières en famille à la table du petit déjeuner.

Il avait dit cela d'une voix chargée d'un mépris brûlant. Pitt n'aurait su dire si ce dégoût était provoqué par les activités nocturnes de ces messieurs ou par l'hypocrisie qui les obligeait à les cacher. Plus tard, peut-être, il le lui demanderait.

Le cab s'arrêta brutalement et les deux hommes en descendirent. Ils se trouvaient dans la partie sud de Devil's Acre, tout près de la Tamise. La pluie ayant cessé, l'humidité du fleuve s'élevait en volutes givrées au-dessus des trottoirs que commençait à recouvrir une croûte de glace. Dans l'épaisseur des ténèbres se dessinaient les contours gothiques du Parlement.

Un jeune agent, une lanterne à la main, montait la garde devant un corps recroquevillé dans l'embrasure d'une porte, enveloppé d'un épais pardessus. Par respect, il avait couvert le visage du défunt de sa propre pèlerine et restait là, debout, frissonnant à côté du cadavre. Étrange déférence, songea Pitt, qui pousse un être humain à quitter une partie de ses vêtements pour recouvrir un corps déjà touché par la froide rigidité de la mort, et à rester à grelotter auprès de lui.

— Bonjour, monsieur, fit l'agent avec respect. Bonjour, Mr. Pitt.

Voilà ce que c'est que d'être connu !

— Bonjour, agent Dabb, fit Pitt, lui retournant le compliment.

Ils se trouvaient dans une ruelle sale, imprégnée de la puanteur des ordures. Des hommes, ou plutôt des épaves humaines, étaient allongés, somnolents, sur le trottoir d'en face. A les voir dans la grisaille de l'aube, ils ne semblaient guère différents du corps de Bertram Astley.

— Comment avez-vous deviné qu'il était mort ? s'étonna Pitt, se demandant ce qui avait poussé l'agent à examiner ce corps-là plutôt qu'un autre.

L'agent Dabb se redressa légèrement.

— Parce qu'il se trouvait du côté ouest, monsieur.

— Du côté ouest ? Je ne comprends pas...

— Le vent souffle de l'est, monsieur. Et il pleuvait. Personne, même un ivrogne, n'aurait idée de dormir sous la pluie, alors qu'il peut trouver un abri quelques mètres plus loin sur le trottoir d'en face.

Pitt lui adressa un sourire appréciateur, ramassa la pèlerine, la lui tendit, puis se pencha sur le corps. Bertram Astley était un homme de belle allure : traits réguliers, nez droit, cheveux et favoris blonds, avec une moustache légèrement plus foncée. Ses paupières étaient closes ; il était donc impossible d'apprécier l'énergie qui l'animait avant sa mort.

Pitt baissa les yeux et entrouvrit le manteau que l'agent Dabb, par pudeur, avait refermé pour cacher la plaie. Celle-là était nette, une seule entaille, peu profonde. On ne voyait que quelques traces de sang. Il souleva les épaules pour examiner le dos. Le tissu était lacéré et l'on remarquait une longue traînée de sang à gauche de la colonne vertébrale. Cette blessure avait provoqué le décès, comme pour les autres victimes. Il remit le corps en place.

— Avez-vous fait appeler le médecin légiste ?

— Bien sûr, monsieur, fit l'agent, atteint dans son orgueil de policier.

Comment aurait-il pu oublier ce devoir primordial ?

Pitt jeta un coup d'œil circulaire autour de lui. La rue était étroite, bordée de maisons branlantes aux charpentes de bois vermoulu. Le plâtre gonflé par l'humidité s'écaillait par plaques, les caniveaux débordaient. Aurait-on remarqué un homme traînant un corps, ou deux personnes en train de se battre ? Il en doutait. Un client entrant ou sortant d'un tel lieu serait difficile à retrouver et, quand bien même, il refuserait de témoigner. L'homosexualité était un crime passible de longues années d'emprisonnement ; la vie d'un homme soupçonné de telles pratiques serait ruinée. Pourtant, ces mœurs étaient relativement courantes, mais obliger les gens à admettre qu'ils ne les ignoraient pas relevait de l'illusion.

— Voyez ce que vous pouvez faire, ordonna-t-il aux deux hommes. Quelqu'un a-t-il l'adresse de la famille ?

— Oui, monsieur.

Le sergent déchira la feuille de calepin sur laquelle il avait noté l'adresse et la lui tendit.

Pitt soupira.

— Bon, il vaut mieux que j'aille les prévenir avant que les journaux ne tirent une édition spéciale. On ne devrait jamais apprendre ce genre de chose par la presse.

— Malheureusement, des reporters sont passés par là il y a environ une heure. J'ignore qui les a renseignés.

Inutile de chercher. Ici, les murs avaient des yeux et des oreilles ; des gens accoutumés à la mort n'hésitaient pas, pour grappiller quelques sous, à appeler un échotier toujours à l'affût de nouvelles croustillantes et prêt à se précipiter à Fleet Street avec du matériau tout frais pour faire la une de son journal.

Pitt remonta dans le cab et donna au cocher l'adresse de la résidence londonienne des Astley.

Le ciel commençait à s'éclaircir lorsqu'il descendit du cab. Il préféra le laisser repartir, ne sachant trop combien de temps il allait rester là.

On ne voyait pas âme qui vive dans la rue, excepté une fille de cuisine qui sortait des poubelles et un cireur de bottes entrant dans une maison par la porte de service, qu'il referma à toute volée. Seuls les quartiers des domestiques commençaient à s'animer. Il gravit les marches du perron et frappa à la porte d'entrée. Elle s'ouvrit sur un valet tout ébaubi.

— Bonjour, dit Pitt d'une voix assurée, sans lui laisser le temps de réagir. Je suis de la police et j'apporte une très mauvaise nouvelle. Auriez-vous l'obligeance de me laisser entrer et d'informer le chef de famille de ma présence ? Surtout, n'oubliez pas d'apporter du brandy ou un cordial susceptible de remédier à un état de choc.

Un instant pétrifié, le valet s'effaça sans protester pour le laisser passer et referma la porte.

— Sir Bertram... commença-t-il.

— ... n'est pas chez lui. Je le sais, l'interrompit Pitt avec douceur. Et pour cause. Il est décédé. Je suis désolé.

Le valet tenta de reprendre ses esprits, mais visiblement la situation le dépassait. Il avala sa salive.

— Je vais... je vais tout de suite chercher Mr. Hodge, le majordome, et Mr. Beau, le frère de Sir Bertram.

Avant que Pitt ait dit un mot, il ouvrit la porte du petit salon et lui fit signe d'entrer. L'âtre était nettoyé, mais la bonne n'avait pas encore eu le temps d'allumer le feu.

— Si vous voulez bien patienter ici... dit-il avant de disparaître dans la pénombre du vestibule, vers la grande porte verte matelassée derrière laquelle il se retrouverait en sécurité.

Pitt examina la pièce, décorée d'un riche mobilier

exotique : tables japonaises laquées, marqueterie d'ébène, coffrets de bois gravé en creux ; sur les murs, des aquarelles de peintres français. Les Astley avaient du goût et leurs moyens leur permettaient de s'offrir tout ce dont ils avaient envie ; leur choix était très éclectique.

Le majordome entra, un homme d'âge mûr, à la mine attristée, portant un plateau d'argent chargé d'un flacon de cognac et de lourds verres de cristal français.

— J'ai cru comprendre, d'après les dires de Frederick, le valet de pied, que Sir Bertram a trouvé la mort dans un accident ?

Inutile de lui mentir ; c'était à lui que reviendrait la tâche difficile de contrôler le personnel et de veiller à ce que, durant les premiers jours de deuil, le travail quotidien continue à être accompli comme à l'accoutumée.

— Navré. Il ne s'agit pas d'un accident. Sir Bertram a été assassiné.

— Oh, mon Dieu !

Hodge posa vivement le plateau sur la table et demeura muet, ne trouvant plus ses mots. Soudain, la porte s'ouvrit : un homme jeune, en robe de chambre, s'arrêta un instant sur le seuil pour les observer. Il avait pris soin de faire une rapide toilette — ses cheveux blonds étaient encore humides —, mais il n'avait pas eu le temps de se raser. Pitt constata une nette ressemblance entre ses traits et ceux du défunt : même nez droit, même grand front. Mais ce visage, en dépit de la tension due à l'anxiété, était animé ; il avait une bouche expressive et rieuse, de grands yeux bleus.

— Que se passe-t-il ? s'enquit-il en refermant la porte.

Pitt réalisa à quel point sa tâche avait été facile, en comparaison, avec Mullen et Valeria Pinchin. Bien que maintes fois éprouvée, la difficulté d'annoncer une telle nouvelle lui causait toujours la même angoisse. Il lui serait plus aisé et moins cruel d'expliquer tout de suite ce qui s'était passé, plutôt que de dévider les macabres détails les uns après les autres.

— J'ai le pénible devoir de vous apprendre, monsieur, commença-t-il avec douceur, que nous venons de trouver le corps de votre frère, Sir Bertram, à Devil's Acre. Selon toute apparence, il a été assassiné, de la même façon que le Dr Hubert Pinchin, bien qu'il ait été beaucoup moins mutilé...

Ne voyant rien à ajouter, il s'interrompit et se contenta de répéter :

— Je suis vraiment navré.

Durant plusieurs secondes, Beau Astley demeura immobile, puis il redressa les épaules et se dirigea vers la table. Hodge lui servit un verre de brandy, mais il l'ignora.

— A Devil's Acre, dites-vous ?

Pitt se demanda s'il devait le questionner maintenant, pendant qu'il était encore anéanti par la nouvelle, ou plus tard, une fois le choc surmonté, faisant place à la douleur inévitable. De toute façon, Pitt devrait se contenter de sa réponse.

— Savez-vous ce que faisait Sir Bertram dans ce quartier ?

Beau Astley leva les yeux vers lui. Puis il se décida à prendre le verre que Hodge lui tendait, l'avala en deux gorgées, et s'en versa aussitôt une rasade supplémentaire.

— Il ne servirait à rien de vous mentir, inspecteur. Oui, Bertie jouait parfois — oh, peu d'argent —, en tout cas, il ne perdait jamais. A vrai dire, il gagnait, la plupart du temps. En général, il se rendait à son club, ou à un autre, mais à l'occasion, il ne détestait pas aller s'encanailler à Whitechapel ou à Devil's Acre. Franchement, j'ignore pourquoi. Ce sont des endroits tellement répugnants...

Il s'interrompit, comme si son incapacité à comprendre pouvait oblitérer cette triste réalité.

Pitt était surpris de ne déceler aucune condescendance

dans sa voix ; dans l'état de choc où il se trouvait, Beau Astley ne semblait pas trouver anormale la présence, dans son salon, d'un policier lui posant des questions intimes sur sa famille.

— Sir Bertram était-il parti jouer, la nuit dernière ?

Beau chercha une chaise des yeux et Hodge lui en avança une aussitôt. Une fois son maître assis, le majordome quitta discrètement la pièce.

— Non, pas à ma connaissance.

Beau prit sa tête entre ses mains et fixa la table.

— Ah ! J'y suis ! Il est parti chez May. Il était invité à dîner là-bas.

— May ?

— Oui, bien sûr, vous ne pouvez pas savoir. Miss Woolmer. Bertie et May allaient se fiancer, du moins je le crois. Mon Dieu ! Je dois absolument la prévenir. Il ne faudrait surtout pas qu'elle apprenne cette terrible nouvelle par la police ou par des commérages d'antichambre. J'imagine qu'il y a peu de chances de tenir les journalistes à l'écart ? ajouta-t-il en levant vers Pitt un regard dénué d'espoir. Mon père est décédé, mais Mère vit dans le Gloucestershire. Il faudra bien que je lui écrive pour lui annoncer...

Sa voix s'éteignit.

— Désolé, monsieur, les journalistes avaient déjà été prévenus lorsque je suis arrivé sur les lieux, expliqua Pitt. Dans ce quartier, quelques sous sont toujours bons à prendre.

Il jugea inutile de s'étendre sur ce sujet.

— Je comprends, fit Beau, soudain très las.

Son visage défait avait perdu la vivacité qu'on y lisait quelques minutes plus tôt.

— Verriez-vous un inconvénient, inspecteur, à ce que j'aille prévenir Miss Woolmer sur-le-champ ? Je ne veux pas qu'elle l'apprenne d'une autre bouche que la mienne. Il ne me reste qu'à m'habiller.

— Aucune objection, monsieur. Je pense au contraire que c'est la meilleure solution.

Beau Astley se leva. Pitt se dit qu'il devait lui apprendre les circonstances du décès de son frère ; la nouvelle de toute façon se répandrait avant la fin de la matinée.

— Monsieur, j'ai encore quelque chose à vous dire. Votre frère a été découvert dans un lieu fort...

Il chercha ses mots.

— Fort mal famé.

— Oui, vous venez de me le dire. A Devil's Acre.

— Oui, monsieur, mais on a trouvé son corps devant l'entrée d'un établissement de prostitution, réservé aux hommes.

Beau ébaucha un sourire crispé qui signifiait que plus rien ne pouvait le surprendre, désormais.

— A ma connaissance, il n'y a que des hommes pour fréquenter ce genre de lieu, inspecteur.

Pitt répugnait à préciser sa pensée. L'homme lui était sympathique.

— Ce n'est pas tout à fait ce que je voulais dire, monsieur. Dans la plupart des maisons closes, les prostituées sont des femmes, mais dans d'autres...

Il laissa sa phrase en suspens.

Beau Astley écarquilla les yeux.

— Enfin, voyons... c'est ridicule ! Bertie n'était pas...

— Non ! l'arrêta aussitôt Pitt. On l'a simplement retrouvé devant l'entrée... Je suppose que c'est là que son agresseur l'a surpris. Mais je tenais à vous prévenir. Il est possible que les journaux mentionnent la nature de l'établissement.

Beau repoussa une mèche de cheveux qui tombait sur son front.

— Oui, c'est fort probable. Dans la mesure où les frasques du prince de Galles font les délices des gazettes, j'imagine qu'ils n'auront aucun scrupule à étaler la vie de Bertie au grand jour. A présent, excusez-moi, inspecteur, je vais m'habiller. Hodge vous apportera quelque chose à boire, un brandy ou du thé, si vous le désirez.

Aussitôt dit, il quitta la pièce avant même que Pitt ait eu le temps de le remercier. Celui-ci décida de demander une tasse de thé bien chaud et accompagnée d'un toast. Il ressentit d'autant plus le vide glacial qui lui nouait l'estomac. Examiner un cadavre est certes pénible, mais les morts ne souffrent plus ; il est bien plus éprouvant d'annoncer un décès aux vivants. Il se sentait à la fois impuissant et coupable, lui, l'ange annonciateur de la douleur, le spectateur en apparence indifférent qui ne pouvait pourtant se masquer le désespoir si transparent sur le visage des proches du défunt.

Il décida d'aller prendre le thé à la cuisine. Pour le moment, il n'avait rien d'autre à demander à Beau Astley, mais il pouvait glaner des informations intéressantes dans les communs, même par inadvertance. Plus tard, il irait voir Miss May Woolmer, une fois que celle-ci aurait appris la nouvelle ; apparemment, elle était la dernière personne à avoir parlé à Bertram Astley, avant son départ pour Devil's Acre.

Durant le court moment de repos qu'il prit à la cuisine, en serrant entre ses mains une timbale de thé bien chaud, Pitt apprit beaucoup de choses de la bouche de Hodge, du valet et des bonnes. Plus tard, il goûta un excellent déjeuner à la table des domestiques, tous très affectés. Les femmes de chambre reniflaient, la cuisinière et son aide avaient le nez tout rouge ; les hommes gardaient le silence.

Tous lui firent une description à peu près identique de Bertram Astley : un fils de bonne famille, titré, fortuné et séduisant. Son caractère ne sortait pas de l'ordinaire : un peu égoïste, comme tout fils aîné qui sait depuis son plus jeune âge qu'il héritera de la fortune familiale. Le personnel n'avait pas remarqué chez lui des défauts tels que la malveillance ou la cupidité. Ses habitudes étaient typiques de son milieu : il jouait de temps en temps, pour le plaisir, mais qui ne le ferait pas, s'il peut se le permettre ? Il lui arrivait de boire exagérément, mais il ne possédait pas un tempérament querelleur ou grivois. Aucune servante n'avait eu à se plaindre de lui, et il ne se montrait ni pingre ni mesquin sur les dépenses de la maison. Bref, un gentleman tout à fait comme il faut.

Peu après deux heures, Pitt fut discrètement introduit dans la maison des Woolmer ; à contrecœur, bien entendu, et seulement pour éviter que des voisins curieux ne remarquent sa présence sur le pas de la porte. Quel que soit le motif de sa visite, un policier n'est jamais le bienvenu.

— Miss Woolmer ne pourra pas vous recevoir, remarqua sèchement le valet. Elle vient d'apprendre une terrible nouvelle et doit garder la chambre.

— Je suis au courant du deuil qui la frappe, répondit Pitt. Malheureusement, étant donné que Sir Bertram a dîné ici hier soir, je me vois dans l'obligation de lui poser quelques questions. Elle seule peut savoir dans quel état d'esprit il se trouvait ; il a pu lui dire où il avait l'intention de se rendre dans la soirée...

Le valet le dévisagea, horrifié par ce manque de correction.

— Je suis certain que si Miss Woolmer sait quelque chose qui peut vous être utile, elle se fera un plaisir de vous en informer dès qu'elle se sentira mieux, répondit-il toujours aussi peu aimable.

Toute la fatigue et les soucis que Pitt avait accumulés depuis l'aube se muèrent subitement en colère.

— Je crains qu'une enquête pour homicide ne dépende pas de son bon vouloir, rétorqua-t-il. Un maniaque en liberté rôde dans Devil's Acre. Trois personnes ont déjà été assassinées et mutilées. Si nous ne mettons pas la main sur lui, il n'y a aucune raison qu'il ne fasse pas une quatrième, voire une cinquième victime. Je n'ai donc pas le temps d'attendre la fin de l'indisposition de Miss Woolmer. Voulez-vous la prévenir que je regrette d'avoir à la déranger, mais qu'elle pourrait être en mesure de me fournir des informations qui nous aideraient à arrêter l'assassin de Sir Bertram !

Le valet avait pâli.

— Bien, monsieur. Si c'est indispensable... concéda-t-il de mauvaise grâce.

Il quitta Pitt et traversa le vestibule, en se demandant bien comment il allait pouvoir transmettre cette requête à sa maîtresse.

Plus d'une demi-heure s'écoula avant que Pitt ne soit introduit dans le salon, une pièce encombrée de tableaux, de bibelots, de dentelles, de travaux d'aiguille brodés ou crochetés. Un grand feu brûlait dans l'âtre. Les lumières étaient allumées et les rideaux tirés, comme dans toute maison en grand deuil.

May Woolmer le reçut, assise sur une méridienne. C'était une jeune fille ravissante, dont la fine silhouette portait le deuil avec élégance. Elle était vêtue de gris tourterelle, une teinte suffisamment discrète dans des circonstances aussi difficiles, une manière de montrer son chagrin sans toutefois y mettre trop d'ostentation. Elle avait une chevelure épaisse et brillante, couleur de miel, des traits réguliers. Elle serrait un mouchoir entre ses doigts d'albâtre, tout en observant Pitt de ses grands yeux légèrement écartés.

Derrière elle, sa mère, Mrs. Woolmer, se tenait en sentinelle, son opulente poitrine prise dans une robe de demi-deuil violette, ornée de broderies perlées, tout à fait adaptée au caractère délicat de la situation. Ses cheveux, du même blond que ceux de sa fille, commençaient à grisonner. Elle avait un visage lourd, un double menton et une gorge épaisse. Visiblement indignée, et jugeant qu'un policier était incapable de se défendre, elle s'en servit pour cible et darda sur lui un regard furibond.

— Je ne vois pas pourquoi vous jugez nécessaire de faire intrusion dans une maison en deuil, dit-elle d'un ton glacial. J'espère que vous aurez le bon goût d'être bref.

Pitt aurait voulu faire preuve en retour d'une égale grossièreté et lui expliquer qu'à son avis le « bon goût » était une question de maîtrise de soi et de considération pour les autres, afin d'éviter, dans la mesure du possible, de les mettre mal à l'aise, surtout lorsque l'on est en face de gens qui ne peuvent vous rendre la pareille.

— J'essaierai, madame, dit-il simplement. Mr. Beau Astley m'a informé que Sir Bertram devait dîner ici hier soir. Est-il bien venu ?

Elles ne l'invitèrent pas à s'asseoir. Mrs. Woolmer demeurait debout, sur ses gardes.

— Oui, il est venu, répondit-elle d'un ton cassant.

— A quelle heure est-il parti ?

— Peu après vingt-trois heures. Je ne pourrais être plus précise.

— Était-il de bonne humeur ou paraissait-il soucieux ?

La question n'avait pas de sens. Même si elles s'étaient querellées avec Bertram Astley, elles ne lui en auraient évidemment rien dit.

Mrs. Woolmer releva le menton.

— De très bonne humeur. Sir Bertram était toujours heureux parmi nous. Il adorait ma fille. En fait, il était venu me voir pour me demander sa main.

Elle prit une inspiration ; une ombre d'indécision passa sur ses traits. Était-ce un mensonge que personne ne pouvait plus réfuter, désormais ? Non, Beau Astley lui avait dit la même chose. Y avait-il eu des heurts, un désaccord avec leur hôte, la veille au soir ?

— Je suis désolé pour vous, madame, répondit-il par politesse. Sir Bertram vous a-t-il dit où il avait l'intention de se rendre après vous avoir quittées ?

Elle haussa les sourcils.

— Mais... chez lui, je suppose !

Pour la première fois, May Woolmer prit la parole, d'une voix douce.

— Je ne comprends pas. Vraiment je ne comprends pas.

L'intonation était agréable, plutôt grave.

— Bien évidemment ! Une personne honnête ne peut pas comprendre ! fit Mrs. Woolmer d'un ton irrité. Non, je ne vois qu'une explication : l'enlèvement. Voilà la piste que vous devez suivre, Mr...

Elle haussa une épaule pour bien montrer le peu d'importance qu'elle accordait au nom d'un policier.

— Ce pauvre Sir Bertram a dû être enlevé. Quand ses agresseurs se sont rendu compte à qui ils avaient affaire, ils ont pris peur et...

— Bertie s'est peut-être battu avec eux ? suggéra May, les larmes aux yeux. Comme c'est courageux de sa part ! Oh, je suis sûre qu'il s'est vaillamment défendu !

Mrs. Woolmer apprécia l'explication.

— Oui, les choses se sont certainement passées ainsi. C'est ignoble ! Pourquoi payons-nous la police si elle permet que de telles choses arrivent !

— Sir Bertram n'est pas reparti dans sa propre voiture, remarqua Pitt, qui avait déjà posé la question au cocher des Astley, pendant le déjeuner.

— Je vous demande pardon ? sursauta Mrs. Woolmer qui s'attendait à ce qu'il s'excuse, à ce qu'il défende l'honneur de sa corporation, bref à tout, sauf à cette observation saugrenue.

Sa fille répondit à sa place.

— Non, il avait renvoyé son coupé. Au moment de partir, il a demandé à Willis de lui héler un fiacre. Nous lui avons proposé notre attelage, mais il a refusé. Il était tellement... délicat.

Elle se tamponna la joue avec son mouchoir.

— Tellement délicat...

— Si nous nous étions montrées plus persuasives, il n'aurait pas été kidnappé !

Mrs. Woolmer lança cela comme une accusation contre Pitt. Dans son esprit, la police était fautive ; les gens de la bonne société ne devaient pas avoir à se protéger des voyous !

Il était possible, mais fort improbable, que Bertram Astley ait été kidnappé au beau milieu de la rue. Si ces dames ignoraient qu'il aimait s'encanailler dans Devil's Acre, le moment était mal choisi de le leur annoncer. De toute manière, elles ne le croiraient pas. Et la colère de Mrs. Woolmer était peut-être une façon de réagir à la douleur ; un tel réflexe est courant. Quand une personne tombe malade, c'est le médecin impuissant à la guérir que l'on blâme ; lorsqu'il s'agit d'un crime, c'est le policier.

Pitt les étudia avec attention : la jeune fille observait les règles de la bienséance ; son attitude était cependant dénuée de la gaucherie que confère le vrai chagrin. Ses pieds étaient ramenés sous elle, côte à côte, sa robe retombait en plis seyants et modestes. Elle tenait ses jolies mains sagement posées sur ses genoux ; ses traits sereins dénotaient un parfait sang-froid. Elle aurait pu poser là pour un peintre néo-classique, si l'on avait enlevé les trois quarts des bibelots et le piano-forte placé derrière elle.

Mrs. Woolmer, en revanche, se dressait, majestueuse, telle Britannia repoussant l'ennemi. Toutes deux cherchaient à cacher le trouble qu'avait jeté dans leur esprit le décès subit de Sir Bertram. Pour l'heure, elles ne lui diraient rien de plus. Inutile de les presser de questions. Elles n'avaient pas vraiment réalisé ce qui était arrivé. Avec le temps, un souvenir, un mot, un geste important leur reviendraient peut-être en mémoire.

— Il est donc parti en fiacre vers vingt-trois heures, répéta Pitt. Et, d'après vous, il était en bonne santé, de bonne humeur et avait l'intention de rentrer chez lui.

— Exactement, renchérit Mrs. Woolmer. Qu'espériez-vous apprendre de notre part ?

— Seulement l'heure de son départ, madame, et le moyen de transport. Selon vous, il n'avait pas l'intention de rendre visite à quelqu'un d'autre ?

Elle émit une sorte de reniflement réprobateur, qui faisait penser à un hennissement.

— Si vous en avez fini, auriez-vous l'obligeance de nous laisser seules ?

Pitt prit rapidement congé et quitta la maison. Il se mit à marcher vers l'est, face au vent, tout en réfléchissant. Quelle pouvait être l'attitude de May Woolmer en l'absence de sa mère ? Bertram Astley l'avait-il aimée ? Elle était ravissante, et suffisamment bien élevée pour faire une épouse tout à fait acceptable dans la bonne société. Possédait-elle aussi de l'esprit, du courage ? Avait-elle l'honnêteté de ne pas se prendre au sérieux, de complimenter spontanément les autres ? Était-elle douce et gentille ? Bertie Astley s'était-il posé toutes ces questions ? Une jolie femme au caractère aimable lui suffisait peut-être. La plupart des hommes s'en contentaient.

Qu'avait-il cru voir passer sur le visage de Beau Astley lorsqu'il avait pensé à May, en dépit de sa propre douleur ? Était-ce aussi de l'amour ?

Pitt devait se souvenir, lors de leur prochaine rencontre, qu'il aurait désormais affaire à *Sir* Beau, l'héritier d'une fortune considérable. Après le temps de deuil imparti, prendrait-il la place de son frère et épouserait-il la jolie May ? Mrs. Woolmer ferait probablement tout ce qui était en son pouvoir pour qu'il en soit ainsi. Les beaux partis étaient rares et l'année déjà avancée. La saison suivante n'allait pas tarder.

Pitt remonta le col de son manteau. Le vent d'est était chargé de neige fondue. L'idée de passer au crible la vie privée des Astley lui déplaisait profondément.

Le lendemain matin, son supérieur, le commissaire divisionnaire Dudley Athelstan, le fit convoquer. Il portait un costume coupé par le meilleur tailleur londonien, mais sa cravate était de travers et son col de chemise paraissait l'étrangler. Les journaux du matin s'étalaient sur son bureau.

— Ah, Pitt ! Entrez, entrez... Il faut faire quelque chose ! C'est effroyable. Le préfet de police en personne est venu me voir. Au train où vont les choses, je vais recevoir un courrier du Premier ministre !

— Vous parlez des trois meurtres de Devil's Acre ? s'enquit Pitt en regardant tour à tour les papiers éparpillés sur le bureau et le visage congestionné de son supérieur. Ne vous inquiétez pas, d'ici un jour ou deux, un nouveau scandale agitera le grand monde. L'affaire sera vite oubliée.

Athelstan leva les bras au ciel. On aurait dit que les yeux allaient lui sortir de la tête.

— Vous croyez ? Et c'est vous qui allez m'arranger ça, hein ? Nom d'une pipe, avez-vous idée des répercussions que va entraîner ce troisième meurtre ? Les honnêtes gens sont terrifiés ! Ils n'osent plus...

Il s'interrompit brusquement et Pitt prit un malin plaisir à terminer la phrase à sa place.

— S'aventurer dans Devil's Acre... ?

— C'est facile de jouer au vertueux, grommela Athelstan. On voit que ce n'est pas vous qui êtes tenu de rendre des comptes à ces gens-là. Enfin, grâce à Dieu ! Sinon la police tout entière serait remerciée, et sans cérémonie ! Savez-vous que des personnalités influentes vont se divertir dans le genre d'établissement tenu par Max Burton ? Ils acceptent le risque de payer très cher les services proposés, parfois au prix d'être agressés et dévalisés dans la rue. Mais de là à se faire assassiner et émasculer... Impensable ! Imaginez le scandale, et la honte !

— Après tout, notre tueur est peut-être un ardent réformateur qui veut obtenir la fermeture des maisons closes, ironisa Pitt.

— Maudite soit votre impertinence, bougonna Athelstan. Ce n'est pas le moment de plaisanter.

Il passa ses doigts dans le col de sa chemise pour mieux respirer.

— Je dois absolument résoudre cette affaire et faire interner ce maniaque à Bedlam. Car sa place est à l'asile, non en prison. Et je me moque bien de savoir s'il s'agit d'un homme d'Église résolu à partir seul en croisade contre le Malin, ou d'un souteneur rapace décidé à éliminer ses rivaux pour régner en maître sur l'empire de la prostitution. Alors, où en est l'enquête ?

— A dire vrai, elle n'a pas réellement progressé, monsieur...

— Pas d'excuses, Pitt ! Je veux des faits, des témoins ! Que savons-nous, concrètement ?

Pitt lui répéta les conclusions du médecin légiste.

— Avec ça, nous ne sommes guère avancés ! rugit Athelstan.

— Et il n'y a aucun témoin.

— Vraiment aucun ?

Pitt sourit et haussa les épaules.

— Cela vous étonne ? Est-ce qu'un seul de vos plaignants outragés vous a jamais avoué être allé à Devil's Acre ?

Le divisionnaire lui lança un regard mauvais.

— Et les autres ? Souteneurs, prostituées, vagabonds, que sais-je encore ?

— Non, personne.

Athelstan ferma les yeux et se prit la tête à deux mains.

— Bon sang de bois ! Il faut absolument régler cette affaire dans les plus brefs délais ! Imaginez-vous ce qui se passera si la prochaine victime est un notable, ou un député ? Ils vont nous clouer au pilori, mon vieux !

— Qu'attendent-ils de nous exactement ? Des patrouilles de police devant chaque maison de passe de Devil's Acre ?

— Ne dites pas de bêtises. Ils veulent que nous éliminions ce déséquilibré, afin que la situation redevienne normale.

Il dévisagea Pitt d'un air suppliant.

— Et nous devons le faire ! Mobilisez tous vos indicateurs, payez-les, si nécessaire. Pas trop cher, tout de même. Attention, gardez la tête froide ! Quelqu'un va bien finir par parler. Quelqu'un est au courant ! Cherchez des mobiles : rivalité, jalousie. Qui perdait de l'argent ? A mon avis, si nous mettons la main sur l'assassin de Max Burton, le reste suivra. Quel est le lien entre ce Max et le Dr Pinchin ?

— Nous ne l'avons pas encore établi, fit Pitt, crispé, conscient de cet échec.

Athelstan serra les poings.

— Eh bien, qu'attendez-vous ? Allez-y, cherchez ! Et pour l'amour du ciel, trouvez-le ! Mettez un quidam sous les verrous. Nous devons arrêter ce... cet...

Du revers de la main, il fit voler le journal le plus proche, laissant apparaître une pile de lettres rédigées sur papier à en-tête.

— Regardez le courrier que je reçois ! Un vent de panique souffle sur la bonne société. Les gens importants sont complètement bouleversés !

Pitt enfonça ses mains dans ses poches.

— Je n'en doute pas, monsieur...

— Alors, finissez-en ! s'emporta Athelstan. Faites quelque chose, nom d'un chien !

— Bien, monsieur.

Pitt, en conséquence, retourna à Devil's Acre pour interroger plus à fond Ambrose Mercutt sur sa rivalité avec Max. Il le trouva vêtu d'une robe de chambre de soie écarlate, bordée de velours au col et aux poignets.

Celui-ci le reçut, de fort méchante humeur.

— Je ne vois vraiment pas ce que vous me voulez, inspecteur ! J'ignore qui a tué ce pauvre diable. Je vous ai déjà dit tout ce que je savais. Bon sang, il avait suffisamment d'ennemis !

— Oui, mais vous semblez le premier de la liste, Mr. Mercutt.

Pitt, que confortait l'enquête menée par deux agents, n'avait pas du tout l'intention de se laisser impressionner par un proxénète maniéré qui le recevait en robe de chambre à dix heures du matin.

— Max Burton vous avait privé d'une grande partie

de votre clientèle et d'au moins trois ou quatre de vos meilleures pensionnaires. Il menaçait donc directement votre gagne-pain...

— C'est grotesque !

Ambrose chassa l'argument en balayant l'air de ses longs doigts.

— Je vous l'ai déjà dit, inspecteur, les filles, ça va, ça vient... Elles auraient fini par quitter Burton pour aller travailler ailleurs. Cela n'a rien d'extraordinaire. Si vous connaissiez mieux votre métier, vous commenceriez par enquêter du côté des femmes mariées qui se prostituaient pour lui ! Tenez, Louisa Crabbe, par exemple. Je parie que vous n'y aviez pas pensé !

Un éclair de satisfaction vengeresse passa dans ses yeux devant l'expression surprise de Pitt.

— C'est bien ce que je disais ! Je me demande ce qu'Albert Crabbe pensait de Max ? Je parie qu'il se serait fait un plaisir de le priver de ses attributs virils ! ajouta-t-il avec une grimace dégoûtée.

Venant de sa part, la remarque était déplacée. Faire mine d'être choqué d'avoir à évoquer ces choses-là, lorsque l'on a bâti sa fortune sur la luxure de l'humanité, était vraiment un comble.

Mercutt s'assit et croisa nonchalamment les jambes.

Pitt songea un instant que cette Louisa Crabbe n'était qu'une invention de sa part, mais Ambrose semblait trop content de lui pour avoir menti.

— Très bien, fit-il, affectant l'indifférence. Et où puis-je trouver cet Albert Crabbe ?

Mercutt sourit.

— Mon cher inspecteur, seriez-vous à ce point incompétent ? Je n'en sais rien ! Épluchez les livres de Max. Il a bien dû noter quelque part comment la contacter. Il choisissait les femmes en fonction des goûts des clients. Dans ce métier, rien n'est laissé au hasard. Il faut avoir du flair. Voyez-vous, nous représentons le haut de gamme du marché ; nous n'avons rien à voir avec ces maisons minables où le client prend ce qu'il a sous la main.

— Eh bien, fit Pitt sarcastique, j'avoue que je n'avais jamais apprécié vos qualités d'entrepreneur à leur juste valeur.

— Pardon ?

Pitt ne prit pas la peine de s'expliquer. Cette maigre victoire avait un arrière-goût bien amer.

— J'imagine que Louisa Crabbe n'était pas la seule... Disons que c'est la seule dont vous avez eu l'obligeance de me donner le nom.

— Je vous répète, inspecteur, que Max Burton n'avait aucune importance à mes yeux.

Le visage d'Ambrose avait repris son impassibilité. Il ne paraissait plus concerné par cette affaire.

— Je ne m'occupais pas des allées et venues de son établissement. Pourquoi m'en serais-je mêlé ? J'ai une clientèle régulière et je fais de bonnes affaires. Bien sûr, dans le métier, d'autres personnes pouvaient lui en vouloir de leur avoir pris leur clientèle. A votre place, j'interrogerais les Dalton, qui se situent dans le commerce de bas de gamme, si j'ose dire. A mon avis, l'arrivée de Max sur le marché a dû beaucoup les gêner.

Pitt pouvait retourner au commissariat de Devil's Acre pour demander l'adresse des Dalton. Il n'avait pas envie de prétendre qu'il les connaissait ; cela ne valait pas la peine d'en faire un point d'honneur.

— Où puis-je les trouver ?

Un sourire de supériorité naquit sur les lèvres de Mercutt.

— Crossgate Street. Vraiment, inspecteur, que feriez-vous sans moi ?

— Je m'adresserais à quelqu'un d'autre, répliqua Pitt, sèchement. Ne me donnez pas l'envie d'y réfléchir. Si Devil's Acre n'était pas un tel cloaque, je serais tenté d'éliminer ses maisons closes les unes après les autres.

Il jeta un regard circulaire autour de lui.

— Mais quelle différence cela ferait-il ? Avez-vous entendu parler des travaux d'Hercule ?

Ambrose devina l'insulte, à la fois directe et allusive ; il se sentit d'autant plus offensé qu'il ne la comprenait qu'à moitié.

— Non, sans doute pas, reprit Pitt. Lisez donc l'épisode des écuries d'Augias. Nous pourrions songer à détourner la Tamise de son cours...

— Je n'ai pas la moindre idée de ce dont vous voulez parler, inspecteur. Ne feriez-vous pas mieux de poursuivre votre enquête ? A-t-elle avancé au point que vous pouvez vous permettre de perdre votre temps, et de me faire perdre le mien ? J'avais pourtant l'impression qu'elle piétinait...

La remarque n'était que trop juste, hélas. Avec la mort d'Hubert Pinchin et de Bertie Astley, le mobile du meurtre de Max passait au second plan.

— Sir Bertram Astley comptait-il parmi vos clients ? lança Pitt, au moment où il se préparait à quitter la pièce.

Mercutt haussa ses fins sourcils.

— Vous imaginez-vous, inspecteur, que je demande leur nom à ces messieurs ? Quelle naïveté !

— Certes non, Ambrose, riposta Pitt, mais ce dont je suis certain, c'est que vous les connaissez !

Mercutt sourit. Ce policier rendait en quelque sorte hommage à son talent. Il réfléchit, indécis, puis répondit finalement :

— Non. Ni Bertram Astley, ni Hubert Pinchin.

Son sourire s'élargit.

— Désolé, inspecteur.

Pitt le crut. L'indécision qu'il avait lue sur son visage ne reflétait pas son hésitation à avouer qu'il avait eu ces deux hommes parmi sa clientèle ; c'était plutôt une façon de se vanter et d'en rajouter sur l'importance de celle-ci, pour bien montrer que de ce côté-là, il n'avait rien à craindre de Max.

Pitt embrassa longuement la pièce du regard et se permit un sourire quelque peu méprisant.

— Je vous crois, en effet... murmura-t-il avant de refermer la porte.

Mercutt, furieux, darda sur lui un regard étincelant.

Pitt n'eut aucune difficulté à repérer, dans Crossgate Street, une rue sinistre et glaciale, l'établissement tenu par les Dalton. Curieusement, l'endroit était vaste, accueillant et gai, avec un ameublement essentiellement composé de tons carmin et corail ; dans le grand salon de réception, le feu était allumé, alors que l'on n'était encore qu'au milieu de l'après-midi. Selon toute apparence, la maison offrait ses services de jour comme de nuit. On n'y respirait pas cette horrible odeur de renfermé propre aux pubs après l'heure de fermeture ; et on y employait des domestiques, comme dans une maison respectable.

Une soubrette au visage rond et aux joues fraîches vint à sa rencontre. « Une fille de la campagne », songea Pitt, pris de pitié à l'idée de la voir faire ce métier ; malgré tout, elle avait de la chance de travailler dans une maison comme celle-là, où le gîte et le couvert lui étaient assurés. Elle n'était pas obligée, comme tant d'autres, d'arpenter le trottoir dans l'attente du client à qui elle vendrait son corps, afin d'acheter la nourriture et les vêtements de ses enfants.

Il préféra prendre les devants et déclara sans ambages :

— Je suis de la police. J'aimerais parler à Mr. Dalton. Il devrait pouvoir me fournir certains renseignements.

— Mr... Oh !

Une lueur amusée éclaira le visage de la jeune fille.

— Vous voulez dire *Miss* Dalton ? Miss Mary ou Miss Victoria, monsieur ? A vrai dire, je ne suis pas sûre qu'elles aient très envie de voir la police.

— Miss...

Il ne lui était pas venu à l'idée que les Dalton pouvaient être des femmes, mais après tout, rien n'est impossible. Il régnait en effet sur ce salon une atmosphère féminine et sensuelle, infiniment moins prétentieuse et artificielle que chez Max Burton ou Ambrose Mercutt. Sans pouvoir se l'expliquer, Pitt s'y sentait plus à l'aise.

— L'une ou l'autre fera l'affaire. Je suis désolé, mais j'insiste pour les voir. Il s'agit d'un meurtre. Si elles m'y obligent, je reviendrai accompagné d'autres officiers de police, et les choses pourraient prendre un tour déplaisant. J'imagine qu'elles n'y tiennent pas. Ce serait mauvais pour leurs affaires.

La jeune fille était stupéfaite. Ce policier avait des manières courtoises, sa voix était aimable, mais ses paroles l'effrayaient.

— Si vous voulez bien attendre ici...

Elle s'enfuit en trottinant et Pitt se sentit désolé. Il n'avait pas voulu lui faire peur, mais il était trop tard.

Quelques instants plus tard, une femme d'une trentaine d'années, à la poitrine généreuse, entra dans la pièce. Elle avait un joli visage un peu fermé, saupoudré de taches de rousseur. On aurait dit une soubrette chevronnée, habillée sur son trente et un pour son jour de sortie. Elle portait une robe à col haut, unie, de couleur lavande. A première vue, elle n'était pas maquillée.

— Je me présente : Victoria Dalton, dit-elle poliment. Violet me dit que vous êtes policier et que vous désirez me parler. Voulez-vous m'accompagner au petit salon ? Violet nous servira le thé.

Droite et svelte, Miss Dalton sortit du grand salon rouge et rose. Pitt lui emboîta le pas en silence. Il se sentait un peu ridicule, comme s'il avait commis une grosse bévue. Ils empruntèrent un couloir et entrèrent dans une pièce plus intime où brûlait un bon feu. De l'étage lui parvint un éclat de rire féminin suivi d'un cri de joie perçant et d'une crise de fou rire. Il n'entendit pas de voix d'homme ; il s'agissait donc apparemment de deux pensionnaires en train de se raconter leurs exploits — rien à voir avec un client.

Victoria Dalton prit place sur un grand canapé vert, invita Pitt à se mettre à l'aise et à s'asseoir sur celui d'en face ; puis elle croisa les mains sur ses genoux et le dévisagea aimablement.

— Eh bien, que désirez-vous savoir, inspecteur ?

Pitt était quelque peu surpris par cette femme, si calme, si différente de Max ou d'Ambrose Mercutt ; la maison close qu'elle dirigeait ressemblait à une confortable pension de famille. Il se sentit tenté d'user d'euphémismes, ce qui, au fond, était ridicule.

— Je... j'enquête sur un crime, madame, bredouilla-t-il, mal à l'aise. Ou plutôt sur trois crimes.

— Oh, c'est affreux... dit-elle sur le ton que l'on emploie pour remarquer qu'il fait mauvais temps.

Elle le dévisageait avec franchise, comme une enfant obéissante, attendant la suite. Pitt était déconcerté. De deux choses l'une : ou bien elle n'avait pas compris ses paroles, ou bien la mort était pour elle chose si banale qu'elle ne la choquait plus. En croisant son regard gris et posé, il opta pour la deuxième hypothèse.

Violet apporta du thé sur un plateau et se retira. Victoria remplit une tasse et la lui tendit.

— Merci. La première victime se nomme Max Burton. Il tenait un établissement dans George Street ; vous en avez peut-être entendu parler.

— Bien entendu. Nous savons qu'il a été assassiné.

— Ses affaires marchaient bien ?

Pourquoi avait-il tant de mal à la questionner ? Parce qu'elle ne lui offrait aucune ouverture, ou que, contrairement à Mercutt, elle n'était pas sur la défensive ?

— Oh, oui, répondit-elle. Il avait un talent remarquable.

Pour la première fois, son visage refléta un sentiment, qui pouvait être de la colère. Ses lèvres pulpeuses prirent une expression vaguement méprisante, mais Pitt était persuadé qu'il s'agissait d'une mimique réprobatrice, et non le résultat d'une offense personnelle.

— Ambrose Mercutt prétend que Max faisait travailler des femmes de la haute société dans son établissement, poursuivit-il.

— Il vous a dit cela ? Ça ne m'étonne pas de lui, fit-elle avec un léger sourire.

— Est-ce vrai ?

— Oui. Max était très habile, vous savez. Un vrai don Juan. Certaines femmes bien nées et oisives finissent par mourir d'ennui auprès de maris insignifiants qu'elles ont épousés par convenance. Ils sont souvent âgés, plus ou moins impuissants, dépourvus de désir et d'imagination. Fascinées par Max, elles commençaient par avoir une liaison avec lui, puis il leur faisait rencontrer des gentlemen fortunés... Il pouvait se permettre de faire payer très cher les services de ces femmes-là.

Elle parlait de cela comme une bonne commerçante vante la qualité de sa marchandise.

— Vous a-t-il pris des pensionnaires ? s'enquit Pitt avec une égale franchise.

— Quelques-unes seulement. Ici, nous fournissons à notre clientèle des femmes expérimentées, non des novices. Ces dames de la haute société recherchent surtout l'aventure...

Elle fronça les sourcils.

— Au fond, elles ont besoin de se distraire. Elles n'ont ni la patience ni le désir d'offrir du plaisir. Une bonne prostituée doit avoir de l'humour, se donner avec générosité, et surtout ne pas poser de questions. Et avoir beaucoup d'expérience, ajouta-t-elle avec un petit sourire triste.

Elle parlait avec naturel d'une réalité qui lui était quotidienne et qui n'éveillait en elle aucune émotion particulière. Connaître son métier était indispensable à sa survie.

— Et Ambrose Mercutt, qu'en pensez-vous ? demanda Pitt, préférant changer de sujet.

— A mon avis, son commerce souffrait de la concurrence. Mercutt est lui aussi spécialisé dans la prostitution de luxe ; ses clients sont des gentlemen blasés qui rêvent de nouveauté, afin de stimuler leur...

imagination défaillante ; ils sont prêts à payer le prix fort pour cela.

Son visage reflétait maintenant un réel mépris. Dans ses yeux plissés passa une étincelle haineuse. Mais contre qui était-elle dirigée, Pitt l'ignorait. Peut-être contre ces femmes riches et gâtées qui vendaient leurs charmes pour le plaisir, en amateurs, alors que ses pensionnaires faisaient cela pour vivre. Ou bien contre Ambrose, qui se prêtait à leurs exigences. Ou encore contre ces hommes qui pouvaient tout obtenir parce qu'ils étaient riches.

Haïssait-elle aussi Max de lui avoir fait concurrence ? Ou s'agissait-il de quelque chose auquel il n'avait pas encore songé ? Par exemple, qu'elle ait été amoureuse de lui ? Pourquoi pas ? Elle était jeune et belle, elle avait des lèvres douces et sensuelles. Le meurtre de Max n'était-il que le fruit de la fureur d'une femme dédaignée ?

Dans cette hypothèse, la mort d'Hubert Pinchin n'avait plus aucun sens.

— Où rencontrait-il ces femmes ? demanda-t-il. Pas dans ce quartier, tout de même ?

Le visage de Miss Dalton retrouva sa sérénité. Ses yeux gris aux reflets d'ardoise reprirent une expression paisible.

— Non, bien sûr. Il fréquentait les restaurants et les théâtres, des lieux où l'on est susceptible de rencontrer ces femmes-là. Ayant servi comme valet de pied dans une grande maison, il était à l'aise en société. De plus il était très séduisant, savait s'habiller à son avantage et surtout possédait le don de discerner au premier regard une femme insatisfaite et de deviner laquelle aurait le courage, ou le désespoir, de vouloir remédier à ce tourment.

Une fois encore, Pitt fut bien obligé de reconnaître l'extraordinaire talent de Max Burton. Mais la réussite d'une telle entreprise, aussi lucrative soit-elle, comportait bien des aléas.

En effet, que se passait-il quand ces femmes commençaient à se lasser ou qu'elles prenaient peur ? La bonne société ferme les yeux sur beaucoup de choses, mais vendre son corps dans Devil's Acre allait tout de même au-delà des limites tolérées. La différence est énorme entre ce que l'on pardonne à un homme — qui a le droit de faire à peu près ce qu'il veut, du moment que c'est avec discrétion — et ce que l'on pardonne à une femme. Le désir physique, réprouvé par les bien-pensants, était considéré comme inhérent à la nature masculine, et accepté comme tel ; entre hommes, c'était même un sujet de plaisanterie, voire d'admiration.

Mais, par convention, ces messieurs choisissent de croire que les femmes ne possèdent pas la même nature qu'eux. Seules les courtisanes sont censées prendre du plaisir dans un lit. Vendre son corps est un péché qui mène à la damnation. Lorsque ces dames qui travaillaient pour Max pensaient à leur sécurité et se rendaient compte qu'elles mettaient leur mariage en péril, comment réagissaient-elles ? Max les laissait-il partir aussi discrètement qu'elles étaient venues, en les chassant de sa mémoire ? Ou bien maintenait-il une éternelle épée de Damoclès suspendue au-dessus de leur tête ?

Les mobiles du crime étaient légion !

Victoria Dalton continuait à regarder Pitt posément. Il n'arrivait pas à évaluer ce qu'elle avait pu deviner de ses pensées.

— Avez-vous entendu parler du Dr Hubert Pinchin ?

— Lui aussi a été assassiné, n'est-ce pas ?

C'était une affirmation, non une question.

— Cela s'est passé assez loin d'ici, poursuivit-elle. Non, je ne sais rien de lui.

Elle eut un instant d'hésitation.

— Du moins sous ce nom. Les gens qui viennent ici ne nous disent pas toujours comment ils s'appellent...

Il y avait encore cette trace de léger mépris dans sa voix.

Pitt décrivit Pinchin tel qu'il l'avait vu, allongé dans

la cour de l'abattoir, tout en essayant de se le représenter de son vivant.

— Un homme assez râblé, bedonnant, aux cheveux bruns clairsemés tirant sur le gris ; un gros nez, un peu épaté, une bouche aux coins relevés, de petits yeux, un teint vif. Il portait des vêtements amples, qui pochaient aux coudes et aux genoux. Il aimait le bon vin et le fromage de Stilton.

Elle sourit.

— Votre description, inspecteur, correspond à celle de bien des gentlemen qui nous arrivent ici, un jour ou l'autre. En général, ils sont mariés à des parangons de vertu, gracieuses comme des portes de prison.

On n'aurait pu faire meilleure description de Valeria Pinchin ! Pitt n'aurait pas été surpris d'apprendre que le médecin fréquentait l'établissement de Victoria Dalton, un lieu de plaisir où les clients s'amusaient en compagnie de vestales à la poitrine généreuse et à la hanche voluptueuse, dans des lits aux oreillers moelleux.

— Oui, je m'en doute, dit-il avec tristesse. Et Sir Bertram Astley ? Un jeune homme blond, séduisant, plutôt grand...

Il avait oublié la couleur de ses yeux, mais, de toute façon, la description était inutile. Il devait y avoir dans la capitale des centaines de jeunes gens, même riches et de bonne famille, répondant à cette description.

— Le nom ne me dit rien, répondit-elle d'un ton patient. Je vous l'ai déjà précisé, nous ne cherchons pas à connaître l'identité de nos clients. Ce n'est pas bon pour le commerce.

L'argument n'appelait aucun commentaire.

Selon toute apparence, un déséquilibré vouant une haine farouche à la virilité rôdait dans Devil's Acre ; un homme impuissant ou mutilé, tourmenté par cette infirmité au point d'en avoir perdu la raison ? Explication bien peu satisfaisante. Mais jusqu'à présent, Pitt n'avait trouvé aucun lien, le plus infime soit-il, entre Max, le Dr Pinchin et Sir Bertram Astley.

Une enquête du côté des conquêtes de Max apporterait-elle quelque élément nouveau, par exemple le nom d'une femme connue des trois hommes ? Oui... l'hypothèse d'un mari assoiffé de revanche était plausible. Et si la femme elle-même avait été victime d'un chantage, elle aurait pu louer les services d'un tueur pour effacer définitivement les traces de sa folie. A Devil's Acre, de petits voyous étaient prêts à tuer pour un peu d'argent, une somme ridicule à débourser, comparée à l'ampleur du scandale que la révélation de sa conduite aurait suscité. Si la dame prenait soin de masquer son visage et de déguiser sa silhouette avant de rencontrer le tueur, il y avait fort peu de chances que son identité soit un jour découverte.

Mais pourquoi ces effroyables mutilations ? Au souvenir du cadavre du Dr Pinchin, avec ses parties génitales arrachées, Pitt sentit la nausée l'envahir. Il y avait trop de haine dans tout cela... L'assassin n'avait pas agi pour de l'argent. En fin de compte, c'était peut-être l'œuvre d'un mari ou d'un père au désespoir.

Mais à quoi bon se perdre en spéculations ? Il lui fallait à tout prix obtenir plus d'informations. Il se leva.

— Merci, Miss Dalton, votre aide m'a été précieuse.

Pourquoi se montrait-il aussi poli, presque déférent, avec cette femme ? Après tout, Victoria Dalton était une tenancière de bordel, à l'instar d'Ambrose Mercutt ou de Max. Peut-être n'était-ce qu'un effet de sa propre bonne éducation, quelque chose qui n'avait rien à voir avec elle.

— Je reviendrai si j'ai d'autres questions à vous poser.

Elle se leva également.

— Bien entendu. Au revoir, Mr. Pitt.

La bonne le raccompagna à la porte. Il sortit dans la rue sale, alors que la lumière du jour commençait à diminuer. Une odeur d'égouts remontait de la Tamise.

Le long gémissement des cornes de brume résonnait au passage des péniches chargées jusqu'au plat-bord, qui se dirigeaient vers les docks de Londres, le port de commerce le plus actif du monde.

Et si ces trois crimes n'étaient pas le fait d'une seule et même personne ? Les journaux en avaient beaucoup parlé. Le dernier meurtre n'était-il qu'une parodie des deux autres ? Que penser en effet de Beau Astley, désormais héritier du titre, de la fortune et peut-être bientôt l'époux de la fiancée de son frère ?

Et surtout, pourquoi s'étonner que le Diable ait accompli son œuvre, ici même, dans Devil's Acre, l'Arpent du Diable ?

6

Le meurtre de Bertram Astley fit les gros titres des journaux. Les gens étaient indignés. Mais derrière les cris d'horreur et de pudeur outragée, derrière même la pitié à l'égard des victimes, la peur de l'ennemi qui rôdait, tout proche et sans visage, était bien réelle. Si un homme tel qu'Astley pouvait être assassiné d'une manière aussi obscène sans raison apparente, qui pouvait prétendre sortir dans la rue en toute sécurité ?

Bien sûr, cela n'apparaissait pas ouvertement dans le courrier adressé aux rédacteurs en chef ; les lecteurs réclamaient de la police davantage d'efficacité et l'intervention de spécialistes compétents. Le silence des autorités couvrait-il des responsables ? On exigeait des noms. Avait-on corrompu de hauts fonctionnaires afin que l'enquête criminelle ne puisse être menée à son terme ? Un lecteur âgé suggérait même de mettre le feu à Devil's Acre afin de le réduire en cendres, après avoir expédié ses habitants au fin fond de l'Australie !

Charlotte reposa son journal et tenta de chasser de son esprit les échos de cette hystérie collective. Quel genre d'homme était Bertram Astley ? Les articles qu'elle avait lus sur lui étaient édulcorés par un voile de pudeur interdisant que l'on dénigre les morts. Les journalistes s'étaient contentés de tracer à grands traits des portraits manichéens : Max Burton était le diable en personne et Astley, lui, une innocente victime ; la police faisait semblant d'enquêter, ou pire, était corrompue. Dans les deux cas, la société se trouvait en péril.

Et pendant ce temps, Pitt poursuivait inlassablement son enquête, des premières lueurs de l'aube jusqu'à une heure avancée de la soirée. Quand il rentrait, il était trop exténué pour raconter sa journée. Quelle piste suivre pour découvrir un déséquilibré errant dans les rues de Londres ?

Elle devait l'aider. Dans l'ombre, bien entendu, car il lui avait interdit de se mêler de cette affaire. Mais... n'était-ce pas avant le meurtre de Bertram Astley ? Les précédentes victimes étaient des gens situés en dehors du cercle de ses relations. A présent, il en allait autrement ! Emily connaissait sans doute les Astley, ou, à défaut, un membre de leur entourage, grâce auquel elle parviendrait à s'introduire dans la famille. Il lui faudrait se montrer très discrète : si Pitt découvrait ses manigances avant qu'elle ait trouvé quelque chose d'intéressant, il serait furieux !

— Gracie ! appela-t-elle gaiement.

Gracie ne devait se douter de rien. Même avec la meilleure volonté du monde, elle était incapable de mentir.

Le visage de la jeune fille apparut dans l'entrebâillement de la porte.

— Vous m'avez appelée, madame ? demanda-t-elle, étonnée, puis son regard tomba sur le journal déplié.

— Oh, mon Dieu, c'est terrible ! Encore un ! Un vrai gentleman, cette fois, titré et tout et tout ! Où va le monde, on se le demande...

— C'est peut-être aussi bien de ne pas le savoir, fit vivement Charlotte. Je n'ai jamais trop apprécié les dons de voyance. Ce ne sont que de vagues superstitions qui ne causent que des ennuis.

La jeune fille parut déroutée, ce qui était le but recherché.

— N'y pensez plus, Gracie. Le meurtre a été commis à l'autre bout de la capitale et la victime ne compte pas parmi nos connaissances.

Elle se leva et lui tendit le journal.

— Tenez, vous vous en servirez pour allumer le feu, ce soir.

— Mais il faut le garder pour Monsieur ! protesta la jeune fille.

— Pourquoi donc ?

— Ben, ça l'intéresse, le pauvre ! Quand il est rentré hier soir, il était complètement gelé et je crois bien qu'il ne connaît pas plus que nous celui qui a fait ça ! Je vous demande bien pardon, madame, si je me mêle de ce qui ne me regarde pas, mais on dirait bien que Monsieur est en train de pourchasser le diable en personne ! conclut-elle avec une pointe d'anxiété.

— Gracie, ne dites pas d'âneries ! Il s'agit d'un fou, tout simplement. Oubliez tout cela, jetez ce journal dans la cheminée et continuez votre travail. Tiens, ce matin, je vais commander une nouvelle robe. J'ai pris rendez-vous chez la couturière, pour un essayage.

— Oh !

Une lueur ravie s'alluma dans les yeux de la jeune fille. L'achat d'une robe neuve était un événement bien plus excitant que le récit d'un meurtre dans les journaux.

— De quelle couleur, madame ? Avec un pli sur le devant, comme on le voit sur les dessins de l'*Illustrated* ?

— Oh, non ! dit Charlotte, qui achetait ce que lui permettaient ses modestes moyens. Je n'aime pas suivre la mode, comme un mouton sans cervelle.

— Vous avez bien raison, madame, approuva Gracie, dotée, elle aussi, d'un grand sens pratique. Comme je dis toujours : bien choisir la couleur, et le reste suivra, du moment que l'on sourit. Poliment, bien sûr, mais pas trop quand même !

Charlotte hocha la tête.

— Merci du conseil, Gracie. Ah, par la même occasion, j'en profiterai pour faire un tour et jeter un coup d'œil aux boutiques ; il est possible que je ne sois pas rentrée pour le déjeuner.

— Bien, madame. Il ne faut jamais précipiter l'achat d'une nouvelle robe.

Lorsqu'elle arriva chez sa sœur, Charlotte apprit par le valet qu'Emily venait justement de partir chez sa couturière ! Elle dut attendre son retour pendant presque une heure.

— Comment peux-tu avoir l'indécence d'aller chez ta couturière un jour pareil ? s'exclama-t-elle dès qu'Emily ouvrit la porte. Pour l'amour du ciel, tu ne lis donc pas les journaux ?

Sa sœur s'immobilisa, les traits crispés.

— Tu veux parler du meurtre de Bertie Astley ? Charlotte, nous n'y pouvons rien ! D'ailleurs, Thomas t'a bien dit de ne pas t'en mêler.

— Oui, mais c'était avant, au moment du meurtre de ce proxénète et de cet étrange docteur. Aujourd'hui, l'assassin a frappé dans notre cercle !

— Tu veux dire *mon* cercle, précisa Emily en refermant la porte.

Elle se dirigea droit vers la cheminée pour se réchauffer.

— En fait, je ne connais pas les Astley. Et quand bien même je les connaîtrais, je ne vois pas à quoi cela nous servirait.

Charlotte perdit patience.

— Voyons ! D'après toi, que faisait Bertie Astley au beau milieu de la nuit dans Devil's Acre ?

— Eh bien, il visitait un lieu de plaisir...

— Tu veux dire un lupanar !

— S'il te plaît, pas de vulgarité. Tu commences à perdre ta distinction. Thomas a raison. Tu ne devrais pas te mêler de cette histoire. Elle ne ressemble en rien à celles dont nous nous sommes occupées par le passé.

— Et si je te disais que Bertie Astley connaissait Max et qu'ils étaient impliqués tous deux dans la même affaire — ainsi que le Dr Pinchin ?

Charlotte avait agité sous le nez de sa sœur le plus bel appât auquel elle pouvait songer, de but de blanc : un scandale mondain qui sortait vraiment de l'ordinaire !

Emily demeura pensive. Au fond, la mode finissait par l'ennuyer, coupée qu'elle était des choses essentielles de l'existence. Qui remarquait finalement les teintes subtiles ou le décolleté profond d'une toilette ? Même les potins mondains, en cette période de l'année, ne présentaient pas grand intérêt.

— Dans ce cas, ce serait différent, répondit-elle enfin. Et très sérieux. Cela signifierait que nous n'avons pas affaire à un malade mental, mais à un homme parfaitement sain d'esprit, et d'autant plus dangereux.

— Tout à fait.

Emily considérait maintenant l'affaire sous un angle différent ! Elle frissonna, puis demanda sans détour :

— Bon, par où commençons-nous ?

La question n'était pas simple. Fort peu de possibilités s'offraient à elles.

— Par les Astley, décida Charlotte après réflexion. Nous n'avons guère le choix. Nous pourrions découvrir ce que Sir Bertram faisait à Devil's Acre et s'il connaissait Max ou le Dr Pinchin.

— Qu'en dit Thomas ?

Charlotte répondit avec une totale franchise :

— Rien. Ou juste un mot, en passant. Quand il rentre à la maison, il est trop fatigué pour parler. Ces crimes ont suscité un tollé général ; la police est accusée d'incompétence et même de corruption.

Cette nouvelle acheva de lever la dernière hésitation dans l'esprit d'Emily.

— Alors, nous devons l'aider. Je ne connais pas personnellement les Astley, mais je sais que Bertram s'intéressait de très près à May Woolmer. Tout le monde se demandait si elle parviendrait à mettre le grappin sur lui ! C'est la reine de beauté de la saison — entre nous, tout ce qu'il y a de plus insignifiante. Oh, ravissante, pour ceux qui aiment les peaux laiteuses. On dirait une crémière bien élevée, si tu vois ce que je veux dire, avec à peu près autant de conversation.

— Mon Dieu ! pouffa Charlotte, s'imaginant une créature froufroutante, un seau de lait à la main.

— Oh, elle est parfaite ! se rétracta Emily. Mais c'est bien là le problème. La pauvre petite est *si* prévisible... On meurt d'ennui en sa compagnie.

— Alors pourquoi Bertie Astley désirait-il l'épouser ? A-t-elle une fortune personnelle, ou quelque influence en société ?

— Aucune des deux. Mais ses manières sont délicates et elle est charmante. Tu sais, une chair crémeuse suffit à attirer certains hommes...

Considérant les épaules étroites et la poitrine plate de sa sœur, Charlotte s'abstint de tout commentaire. Soudain, elle se souvint d'une petite phrase que Pitt lui avait lancée un soir où il était trop fatigué pour tenir sa langue.

— Thomas dit que même des femmes de la bonne société se prostituaient pour Max.

Emily resta bouche bée.

— Grands dieux ! Tu veux dire... pour de l'argent ? Oh ! Non !

— Apparemment, si.

Dans les yeux de sa sœur, Charlotte vit une stupéfaction horrifiée remplacer l'incrédulité.

— Es-tu sûre de ce que tu avances ?

— C'est ce que m'a dit Thomas, en tout cas.

— Mais quelle femme du monde aurait besoin d'argent au point de songer à... Non, je ne peux y croire !

— Il ne s'agit pas nécessairement d'argent, mais d'ennui ou de frustration, de la même façon que certains hommes misent des sommes supérieures à ce qu'ils peuvent se permettre de perdre, ou disputent des courses d'attelage à quatre au cours desquelles leur voiture risque de verser à tout moment.

— Max tenait-il un carnet de rendez-vous ?

— Je l'ignore. J'ai jugé préférable de ne pas poser la question à Thomas. Il est trop tôt. En cherchant bien, nous pourrions sûrement découvrir l'identité de quelques-unes de ces femmes. L'une d'entre elles a peut-être tué Max parce qu'il la faisait chanter, ou qu'il refusait de lui rendre sa liberté. Cela constituerait un bon mobile, non ?

Emily pinça les lèvres, dubitative.

— Et le Dr Pinchin, dans tout ça ?

— Ces maisons ont besoin d'un médecin, un jour ou l'autre. C'était peut-être l'associé de Max, son financier, ou son rabatteur. De par son métier, il était bien placé pour cela.

— Et Bertie Astley ?

— S'il fréquentait ces établissements, il a pu reconnaître une femme de ses relations. Cela expliquerait pourquoi il n'a pas été aussi horriblement mutilé.

— C'est invraisemblable ! Un mari bafoué aurait haï Bertie autant que les autres !

— Bon, c'est possible. Mais en attendant, il y a bien un assassin !

— Charlotte, nous ne devrions peut-être pas...

Emily poussa un profond soupir et poursuivit :

— Bon, écoute, j'ai eu l'occasion de rencontrer May Woolmer à deux ou trois reprises. Nous pourrions aller lui présenter nos condoléances. Je peux te prêter une voilette et des gants noirs. Il faut bien commencer par quelque chose. Nous irons la voir cet après-midi. Mais toi, que vas-tu raconter à Thomas ? Tu ne sais pas mentir ! Tu en dis trop et tu finis toujours par te trahir.

— J'ai prévenu Gracie que j'allais chez la couturière.

Emily lui jeta un regard oblique.

— Si je comprends bien, je n'ai plus qu'à t'offrir une robe, pour te fournir un alibi !

— Merci, répondit Charlotte, reconnaissante. C'est très gentil à toi. Une robe rouge me conviendrait tout à fait.

— Toi alors ! Tu ne manques pas de toupet !

Mrs. Woolmer retourna la carte de visite à en-tête doré et l'examina attentivement : un vélin discret, d'excellente qualité. Et le nom gravé se suffisait à lui-même : Vicomtesse Ashworth.

— Qui est-ce, maman ? demanda May, curieuse.

L'incertitude dans laquelle elle était plongée l'ennuyait beaucoup. On ignorait encore si Bertie était une malheureuse victime, ou un coupable qui méritait le sort qui lui avait été réservé. May ne savait donc trop quelle attitude adopter ; recevoir des visites en cette période délicate mettait ses nerfs à rude épreuve. D'un autre côté, ne voir personne lui donnait l'impression de vivre en prison.

— Je n'en ai pas la moindre idée, répliqua Mrs. Woolmer, fronçant ses sourcils soigneusement épilés.

Elle était encore vêtue de violet, couleur idéale lorsque l'on n'est pas certain d'être en deuil. May portait du noir, parce qu'il lui seyait admirablement et mettait en valeur son teint de camélia.

La femme de chambre fit une petite révérence.

— Cette dame est très décemment vêtue, madame. Ses armoiries sont peintes sur les portières de la voiture et elle est escortée de deux valets en livrée. Sa sœur l'accompagne ; on dirait une vraie dame, elle aussi, mais elle n'a pas laissé de carte.

Mrs. Woolmer prit une rapide décision. Si l'on voulait s'élever en société, il ne fallait jamais faire d'erreur de jugement. La nature l'avait généreusement gratifiée, en la personne de sa fille, de la plus belle demoiselle de la saison. Il serait ridicule de tout gâcher par une maladresse.

— Marigold, faites donc entrer Lady Ashworth et sa sœur, dit-elle en souriant, et demandez à la cuisinière de préparer des rafraîchissements, du thé, des gâteaux, des pâtisseries.

— Tout de suite, madame.

En voyant entrer ses visiteuses, Mrs. Woolmer fut très vite rassurée. De toute évidence, la vicomtesse Ashworth était une vraie lady ; il suffisait de regarder la qualité et la sobriété de sa tenue. Seuls les aristocrates savent dépenser leur argent avec un goût aussi raffiné.

May était également ravie. Ces deux femmes étaient assez jeunes pour qu'elle puisse se permettre de bavarder avec elles ; peut-être lui transmettraient-elles bientôt une invitation à venir prendre le thé, ou pourquoi pas, à dîner ? Après tout, elle n'était pas officiellement fiancée à Bertie ! D'ailleurs, plus elle y réfléchissait, plus il lui semblait préférable de garder un silence prudent et digne sur toute l'affaire. Que les gens interprètent donc son attitude à leur guise ; ne rien dire était le moyen le plus sûr de ne pas s'engager. La plupart des hommes préféraient la compagnie de femmes qui n'émettaient pas d'opinion personnelle. Et lorsqu'un mariage est en jeu, un silence accompagné d'un sourire charmant révèle une nature obéissante, qualité très appréciée des belles-mères.

Lady Ashworth était vêtue à la dernière mode, dans des demi-teintes qui la rendaient d'autant plus élégante. Sa sœur était nettement moins à la mode, mais indéniablement jolie. Son visage sortait de l'ordinaire ; il émanait d'elle une chaleur vers laquelle May se sentit tout de suite attirée.

Lady Ashworth s'avança, les mains tendues, et prit celles de May avant même qu'elle ait ouvert la bouche.

— Ma chère, je suis navrée. Je tenais à venir vous

présenter mes condoléances, en ces moments dramatiques.

May était bouleversée, certes, mais pas dans le sens où l'entendait sa visiteuse. Elle n'avait jamais été follement amoureuse de Bertie ; elle préférait de loin son frère, Beau Astley, un homme beaucoup plus séduisant et amusant. Mais il fallait bien songer aux choses pratiques : un cadet ne représentait pas un beau parti, car il avait peu de perspectives d'avenir. Une fois son frère aîné marié et installé avec son épouse dans la demeure paternelle, il ne lui resterait pratiquement plus rien.

Elle se reprit et sourit tristement.

— Merci, Lady Ashworth, c'est très aimable à vous de nous rendre visite. Je n'arrive pas encore à réaliser qu'une personne chère à mon cœur ait pu trouver la mort dans des circonstances aussi horribles.

Sa mère lui lança un regard d'avertissement. May ne devait en aucun cas proférer des paroles qui puissent la lier définitivement aux Astley. Peut-être apprendrait-on que ceux-ci possédaient Dieu sait quel horrible atavisme ! Malgré les euphémismes employés par la presse, le Tout-Londres savait où le corps de Sir Bertram avait été retrouvé. Mais Mrs. Woolmer avait tort de s'inquiéter : May connaissait tous les pièges et n'avait nulle intention d'y tomber.

Lady Ashworth présenta sa sœur, Mrs. Pitt, et les deux visiteuses acceptèrent de bonne grâce l'invitation à s'asseoir.

— La vie peut nous réserver de cruelles surprises, soupira Emily, avec une expression de sage affliction. Et bien douloureuses à supporter, ajouta-t-elle en inclinant la tête, comme si elle était submergée par ses propres souvenirs.

May se sentit obligée de dire quelque chose ; les bonnes manières l'exigeaient.

— En effet. Je réalise à présent à quel point je connaissais peu Sir Bertram. Je n'aurais jamais imaginé qu'une telle...

Elle s'interrompit, ne trouvant aucune chute satisfaisante à sa phrase, puis reprit en s'adressant à la sœur de Lady Ashworth :

— Je suis sans doute trop naïve. J'imagine que des esprits peu charitables doivent déjà se moquer de moi.

— Vous voulez dire des envieux, corrigea généreusement Mrs. Pitt. Il y en aura toujours, hélas. La seule façon de les éviter est de ne pas leur offrir la satisfaction de leur montrer ses faiblesses. Je peux vous assurer que toute femme de cœur vous comprendra. C'est une situation dans laquelle n'importe laquelle d'entre nous peut se retrouver.

May eut la sensation brève et inquiétante que Mrs. Pitt faisait allusion, avec beaucoup de perspicacité, non au chagrin que lui causait la mort de Bertie, mais à ses sentiments à l'égard de Beau Astley. Que l'on puisse lire en elle aussi facilement la mit mal à l'aise. Découvrant dans les yeux bleus de Lady Ashworth la même clairvoyance, elle décida aussitôt de les ajouter sur-le-champ à la liste de ses alliées. La nature l'avait dotée d'une grande sagacité ; elle savait toujours reconnaître les gens qu'elle pouvait tromper et ceux avec lesquels la chose était impossible.

Elle laissa échapper un soupir et leur adressa un sourire désarmant.

— C'est un véritable soulagement de rencontrer quelqu'un qui vous comprenne... Tant de gens vous parlent gentiment, mais ils ne pensent qu'au chagrin bien naturel d'avoir perdu un ami.

Mrs. Woolmer se mit à se tortiller sur son siège en croisant nerveusement ses mains sur ses genoux. Le tour que prenait la conversation lui déplaisait, mais elle ne trouvait aucun moyen de la dévier vers un sujet anodin, sans se montrer discourtoise.

Lady Ashworth acquiesça d'un léger signe de tête, reprenant la pensée de May.

— Tout à fait. On s'imagine connaître quelqu'un et puis, voilà ce qui vous arrive... Mais que peut-on y faire ? Surtout si cette personne vous a été présentée par des relations respectables. Mon mari et moi-même avons été abasourdis par la nouvelle.

Elle prit une profonde inspiration.

— Bien sûr, je n'ai pas l'honneur de connaître Sir Beau...

May ne se laissa pas piéger aussi facilement.

— Un homme très plaisant, répliqua-t-elle d'une voix neutre.

Elle chassa de son esprit le visage rieur et la voix douce de Beau, le souvenir de salles de bal illuminées, où le jeune homme l'emportait dans ses bras en des danses endiablées.

— Et Sir Bertram s'est toujours comporté de façon très correcte à mon égard, conclut-elle sur le même ton.

— Bien entendu, renchérit Mrs. Woolmer, un peu trop vite.

Lady Ashworth flatta délicatement les plis de sa robe.

— J'en suis persuadée. Pardonnez ma franchise, ma chère, mais il est connu que certains hommes agissent sans réfléchir lorsqu'ils tombent amoureux. On a même vu des frères arriver à se haïr pour l'amour d'une belle.

Mrs. Woolmer porta la main à sa bouche pour étouffer une exclamation qui eût été déplacée.

May se sentit vraiment mal à l'aise. Bien sûr, elle avait conscience d'avoir été désirée par beaucoup d'hommes. Le but de la saison n'était-il pas le mariage ? Mais, jusqu'à présent, elle pensait que les sentiments n'entraient pas en ligne de compte et qu'il s'agissait seulement là d'un délicieux jeu de société dont les gagnantes se retiraient pourvues d'un bon mari et assurées de leur avenir social et financier. Les perdantes, elles, battaient en retraite en songeant déjà à changer de tactique pour la saison suivante. May connaissait ses points forts et ses faiblesses. Elle avait bien l'intention de gagner sur tous les tableaux et trouvait donc naturel d'être enviée, voire jalousée... mais pas haïe ! En tout cas, elle ne pensait pas susciter le genre de passion qui puisse conduire l'un de ses soupirants au meurtre !

— Vous me flattez, Lady Ashworth, avança-t-elle, prudente. Je crois n'avoir jamais donné à quiconque des raisons d'éprouver des sentiments aussi excessifs.

Elle se dit que la seule façon de détourner la curiosité de sa visiteuse était d'aborder un sujet encore plus choquant.

— Je suis loin de posséder la pratique amoureuse de certaines femmes, reprit-elle avec un petit sourire crispé. Devrais-je dire « l'expérience » ? Je déteste les commérages, mais la rumeur est si persistante qu'elle ne peut être entièrement fausse. Voilà : j'ai entendu dire que certaines dames de la bonne société se comportent comme... des femmes publiques. Il est certain qu'elles possèdent l'art d'attiser les terribles passions que vous venez d'évoquer.

Comme elle l'avait prévu, la phrase fit l'effet d'une bombe. Sa mère faillit s'étrangler d'horreur.

— C'est grotesque ! Tu ne peux être au courant de choses pareilles ! Des femmes publiques ! Ma fille, je te prierai de tenir ta langue.

Lady Ashworth releva la tête, les yeux écarquillés. Mais curieusement, ce fut Mrs. Pitt qui vint à la rescousse de May.

— C'est très affligeant, en effet, dit-elle à voix basse, presque sur le ton de la confidence. Mais j'ai également entendu parler de ces choses, de source sûre. Je me demande où il est possible désormais de rencontrer des dames respectables. Vous avez dû vous poser la même question, je suppose. Je me sentirais coupable de soupçonner des personnes certainement aussi innocentes que l'enfant qui vient de naître ; et pourtant je serais consternée de me retrouver, par naïveté et excès de crédulité, en compagnie de personnes si peu recommandables que ma réputation en soit entachée — ou pis encore !

Lady Ashworth semblait sous le coup d'une vive émotion. Elle fut prise d'une quinte de toux et plongea son visage dans son mouchoir, les épaules secouées de tremblements. Elle avait rougi jusqu'à la racine des cheveux. Fort heureusement, la bonne revint à ce moment avec le thé et les gâteaux, ce qui lui permit de se ressaisir. Son visage était encore en feu, mais elle avait recouvré son sang-froid.

Mrs. Pitt avait raison. On ne pouvait se permettre d'être aperçue en compagnie de créatures suspectées d'un tel comportement. May se creusa la tête pour trouver parmi ses relations des femmes susceptibles de se livrer à une telle débauche. Les noms de quelques-unes lui vinrent à l'esprit et elle se jura de les éviter, à l'avenir, chaque fois que cela lui serait possible. Devait-elle, par amitié, mettre en garde Mrs. Pitt contre certaines d'entre elles ?

— Connaissez-vous Lavinia Hawkesley ? demanda-t-elle.

Lady Ashworth ouvrit de grands yeux. Il était superflu de donner davantage d'explications. May se fit un plaisir de mentionner deux ou trois autres noms, puis détourna la conversation sur la mode et les idylles qui se nouaient dans la bonne société, le tout pimenté d'un parfum de scandale. Elles bavardèrent ainsi agréablement pendant une demi-heure. Mrs. Woolmer chercha à savoir si leurs visiteuses connaissaient dans leur entourage des jeunes gens pouvant représenter un bon parti pour sa fille, mais sans succès.

A seize heures, la bonne entra pour annoncer la venue de Mr. Alan Ross, désireux de présenter ses condoléances au nom de toute sa famille.

Lady Ashworth se leva précipitamment et prit Mrs. Pitt par la main.

— Charlotte, je crois que nous ne devrions pas importuner nos amies plus longtemps. Ma chère, nous nous sommes tellement plu en votre compagnie, ajouta-t-elle en se tournant vers May, que nous en avons oublié les bonnes manières. Avec votre permission, nous aimerions partir avant que vous ne receviez Mr. Ross. Nous ne voudrions surtout pas qu'il croie que nous cherchons à l'éviter.

— Oui... naturellement, fit Mrs. Woolmer, un peu étonnée. Si tel est votre désir... Marigold, faites patienter Mr. Ross au petit salon, s'il vous plaît.

La bonne s'inclina et sortit de la pièce. Lady Ashworth se pencha vers May et lui chuchota à l'oreille :

— Ma sœur et moi avons connu Mr. Ross autrefois, dans des moments pénibles dont le souvenir risquerait d'être douloureux pour lui. Auriez-vous l'extrême gentillesse de ne pas mentionner nos noms devant lui ? Je suis sûre que vous me comprenez...

May n'avait pas vraiment saisi son propos, mais l'allusion lui suffisait.

— Bien entendu. Vous êtes simplement deux amies venues nous présenter leurs condoléances. J'ai beaucoup apprécié votre délicatesse, Lady Ashworth ; j'espère que nous aurons l'occasion de nous revoir dans des circonstances moins dramatiques...

— J'en suis certaine, affirma celle-ci avec un très léger signe d'acquiescement.

May comprit que son souhait avait été entendu ; c'était tout ce qu'elle désirait.

Une fois dans la rue, Charlotte se tourna vers sa sœur.

— As-tu perdu la tête ? Il nous aurait été très utile de rencontrer Alan Ross ! Max pouvait utiliser d'anciennes connaissances pour recruter ces femmes !

— Je le sais ! s'exclama Emily. Mais je ne tenais pas à le voir dans cette maison. Il n'en aura pas pour longtemps. Nous pouvons l'attendre.

— Voyons, il gèle ! Pourquoi rester ici ? Il se doutera que nous lui forçons la main, si nous l'attendons devant la porte.

— Oh, vraiment, quelle bécasse tu fais !

Emily adressa un signe à son cocher.

— William ! Trouvez un problème quelconque à l'un des chevaux et faites semblant de le soigner jusqu'à ce que Mr. Ross sorte de la maison.

— Bien, madame, fit le cocher, obéissant.

Il se baissa pour passer la main sur le paturon d'un cheval et feignit de l'examiner avec soin.

Charlotte frissonna ; le vent glacial traversait l'épaisseur de son manteau.

— Je ne comprends toujours pas pourquoi nous ne sommes pas restées, bougonna-t-elle, en lançant un regard furieux à sa sœur.

Emily ignora la remarque.

— J'ai toujours pensé que le général Balantyne t'appréciait infiniment, déclara-t-elle, passant du coq à l'âne.

Une légère rougeur envahit les joues de Charlotte et un léger frisson d'excitation la parcourut. Que le général l'appréciât n'était pas pour lui déplaire. Elle ne prit pas la peine de protester.

— Christina est très bien placée pour connaître le genre de femmes que recrutait Max, poursuivit Emily. Elle pourrait nous être très utile.

— Christina Ross ? Elle ne nous aiderait même pas à traverser la rue, si nous étions aveugles ! s'exclama Charlotte qui avait gardé un souvenir très vif de Callander Square. Elle se ferait un plaisir de me pousser dans le caniveau !

— C'est pourquoi nous devons d'abord rencontrer son père, expliqua Emily avec une pointe d'impatience. Si tu sais y faire, il t'aidera autant que tu le désires. Attention ! Voilà Alan Ross ! Je savais qu'il n'en aurait pas pour longtemps.

Elle le regarda s'approcher et lui décocha un sourire éblouissant. Alan Ross lui rendit son sourire et souleva poliment son chapeau. Son visage reflétait une certaine perplexité ; il n'était pas sûr de connaître cette dame. Puis son regard croisa celui de Charlotte et ses traits s'adoucirent.

— Miss Ellison ! Quel plaisir de vous revoir ! J'espère que vous allez bien ? Un problème avec l'attelage ? Je peux vous déposer quelque part, si vous le souhaitez.

— Merci, rien de grave, je crois, répondit Charlotte avec vivacité. Emily, te souviens-tu de Mr. Ross ? Ma sœur, Lady Ashworth... Mr. Ross...

Elle aurait voulu discrètement lui faire savoir qu'elle était en réalité Mrs. Pitt. Durant les événements de Callander Square, elle s'était fait embaucher sous son nom de jeune fille, pour les besoins de l'enquête, au service du général Balantyne, se présentant comme une jeune femme célibataire à la recherche d'un emploi.

Mais Emily ne lui laissa pas le temps de cette mise au point. Elle tendit la main à Alan Ross.

— Bien sûr, je me souviens de Mr. Ross ! Transmettez mes amitiés à votre épouse. Il y a fort longtemps que je ne l'ai vue ! Nous sommes tellement prises par nos obligations mondaines que nous négligeons de voir les personnes qui nous sont chères. Votre épouse est si charmante ! J'ai hâte de la revoir.

Emily avait toujours cordialement détesté Christina !

— Charlotte m'a souvent parlé d'elle, ajouta-t-elle sans se départir de son lumineux sourire. Oui, nous devons absolument lui rendre visite. J'espère qu'elle nous pardonnera notre négligence.

— Je suis sûr qu'elle sera ravie de vous revoir, répondit Alan Ross.

Comme s'il avait pu dire autre chose !

Emily parut enchantée par cette perspective.

— Eh bien, voulez-vous l'avertir que Lady Ashworth et Miss Ellison lui rendront visite mardi prochain ? Si elle reçoit le mardi, bien entendu.

— Je n'y manquerai pas. Mais ne voudriez-vous pas plutôt venir dîner ? Ce serait beaucoup plus plaisant. Oh, en toute intimité... Lord Ashworth pourrait se joindre à nous, s'il n'est pas pris par d'autres engagements...

— Très volontiers ! s'empressa d'accepter Emily.

Elle veillerait à ce que George soit bien libre ce soir-là. Sinon, elle lui ferait annuler tous ses rendez-vous.

Alan Ross s'inclina légèrement.

— Dans ce cas, je vous ferai envoyer trois invitations. Êtes-vous certaine que vous n'avez pas besoin d'aide ? répéta-t-il en regardant le cocher, qui se tenait presque au garde-à-vous à côté du cheval.

— Non, non, tout ira bien, le rassura Emily.

— Alors je vous souhaite un excellent après-midi, Lady Ashworth. Miss Ellison...

Son regard s'arrêta longtemps sur le visage de Charlotte. Il lui sourit, puis tourna les talons et partit en direction de son attelage.

William aida Emily à monter en voiture, Charlotte la suivit et se laissa tomber sur la banquette.

— Mais qu'est-ce qui t'a pris ? s'exclama-t-elle, furieuse. Pourquoi continuer à lui laisser croire que je suis Miss Ellison ? Je n'ai pas besoin de trouver du travail chez Christina !

Emily tira le pli de sa robe sur laquelle Charlotte s'était assise par mégarde.

— Crois-tu que nous parviendrons à découvrir quelque chose s'ils apprennent que tu es mariée à un policier ? Et qui plus est, à l'inspecteur chargé de l'enquête sur les meurtres de Devil's Acre ? Sans compter que le général sera ravi de constater que tu es toujours célibataire.

— Mais qu'est-ce que tu...

Charlotte ne termina pas sa phrase, soudain consciente que les paroles de sa sœur n'étaient pas dénuées de bon sens. Christina Balantyne n'inviterait jamais à sa table l'épouse d'un policier. Si elle se doutait que les deux sœurs étaient résolues à élucider un meurtre, elle ne leur laisserait pas franchir le seuil de sa maison.

Et puis, ne se sentaient-elles pas tenues, par devoir moral, de tenter d'élucider ces crimes ? Il fallait bien l'avouer, elles s'étaient montrées particulièrement douées par le passé !

— Je suppose que tu as raison, Emily, reconnut-elle avec humilité.

Pour mener leur enquête de façon efficace, elles devaient rassembler toutes les informations possibles. Mais arracher un renseignement à Pitt n'était pas besogne aisée ! Apparemment, son travail piétinait. Il arpentait chaque jour les ruelles sordides de Devil's Acre, cherchant à glaner par-ci, par-là quelques indiscrétions. Mais s'il était sur le point de trouver le lien qui unissait Max, le Dr Pinchin et Bertie Astley, il n'en avait soufflé mot à Charlotte.

— Thomas ? murmura-t-elle.

Pitt ouvrit les yeux et la regarda. Il était tard ; il s'était assoupi devant la cheminée du salon. Elle avait choisi son heure avec soin.

— Du nouveau sur Max ? s'enquit-elle, l'air de rien.

— Je sais tout ce qu'il y a à savoir sur Max, répondit-il en s'enfonçant dans son fauteuil, puis il ajouta, en l'observant à travers ses cils : Excepté le nom de ses clients, de ses pensionnaires et de son assassin.

Charlotte se trouva prise au dépourvu !

— Oh... Il ne tenait donc ni livres de comptes, ni carnets de rendez-vous ? Ou les aurait-on subtilisés ?

— Le meurtre a eu lieu dans la rue, remarqua-t-il. A moins qu'il ne s'agisse du tenancier de son établissement, l'assassin n'a pas eu l'occasion de fouiller dans ses papiers. De toute façon, d'après ce que j'ai pu découvrir, Burton ne possédait ni livres, ni carnets. Il se servait de sa mémoire et se faisait payer en liquide.

— Dans ce cas, comment pouvait-il faire chanter les gens ? s'étonna Charlotte.

Pitt retira ses pieds du garde-feu — il commençait à avoir trop chaud.

— A ma connaissance, il ne faisait chanter personne. Mais il savait assez de choses compromettantes pour ruiner une réputation, sans besoin de preuves écrites. Une phrase bien placée, avec quelques noms et adresses à l'appui, aurait amplement suffi. De simples soupçons peuvent détruire une renommée. Cela dit, il est possible qu'une rivalité professionnelle soit à l'origine du crime. Max empiétait sur le territoire de ses concurrents. De toute manière, cela ne vous regarde pas. Ce n'est pas une affaire où un détective amateur peut aider la police.

En croisant son regard, Charlotte se sentit tout à coup beaucoup moins sûre d'elle. Puis elle se rassura en se disant qu'elle ne procédait pas à une véritable enquête ! Il lui suffisait d'ouvrir les yeux et les oreilles et de noter mentalement toute information qui pourrait se révéler utile.

— Oui, Thomas, bien sûr... Mais il est naturel que je m'y intéresse, non ? conclut-elle, très raisonnable.

En revanche, elle fit preuve d'une extraordinaire mauvaise foi dans sa façon de lui présenter l'invitation à dîner chez les Ross le mardi. Comme elle s'en doutait, Pitt travaillait ce soir-là. Elle lui raconta qu'ils étaient conviés à dîner avec George et Emily, et lui demanda l'autorisation d'y aller sans lui, s'il n'y voyait pas d'inconvénient. Elle ne doutait pas de son accord : depuis le début de l'affaire, il ne l'avait pas conduite une seule fois au restaurant ou au théâtre ! Il n'était pour ainsi dire jamais à la maison avant une heure avancée de la soirée. Et puis, elle n'avait menti que par omission : elle allait vraiment dîner avec sa sœur et son beau-frère. Même si ce n'était pas chez eux, comme elle le laissa croire à Pitt.

Comme d'habitude, Emily lui prêta une robe et sa camériste l'aida à se coiffer. Charlotte n'eut aucun scrupule à la lui emprunter puisque le dîner avait été arrangé par sa sœur avec la complicité d'Alan Ross.

La robe de soie abricot agrémentée d'une dentelle délicate, d'une nuance légèrement plus foncée, paraissait neuve. Charlotte se dit que sa sœur l'avait peut-être achetée à son intention, pour la soirée. Emily ne s'habillait jamais dans ces tons chauds, qui ne se mariaient pas avec la blondeur de sa chevelure et le bleu de ses yeux. En revanche, c'était une couleur idéale pour mettre en valeur un teint vif et des cheveux bruns aux reflets cuivrés.

Charlotte ressentit une soudaine gratitude envers sa sœur, qui lui avait généreusement procuré, et de manière si discrète, une toilette qui la flattait. Elle décida de la remercier sans trop d'outrance, pour laisser au cadeau toute sa délicatesse.

Telle une duchesse se préparant à entrer dans sa salle de réception, elle quitta le dressing et descendit majestueusement l'escalier. Arrivée en bas des marches, elle exécuta une profonde révérence devant Emily, qui l'attendait dans le vestibule. L'excitation qui la gagnait la faisait rayonner.

— Elle est parfaite, dit-elle en se redressant plus maladroitement qu'elle ne l'aurait voulu. Je me sens prête à éblouir tout le monde et à rendre Christina verte de jalousie ! Merci, Emily.

Celle-ci portait une robe aigue-marine très pâle ; des diamants brillaient à ses oreilles et à sa gorge, étincelants comme le reflet du soleil couchant sur une eau pure. Les deux sœurs offraient un saisissant contraste, ce qui bien sûr était le but recherché, encore qu'Emily ne se soit peut-être pas attendue à voir Charlotte aussi resplendissante. Mais si tel était le cas, elle maîtrisa rapidement sa surprise et lui adressa un sourire lumineux et approbateur.

— A présent, surtout pas d'impair ! la prévint-elle. Les gens de la bonne société adorent s'admirer devant leur miroir, mais ils détestent voir le reflet de leur âme ou de leurs pensées dans les yeux de leur interlocuteur. Je te serai très obligée de garder cela à l'esprit, avant d'exprimer la moindre opinion !

— Oui, Emily.

Elle lui devait bien cela pour la robe.

Elle avait de toute évidence pris soin d'informer son époux du but de leur visite chez les Ross. George avait accepté de les accompagner, et de se retenir d'éclairer leurs hôtes sur le mariage de Charlotte et son actuel statut social, bien que cette dernière doutât qu'Emily lui en ait expliqué la vraie raison !

Christina Ross les reçut avec une froideur manifeste ; l'invitation ayant été lancée par son mari, elle ne pouvait décemment pas l'annuler et avait donc bien dû s'en accommoder.

— Lord Ashworth, Lady Ashworth, comme c'est gentil à vous d'être venus, dit-elle avec un petit sourire crispé.

George s'inclina et lui adressa un vague compliment sur sa beauté.

— Oh... Miss Ellison...

Le regard de Christina s'attarda avec une légère surprise sur la robe de Charlotte, laissant ainsi entrevoir son mépris pour une personne de rang inférieur qui osait porter une toilette manifestement au-delà de ses moyens.

— J'espère que vous allez bien ? reprit-elle avec une interrogation dans la voix.

La question tombait à plat, car, de toute évidence, Charlotte resplendissait de santé et de bonheur. Aussi, sans attendre de réponse, Christina invita-t-elle ses hôtes à s'asseoir.

George pensait que son épouse et sa belle-sœur avaient tort de se mêler d'affaires criminelles ; en outre, il connaissait fort peu Bertie Astley. Mais c'était un homme conciliant, aussi longtemps qu'on ne le critiquait pas ouvertement et qu'on ne le privait pas de ses plaisirs habituels. Au fil des années, Emily s'était révélée une épouse exemplaire : ni trop dépensière, ni trop curieuse, elle se mettait rarement en colère, ne boudait pas et ne rabrouait jamais son mari. Elle était bien trop fine pour éprouver le besoin de le harceler.

Il avait tout de même conscience d'avoir modifié

quelques-unes de ses petites habitudes, pour la contenter. Mais ces changements avaient été moins difficiles qu'il ne l'aurait imaginé ; lorsque l'on se marie, ne doit-on pas être prêt à faire quelques menues concessions ? Il ne voyait donc pas d'objection à se plier à ses désirs, en cherchant à entrer dans les bonnes grâces de Christina Ross, si Emily le jugeait utile. George savait très bien que cela ne servait pas à grand-chose, mais si cela l'amusait, après tout, pourquoi pas ? Il ne voyait rien là de déplaisant.

En revanche, il avait depuis longtemps renoncé à comprendre sa belle-sœur. Il l'aimait bien, tout simplement et, pour être honnête, il lui arrivait même d'apprécier Pitt !

Il décida donc de se montrer attentif et galant avec leur hôtesse, ce qui, sans grand effort de sa part, eut un effet totalement dévastateur. Lord Ashworth était un bel homme — il avait de très beaux yeux — auquel une longue ascendance de privilèges et d'argent avait conféré une assurance naturelle. Flatter Christina Ross ne présentait pour lui aucune difficulté ; il lui suffisait de la regarder d'un air admiratif en lui accordant toute son attention.

Leur temps était compté ; Emily l'employa à bon escient, en entrant tout de suite dans le vif du sujet.

— Quel plaisir de vous revoir, dit-elle à Alan Ross en souriant. George a été en-chan-té de l'invitation ! Nous passons un temps fou avec des gens si peu intéressants ! D'ailleurs, j'avoue être moins habile à juger autrui que je ne l'imaginais. Par naïveté sans doute, je me suis retrouvée en compagnie de personnes que je n'aurais pas choisies si j'avais eu deux sous de jugeote. Mais bien souvent, on n'est pas averti à temps... Même maintenant, il m'arrive de ne pas toujours comprendre certaines choses...

Elle baissa la voix, comme si elle s'apprêtait à faire une confidence.

— Tenez... J'ai entendu dire que des dames de la bonne société se comportent de façon... inexprimable !

— Vraiment ?

Une ombre passa sur le visage d'Alan Ross, si rapide que Charlotte se demanda si elle n'avait pas rêvé, mais elle lui laissa une pénible impression de malaise. La maladresse de sa sœur avait-elle réveillé en lui de douloureux souvenirs ? Le meurtre de Callander Square ?

— Emily, intervint-elle, il n'est peut-être pas opportun d'aborder un tel sujet.

Sa sœur fixa sur elle de grands yeux bleus étonnés, avant de se tourner vers Alan Ross.

— J'espère ne pas vous avoir blessé en exprimant trop franchement mon opinion ?

Elle paraissait sincèrement touchée, alors que, sous les amples plis de sa robe, elle décochait un méchant coup de talon à Charlotte. Malgré la douleur, celle-ci fut bien obligée de faire bonne figure.

Alan Ross eut un léger geste de la main, comme pour signifier le peu d'importance qu'il attachait à la question.

— Bien sûr que non ! Je suis d'accord avec vous. Il n'y a qu'une chose plus ennuyeuse et plus déplaisante que la débauche, c'est d'en entendre parler interminablement, et par personne interposée.

Il ponctua sa phrase d'un léger sourire et Charlotte ne put que deviner les pensées qui lui avaient soufflé cette remarque.

— Vous avez tout à fait raison ! renchérit Emily, en envoyant à sa sœur un deuxième coup de pied, précisément là où elle l'avait atteinte la première fois. Je trouve très embarrassant que des femmes parlent de cela. Je ne sais jamais que répondre.

Charlotte déplaça discrètement ses pieds hors de portée de celui d'Emily.

— Le problème trouble ma sœur au point de l'empêcher de trouver une réponse, ironisa-t-elle. Vous conviendrez que c'est là un résultat tout à fait remarquable !

Le talon d'Emily chercha encore à atteindre sa cheville, mais ne rencontra cette fois que les plis du bas de sa robe. Du coin de l'œil, elle lui lança un regard menaçant. Charlotte adressa à Alan Ross un sourire éblouissant.

A cet instant, la porte s'ouvrit et le valet introduisit le général Balantyne et Lady Augusta. George et Alan se levèrent, tandis que les femmes restaient assises. Balantyne dévisagea Charlotte avec une telle intensité qu'elle sentit le rouge lui monter aux joues. Elle regrettait amèrement que sa sœur l'ait présentée sous son nom de jeune fille.

Bravant les convenances, qui exigeaient que les femmes attendent que les hommes se soient présentés, Christina se leva et s'avança vers ses parents, les bras tendus dans un geste théâtral, mais s'arrêta avant d'embrasser son père.

— Papa, comme je suis contente de vous voir !

Elle se détourna pour tendre une joue indifférente à sa mère, puis se livra aux présentations d'usage.

— Maman, vous connaissez Lord Ashworth, bien entendu...

George s'inclina devant Lady Augusta.

— ... et Lady Ashworth... ajouta Christina, nettement moins aimable.

Emily s'était levée, comme il convient à une jeune femme en présence d'une dame plus âgée, quand toutes deux sont également titrées. De nouveau, on fit les présentations. Puis Christina se tourna enfin vers Charlotte, qui se leva à son tour.

— Vous vous souvenez peut-être de Miss Ellison, qui avait eu la gentillesse de venir aider papa à ranger ses papiers, il y a quelques années ?

De toute évidence, Lady Augusta n'avait aucune envie de se souvenir de tout ce qui lui rappelait de près ou de loin ces pénibles moments.

— En effet. Bonsoir, Miss Ellison.

Dans sa voix perçait l'étonnement de voir cette dernière invitée à la table de sa fille.

— Bonsoir, Lady Augusta.

Soudain le sentiment de culpabilité de Charlotte s'évanouit ; elle rendit à Lady Balantyne le regard glacial que celle-ci n'aurait pas manqué de darder sur une débutante qui n'aurait pas su tenir son rang.

— Bonsoir, Miss Ellison, fit Balantyne, dont les pommettes anguleuses avaient légèrement rosi. Comme je suis heureux de vous revoir.

Il faillit s'étrangler et se mit à tousser.

— Je... je pensais justement à vous l'autre jour... Je veux dire... un incident m'a fait penser à vous...

— Je ne vous ai pas oublié non plus, fit Charlotte, désireuse de venir à son secours.

Elle ne mentait pas, d'ailleurs ; chaque fois qu'elle lisait un article relatif à un événement militaire, elle ne manquait pas de penser à lui.

Christina haussa un sourcil stupéfait.

— Grand Dieu ! Je n'aurais jamais cru que nous étions si présents dans votre esprit, Miss Ellison ! A moins que vous ne parliez que de papa ?

C'en était trop. Charlotte décida de se venger.

— Les circonstances peu banales de notre rencontre sont difficiles à oublier, Mrs. Ross, dit-elle en soutenant son regard sans ciller.

Elle vit celle-ci pâlir au souvenir des meurtres de Callander Square.

— J'ai appris à admirer votre père, en lisant ses Mémoires. Je suis certaine que, le connaissant bien mieux que moi, vous devez partager la même admiration pour lui.

Le visage de Christina se crispa.

— Naturellement. Mais il s'agit de mon père. C'est tout à fait différent, Miss Ellison.

Balantyne rougit un peu plus, mais ne trouva rien à dire.

— Vous ne lisez jamais les Mémoires de votre père, ma chère, intervint Alan Ross, volant à leur secours. L'affection filiale n'a rien de commun avec le respect objectif qu'une personne étrangère à la famille peut avoir pour les travaux du général.

Le sang reflua du visage de Balantyne, qui se détourna vivement.

— Bien sûr, dit-il assez sèchement. J'ose croire que tu n'avais pas l'intention d'être aussi blessante que tes propos le laissaient supposer, Christina. Miss Ellison se montrait simplement polie.

Sans regarder Charlotte, il se lança dans une grande discussion avec George, tandis qu'Emily se tournait vers Christina, laissant à sa sœur le soin d'engager la conversation avec Alan Ross et Lady Augusta. Aussi ne fut-elle pas peu soulagée d'entendre annoncer le dîner.

La table était richement dressée. Charlotte remarqua que sa sœur l'examinait discrètement pour en évaluer le prix. Elle savait reconnaître avec précision la qualité d'un service de verres en cristal, de l'argenterie, des nappes de lin et apprécier une cuisinière à sa juste valeur. Charlotte surprit son regard quelques secondes après qu'elles se furent mises à table ; à voir le front plissé d'Emily, elle comprit que selon ses calculs, Christina Ross devait être terriblement dépensière.

Pendant que l'on servait les entrées, la conversation prit un tour banal, comme toujours au début d'un repas, lorsque chacun cherche à calmer son appétit, tout en essayant de se montrer civilisé. Charlotte n'y prit pas part ; ne connaissant pas les gens dont on parlait, elle n'aurait su commenter les chances de mariage — heureux ou malheureux — qui pouvaient exister entre telle et telle personne de la haute société.

Son regard se dirigea involontairement vers le général Balantyne, seule personne attablée ne participant pas à la conversation, soit par ignorance, soit par manque d'intérêt. Elle se sentit un peu mal à l'aise de constater qu'il ne la quittait pas des yeux, bien que Christina bavardât avec animation.

Un éclat de rire parcourut la tablée. Christina s'aperçut que son trait d'esprit avait laissé deux convives de marbre. Elle regarda Charlotte droit dans les yeux, avec une petite grimace.

— Oh, je suis désolée, Miss Ellison ! Bien sûr, vous ne pouvez pas connaître Miss Fairgood, ni le petit-fils du duc ; c'est vraiment stupide de ma part. Vous devez vous sentir exclue de la conversation. Pardonnez-moi.

Elle n'aurait rien pu dire de mieux pour souligner le sentiment qu'éprouvait Charlotte. Elle qui, jusqu'à présent, ne s'était pas souciée de cet échange de propos mortellement ennuyeux se sentit rougir jusqu'aux oreilles. Elle décida de ne pas répondre, de peur de se montrer trop cinglante et d'accorder ainsi une seconde victoire à leur hôtesse.

— Je n'ai pas l'heur de connaître cette Miss Fairgood, moi non plus, fit le général en prenant son verre. Et je ne m'en porte pas plus mal. Peu m'importe de savoir qui va épouser le petit-fils du duc. Savez-vous, ajouta-t-il en se tournant ostensiblement vers Charlotte, que j'ai reçu dernièrement un véritable trésor : des lettres d'un soldat ayant servi pendant la guerre d'Espagne[1]. Je pense que vous les trouveriez extrêmement intéressantes, et très encourageantes. On se rend compte à quel point, en quelques dizaines d'années, les soins aux blessés ont fait des progrès sensibles. Je me souviens que vous admiriez beaucoup le travail accompli par Miss Florence Nightingale durant la guerre de Crimée[2].

1. Dite aussi « guerre de l'indépendance », elle opposa les nationalistes espagnols, alliés à l'Angleterre, à Napoléon (1808-1814). (*N.d.T.*)

2. Florence Nightingale (1820-1910), infirmière anglaise. En 1854, durant la guerre de Crimée, elle emmena avec elle une équipe d'infirmières à Scutari, et parvint à diminuer le taux de mortalité des soldats hospitalisés. (*N.d.T.*)

— Des lettres ? s'exclama Charlotte. Elles doivent être bien plus passionnantes à lire qu'un livre d'histoire.

Oubliant le but de leur visite, elle se pencha en avant, vivement intéressée.

— J'aimerais tant les voir. Ce serait comme... comme tenir un petit bout du passé entre mes mains. Jusqu'à présent, je me suis contentée des commentaires des historiens. Que savez-vous de ce soldat ?

Balantyne reposa son verre. Ses traits graves s'adoucirent et il se départit légèrement de sa réserve. Il ne prit pas la peine de lui dire qu'elle pourrait avoir accès à ces lettres ; cela allait de soi.

— Un être d'une grande intelligence, commença-t-il d'une voix vibrante. Un simple soldat, semble-t-il, pas un officier, mais il savait fort bien lire et écrire. Ses observations démontrent une grande sensibilité et une compassion que je trouve très émouvantes.

Augusta lui lança un regard désapprobateur.

— C'est une conversation bien peu édifiante, au cours d'un dîner. Ne pourriez-vous parler d'autre chose ? Nous n'avons aucune envie d'entendre raconter les souffrances d'un pauvre diable pendant je ne sais quelle guerre.

— La guerre d'Espagne, précisa Balantyne.

Sa femme fit semblant de ne pas l'avoir entendu.

— A mon avis, elles sont tout aussi intéressantes que les aspirations matrimoniales de Miss Fairgood, intervint sèchement Alan Ross.

— Et pour qui, d'après vous, le seraient-elles ? le rembarra Christina, acerbe.

— Pour moi, pour votre père et, à moins qu'elle ne se montre plus courtoise que les autres, pour Miss Ellison.

Charlotte surprit son regard et baissa les yeux vers son assiette.

— Je ne prétends pas à une telle délicatesse,

Mr. Ross, répondit-elle avec modestie. Je suis sincèrement intéressée par le sujet.

— Comme c'est étrange... murmura Christina. Lady Ashworth, vous disiez que vous avez récemment rencontré Lavinia Hawkesley ? Ne la trouvez-vous pas très amusante ? Je me demande seulement si elle le fait exprès.

— A mon avis, cette pauvre Lavinia s'ennuie à mourir, répondit Emily en lançant à Charlotte un regard furibond. Et je ne peux l'en blâmer. Sir James est un homme assommant. Il doit avoir trente ans de plus qu'elle, au bas mot.

— Et d'une santé florissante, renchérit Christina. Bien que, pour dire les choses crûment, il lui reste une dizaine d'années à vivre.

Emily roula vers le ciel des yeux effarés.

— Mon Dieu ! Mais que va-t-elle devenir durant ces dix ans ?

Un léger sourire effleura les lèvres de Christina.

— Lavinia n'est pas dénuée d'imagination...

— C'est bien son malheur ! la coupa Augusta. Il vaudrait mieux qu'elle en soit privée ! Je ne sais pas ce que tu vas imaginer, ma fille, mais tu ferais mieux de te taire, par décence. N'anticipons pas les mauvaises actions d'autrui.

Christina prit une profonde inspiration. C'était bien ce qu'elle mourait d'envie de faire, mais, curieusement, elle ne chercha pas à discuter. Charlotte crut voir ses traits se crisper et une légère pâleur l'envahir, mais elle n'aurait su dire si c'était là l'effet de la pitié ou de la colère.

— Elle pourrait s'occuper d'œuvres charitables, suggéra George. Emily me dit souvent qu'il y a tant à faire pour les indigents.

— Ah, nous y voilà ! s'écria Christina, rageuse. Quand un gentleman s'ennuie, il peut jouer aux cartes ou aux dés à son club, parier sur des chevaux ou des chiens, participer à des courses d'attelage, chasser, jouer au billard, se rendre au théâtre — ou dans des lieux moins bien fréquentés... Mais lorsqu'une dame s'ennuie, il ne lui reste qu'à s'occuper d'œuvres de bienfaisance, rendre visite aux affamés, aux pouilleux, et leur murmurer des paroles lénifiantes pour les encourager à se montrer vertueux !

Il y avait beaucoup trop de vérité dans ce que venait de dire Christina pour que Charlotte cherchât à la contredire ; pourtant elle fut incapable de lui expliquer le sentiment d'utilité et de satisfaction que lui procurait son combat pour une réforme parlementaire. Comparés à l'urgence de la mise en place d'une aide aux indigents, les jeux de société et même le sport lui semblaient coupés de la réalité et insupportablement futiles.

Elle se pencha en avant, cherchant ses mots. Tout le monde la regardait, mais aucune phrase appropriée ne lui vint à l'esprit.

— Si vous vous prépariez à nous exposer les charmes de la littérature militaire de papa, Miss Ellison, je vous en prie, ne vous fatiguez pas, fit Christina d'un ton glacial. Je ne veux rien savoir du nombre des victimes de l'épidémie de choléra à Sébastopol, ni de celui des pauvres diables qui ont trouvé la mort dans la charge de la Brigade légère. Pour moi, tout cela n'est qu'un jeu stupide, joué par des hommes que l'on devrait enfermer à l'asile. Là, au moins, ils ne pourraient faire de mal à personne d'autre qu'à eux-mêmes.

Pour la première fois, Charlotte ressentit un élan de sympathie pour Christina !

— Il faudrait pouvoir présenter un projet de loi qui rende votre idée applicable, Mrs. Ross ! s'exclama-t-elle, enthousiaste. Pensez à tous ces jeunes hommes qui pourraient ainsi échapper à la mort !

Christina la dévisagea avec un curieux petit froncement de sourcils. Elle ne s'était pas attendue à ce que l'on approuvât sa tirade, et surtout pas Charlotte. Elle avait seulement eu l'intention de faire un éclat.

— Vous me surprenez, dit-elle avec franchise. Je croyais que vous admiriez les militaires.

— Je déteste la vanité aveugle, répondit Charlotte, et je déplore la stupidité. Dans l'armée, ces deux défauts sont encore plus dangereux qu'ailleurs, sauf peut-être au Parlement ! Mais cela n'en diminue pas le respect que j'éprouve pour le courage des soldats.

— Au Parlement ? s'étonna Augusta, incrédule. Voyons, Miss Ellison ! Que voulez-vous dire ?

— Un imbécile siégeant au Parlement peut parvenir à oppresser des millions de personnes, expliqua Balantyne. Et Dieu sait qu'il y a des idiots à la Chambre. Et infatués d'eux-mêmes.

Il dévisagea Charlotte avec une totale franchise, comme s'il avait temporairement oublié qu'elle était une femme.

— J'avoue que depuis longtemps, je n'avais pas entendu des choses aussi sensées résumées avec une telle simplicité. Mais ne vous apprêtiez-vous pas à dire quelque chose, au moment où Christina a pris la parole ? ajouta-t-il en fronçant les sourcils. De quoi s'agissait-il ?

Il la regardait intensément. Ses yeux bleu clair brillaient d'un éclat plus vif que dans son souvenir. Charlotte avait conscience de la force morale de cet homme, de la volonté qui lui avait permis de commander ses troupes dans les moments les plus critiques. Elle ne chercha pas de formules alambiquées et répondit avec simplicité :

— Eh bien, voilà : je consacre un peu de mon temps libre à promouvoir un projet de loi qui tende à renforcer la lutte contre la prostitution infantile ; les lois actuelles sont scandaleusement laxistes. C'est une honte d'abuser d'enfants, garçons ou filles, ou de se livrer à leur trafic.

Alan Ross l'observait avec attention, les yeux plissés. Augusta, quant à elle, la dévisagea sans comprendre.

— Vraiment ? Je n'aurais pas imaginé que l'on puisse se lancer dans une telle aventure sans connaître parfaitement le sujet.

Charlotte accepta le défi sans ciller.

— Bien sûr, si l'on veut avoir quelque influence, il est nécessaire d'être documenté.

— Mais c'est répugnant, conclut Augusta, décidée à clore le débat.

— Cela va de soi ! s'exclama Alan Ross, refusant d'être réduit au silence. Nous en parlions justement l'autre soir avec Brandy. Vous souvenez-vous de mon beau-frère, Miss Ellison ? Si ceux d'entre nous qui ont l'oreille de certains membres du Parlement ne se soucient pas du problème, qui donc pourra travailler à cette réforme, je vous le demande ?

— Je suis sûre que les gens d'Église sont mieux placés que nous, affirma Augusta, d'un ton définitif. Ne pourrions-nous pas parler d'autre chose ? Brandon, auriez-vous l'obligeance de me passer la moutarde ? Christina, tu devrais dire deux mots à ta cuisinière. Cette sauce est insipide ! On dirait de la ouate. Qu'en pensez-vous, Miss Ellison ?

— Elle est douce, répondit Charlotte avec un léger sourire. Mais je ne la trouve pas désagréable.

— Étrange... murmura Augusta, je pensais que vous préfériez les sauces piquantes !

A la fin du repas, le majordome apporta le porto. Les femmes se retirèrent dans le petit salon, laissant les hommes boire et fumer à leur guise. C'était ce moment qu'attendait Charlotte. Elle avait parfaitement conscience de l'animosité de Christina à son égard et de la réprobation de Lady Augusta. Mais par-dessus tout, elle redoutait une intervention maladroite de sa sœur, dont le seul but était d'obtenir les noms des amies de Christina les moins fréquentables, pour découvrir si certaines d'entre elles avaient été séduites par Max.

Plût au ciel qu'Emily fasse preuve de subtilité, si tant est que l'on puisse se montrer subtile sur un tel sujet.

Cette dernière lui lança un regard qui en disait long, avant de prendre place sur le canapé.

— Vous savez, je suis tout à fait d'accord avec vous, dit-elle à Christina, sur le ton de la conspiration. Je rêve d'occupations plus émoustillantes que les éternelles visites où l'on se contente d'entretenir une conversation polie et assommante avec des dames sur lesquelles on sait à peu près tout. Quant aux bonnes œuvres... C'est une noble cause et j'admire celles qui s'y consacrent. Mais personnellement, cela m'ennuie.

— On vous demande seulement d'aller à la messe de temps en temps et de vous occuper des familles de vos domestiques, lui fit remarquer Augusta. Les œuvres de charité proprement dites sont réservées aux vieilles demoiselles qui n'ont rien d'autre à faire. Cela les occupe et elles ont l'impression de servir à quelque chose. Dieu sait qu'elles sont nombreuses ! On ne doit pas usurper leur fonction.

Toutes trois paraissaient avoir oublié que Charlotte était censée se situer à leurs yeux dans la catégorie des « vieilles demoiselles ».

— Il ne me déplairait pas d'aller me promener en calèche dans Hyde Park, dit Emily, songeuse. On y fait parfois d'intéressantes rencontres, paraît-il.

— Je vois ce que vous voulez dire, répondit Christina. Croyez-moi, il est des façons de s'amuser bien plus palpitantes qu'écrire des lettres ou rencontrer des gens assommants. Il n'est pas incorrect, à condition d'être accompagnée, de se rendre à...

— Peignez-vous, Miss Ellison ? l'interrompit Augusta d'une voix forte, ou jouez-vous du piano ? Vous chantez, peut-être ?

— J'aime peindre, répondit Charlotte.

— Ce doit être très agréable, fit Christina d'un ton qui montrait le peu d'intérêt qu'elle accordait à ce genre de distraction.

Une vieille fille passant ses journées assise un pinceau à la main devant une feuille de papier à dessin était pour elle une vision navrante ! Elle se tourna vers Emily.

— J'ai décidé d'aller me promener dans l'allée cavalière du Park, le matin, quand il fera beau et que je m'en sentirai d'humeur ! Je suis sûre qu'avec une bête fougueuse, cela doit être un vrai plaisir.

— Avec une monture fougueuse, ma chère, on a vite fait de se retrouver la tête la première dans la boue ! s'exclama Augusta. Souviens-toi qu'une chute de cheval peut être dramatique !

Christina pâlit. Elle regarda droit devant elle, mais se garda de toute réflexion.

Charlotte chercha quelque chose à dire pour meubler le silence, mais une simple phrase de politesse semblerait bien dérisoire, alors qu'apparemment le sujet venait de susciter une vive émotion. Elle n'en comprenait d'ailleurs pas la cause. Si Christina, à la suite d'une folle chevauchée, avait fait une grave chute, il était indélicat d'aborder le sujet. Était-ce là la raison pour laquelle elle n'avait pas encore d'enfants ? Charlotte repoussa le sentiment de pitié qui l'envahissait. Christina lui était antipathique et le resterait.

— Emily joue du piano, dit-elle finalement.

Ce fut tout ce qu'elle trouva à dire pour combler le silence.

— Je vous demande pardon ? fit Augusta.

Charlotte remarqua sur sa gorge des rides qu'elle n'avait encore jamais observées auparavant.

— Je disais qu'Emily jouait du piano, répéta-t-elle, embarrassée.

Elle se sentait complètement ridicule.

— Ah bon ? Et vous ?

— Non, je préférais la peinture et papa n'a pas insisté.

— Sage décision. C'est une perte de temps de forcer un enfant qui n'a pas de dons pour la musique.

Charlotte ne sut que répondre. Elle cessa soudain de se sentir gênée par la douceur et l'honnêteté qu'elle avait lues dans les yeux du général, lorsque, négligeant les bienséances, il s'était adressé à elle en toute simplicité, comme à un proche avec lequel on peut évoquer toutes sortes de sujets intimes qui vous tiennent à cœur.

Les trois hommes ne tardèrent pas à les rejoindre au salon. Charlotte fut heureuse de se voir bientôt engagée avec le général dans une longue conversation sur la retraite de Russie. Son intérêt était si grand qu'elle n'avait nul besoin de faire semblant de partager sa fascination pour cet événement historique ayant entraîné de grands bouleversements dans toute l'Europe. Elle ressentait, comme lui, une immense pitié pour ces soldats morts de froid dans la solitude glacée des steppes russes.

Lorsqu'ils se levèrent pour prendre congé, ce ne fut pas le visage de Christina qui resta gravé dans son esprit, mais celui du général. Elle n'en éprouva que plus tard un sentiment de culpabilité, lorsque Emily lui adressa la parole dans la voiture.

— Vraiment, Charlotte, s'exclama celle-ci d'un ton acide, je t'avais demandé de faire la conversation au général pour apprendre des détails susceptibles de nous intéresser, non pour lui faire perdre l'esprit ! Il serait temps que tu apprennes à te contrôler ! C'est cette robe abricot qui t'a fait tourner la tête ?

Charlotte se sentit rougir. Dans l'obscurité, George et Emily ne s'aperçurent heureusement de rien.

— Je ne voyais pas ce que je pouvais extorquer à Christina au sujet des fréquentations de ses amies volages, répondit-elle du tac au tac. Tout le monde m'a prise pour une vieille fille passant ses journées devant un chevalet, quand elle ne s'occupait pas d'œuvres de charité !

Emily préféra changer de tactique.

— Je comprends que tu ne l'aimes pas, dit-elle d'un ton patient. Elle me déplaît profondément, à moi aussi.

Et elle s'est montrée très impolie à ton égard. Mais là n'est pas la question. Nous étions venues pour les besoins de l'enquête, non pour passer une bonne soirée !

Charlotte ne trouva rien à répondre. Elle n'avait appris quoi que ce fût de très intéressant, mais pour être honnête, elle s'était beaucoup divertie. Pourtant, la soirée avait été parfois insupportable, surtout pendant le repas. Elle avait oublié à quel point la bonne société pouvait se montrer impitoyable.

— Et toi, as-tu appris quelque chose ? demanda-t-elle.

— Je l'ignore encore, répliqua Emily, dans la pénombre. Peut-être...

7

Emily avait réfléchi aux différentes tragédies qui avaient pu entraîner cette série de meurtres. Elle savait fort bien que nombre de mariages étaient plus convenus que romantiques, les familles cherchant à améliorer leur position sociale ou à la maintenir, si elle s'avérait compromise. Parfois, ces alliances se révélaient aussi positives que des mariages d'amour, mais dans les cas où l'âge et le caractère des époux étaient trop différents, le mariage devenait rapidement synonyme de réclusion.

Elle connaissait également l'effet anesthésiant de l'ennui. Si elle-même n'en souffrait pas, elle le devait à ses incursions périodiques dans le monde à la fois turbulent, effrayant et stimulant des enquêtes criminelles. Mais les longs et arides intermèdes de sa vie mondaine lui paraissaient, par contraste, d'autant plus difficiles à supporter. C'était un univers clos, où une simple passade prenait des proportions démesurées ; où un léger manquement à l'étiquette ou à la préséance faisait figure de grave offense ; où les toilettes — coupe, couleur et ornements — étaient observées et discutées comme si elles revêtaient une importance majeure.

Comme Christina Ross l'avait rappelé, les messieurs oisifs, eux, trouvaient aisément à s'occuper ! Ils pouvaient pratiquer toutes sortes de sports, de plein air ou en chambre, prendre le risque de se casser une jambe à cheval ou de perdre de l'argent au jeu. Les plus travailleurs ou les plus honnêtes pouvaient rechercher le pouvoir à travers la politique ou le négoce, partir en mission à l'autre bout du monde jusqu'à des pays plongés dans les ténèbres de l'ignorance, s'engager dans l'armée, suivre le Nil Blanc pour en découvrir la source au cœur du continent noir !

En revanche, la seule occupation possible d'une femme était de se consacrer aux œuvres charitables. La domesticité s'occupait de la bonne marche de sa maison, ses enfants étaient pris en charge par une nourrice, une nurse, puis par une gouvernante. Pour celles qui étaient dépourvues de talent artistique ou de dons intellectuels, il ne restait guère que les distractions mondaines. Il n'était donc pas surprenant que des jeunes femmes spirituelles comme Christina Ross, prises au piège de mariages sans passion, sans gaieté, sans compagnie, puissent être dangereusement attirées par des hommes tels que Max Burton.

Emily n'ignorait pas l'autre aspect du problème : nombre d'hommes ne parvenaient pas à satisfaire leurs appétits chez eux. Si certains pratiquaient l'abstinence, pour une raison ou pour une autre, d'autres ne s'y résolvaient pas. Les « maisons de plaisir » n'étaient pas un sujet de conversation — ni les « colombes déchues » qu'on y trouvait. Seigneur ! Elle détestait cet euphémisme ! Ils ne parlaient qu'à leurs intimes de leurs différentes conquêtes, rencontrées à la campagne au cours de longs week-ends de chasse, en été sur les pelouses de croquet, dans les bals pendant la période des chasses à courre, ou en bien d'autres occasions. Dans ce monde-là, à défaut de pardonner, on considérait ces relâchements avec indulgence.

Emily recensa donc les noms et les titres des femmes évoluant dans l'entourage de Christina, susceptibles d'être liées à Max. Six ou sept l'étaient probablement, et une demi-douzaine pouvaient l'être, même si, à son avis, ces dernières manquaient du courage nécessaire, ou étaient trop pudiques ou trop fidèles à leurs principes pour oser franchir ce pas. Toutefois, à défaut de précisions complémentaires, elle donnerait cette liste de noms à Pitt, afin qu'il puisse déterminer où se trouvaient les maris de ces dames à l'heure des trois crimes.

Restait à considérer l'hypothèse d'une rencontre malheureuse, d'une dénonciation ou d'un chantage. Que se passerait-il si un homme fréquentant une maison close se rendait compte qu'il avait payé les services de sa propre épouse ? Les cas de figure étaient légion et tout aussi douloureux et invraisemblables les uns que les autres : si par exemple, une femme travaillant pour Max avait eu pour client Bertie Astley et que son mari ait eu vent de l'affaire, la suite logique en aurait été le meurtre non seulement de Max, mais aussi d'Astley. En revanche, le rôle du Dr Pinchin paraissait encore très obscur.

Une autre hypothèse, tout aussi valable, était encore plus détestable : Beau Astley, ayant lu dans la presse le récit des deux premiers crimes de Devil's Acre, aurait saisi là l'occasion de se débarrasser de son frère. Ce ne serait pas la première fois qu'un criminel ferait endosser la responsabilité d'un homicide à un assassin en ayant déjà commis deux.

Beau Astley avait beaucoup à gagner à la disparition de son aîné, c'était certain. Mais l'avait-il réellement souhaitée ? Avait-il de graves ennuis d'argent ou ses revenus personnels lui suffisaient-ils ? Était-il amoureux de May Woolmer ? En fin de compte, quel genre d'homme était-il ?

Emily buvait son thé à petites gorgées, à la table du petit déjeuner. Assis en face d'elle, George ne paraissait pas au mieux de sa forme. Il se cachait derrière son journal, non pour le lire, mais pour éviter d'avoir à alimenter la conversation.

— Je suis allée rendre visite à May Woolmer, annonça-t-elle gaiement.

— Ah ?

A son ton absent, Emily se rendit compte qu'il avait oublié qui était May Woolmer.

— La pauvre petite est toujours en deuil, poursuivit-elle.

Pour George, poser ouvertement une question était, en général, le meilleur moyen de ne pas obtenir de réponse. Il détestait la curiosité, qu'il jugeait vulgaire et offensante. Il se moquait que les gens se vexent si la situation ne le justifiait pas, mais exécrait l'idée de passer pour un mufle ou de paraître manquer de courtoisie. Il est toujours préférable d'acquiescer aux propos d'un interlocuteur, si l'on ne sait pas de quoi il vous parle.

Comprenant qu'Emily n'avait pas l'intention d'abandonner le sujet, il posa son journal, un peu à contrecœur.

— Vous disiez, ma chérie ? Pardonnez ma distraction...

— May Woolmer porte encore le deuil de Bertie Astley, répéta-t-elle.

Le visage de George s'éclaira.

— Oh, oui, bien sûr ! May Woolmer ! Quelle affreuse histoire ! Un garçon charmant, cet Astley.

Emily s'efforça de paraître choquée.

— George, voyons !

— Oui, ma chérie ? fit-il, visiblement désorienté.

Il venait de faire une remarque anodine à propos de Bertram Astley qu'il considérait sans nul doute comme un garçon charmant.

Emily baissa les paupières.

— Je sais, murmura-t-elle, où le corps de Sir Bertram a été trouvé...

George sursauta.

— Comment ?

Elle regrettait de ne pas savoir rougir à bon escient. Certaines femmes y parvenaient ; c'était là un talent fort utile. Elle évita de le regarder afin qu'il ne vît pas la curiosité dans ses yeux, alors qu'il aurait dû y lire une horreur pudique.

— On l'a découvert devant l'entrée d'une maison... de tolérance...

Elle tenta d'imprimer à sa voix une nuance d'embarras.

— ... dont les pensionnaires sont des hommes.

Cette fois, George n'eut pas besoin de feindre l'intérêt. Il ouvrit de grands yeux.

— Mon Dieu ! Comment se fait-il que vous soyez au courant, Emily ? Répondez-moi !

Un instant désarçonnée, elle ne sut que répondre. La conversation prenait un tour qu'elle aurait dû prévoir, mais hélas, elle n'avait pas pensé à tout. Devait-elle lui avouer qu'elle avait lu les journaux ou mettre Charlotte en cause ? Non, ce n'était pas une bonne idée ; il pourrait s'ensuivre de désagréables conséquences. A l'avenir, George pourrait lui conseiller de voir sa sœur moins souvent, surtout au cours d'une enquête criminelle aussi sulfureuse.

Soudain, elle eut une inspiration.

— C'est May qui m'en a parlé. Dieu seul sait où elle l'a appris ! Vous savez, la rumeur va bon train. Mais quel mal y a-t-il à cela, si telle est la vérité ?

Cette fois elle croisa franchement son regard, en toute innocence. Elle qui n'avait aucun scrupule à lui mentir sur des sujets anodins — après tout, c'était pour son bien — se montrait toujours d'une rare honnêteté lorsqu'il s'agissait de notions importantes à ses yeux, comme la loyauté ou l'argent. Mais parfois un époux a besoin d'être un peu ménagé !

Il se détendit et se laissa aller contre le dossier de sa chaise ; son visage reflétait toutefois une légère perplexité. Une chose le troublait : que dire à Emily de ce qu'il savait des agissements peu recommandables de Bertie Astley ?

Elle le comprit fort bien et vint à sa rescousse pour

ne pas perdre l'initiative de la discussion et être obligée de tout reprendre par le commencement.

— Peut-être devrais-je passer chez May pour la rassurer ? suggéra-t-elle. S'il ne s'agit que de méchants ragots...

George hésita, puis se décida à lui dire ce qu'il savait.

— Non, Emily. Ce serait inutile... Je crains hélas que ce ne soit la pure vérité.

Elle prit une mine affligée, comme si elle avait nourri l'espoir que tout cela ne fût que commérages.

— George ? Vous voulez dire que Sir Bertram était vraiment...

— Grands dieux, non ! Pas du tout ! J'avoue que je ne comprends pas... C'est bizarre.

Il eut une grimace, qui exprimait franchement son incompréhension.

— On ne connaît pas toujours aussi bien les gens qu'on le pense. Au fond, Bertie était peut-être... sans que personne soit au courant.

Emily tendit la main vers lui et serra la sienne.

— N'y pensez plus, mon ami, dit-elle avec douceur. Il est plus probable que l'assassin de Sir Bertram soit un autre soupirant de May Woolmer, épris d'elle au point de choisir là l'occasion de se débarrasser d'un rival, en le mutilant horriblement. Ainsi pouvait-il à la fois l'éliminer physiquement et le rayer de la mémoire de May. Comment pourrait-elle chérir le souvenir d'un homme perverti ?

George réfléchit, serrant la main de son épouse dans la sienne. Par moments, il l'appréciait infiniment. Une chose était certaine : avec Emily il ne s'ennuyait jamais, même au bout de cinq années de mariage.

— Je n'en suis pas si sûr, dit-il enfin. May Woolmer est une jeune personne ravissante, mais je ne vois pas qui aurait été amoureux d'elle au point de commettre un acte aussi abominable. Non, elle n'a pas un tempérament à inspirer de telles passions. De plus, elle n'est guère fortunée.

— Je croyais Beau Astley très attiré par elle.

— Beau ? Vraiment ?

— C'est ce que j'ai cru comprendre... fit Emily, un peu déroutée.

— A mon avis, il aime bien May, en effet, mais il a d'autres chats à fouetter. Et ce n'est vraiment pas le genre d'homme à assassiner son frère !

— N'oubliez pas le titre, et la fortune, lui fit-elle remarquer.

— Connaissez-vous Beau Astley ?

Emily était ravie. Enfin, ils entraient dans le vif du sujet !

— Non. Pourriez-vous me le décrire ?

— Charmant. Bien plus charmant que ce pauvre Bertie, en fait. Et très généreux, ajouta-t-il d'un ton convaincu. Tiens, d'ailleurs, il faudrait que j'aille le voir...

Il laissa tomber son journal par terre et se leva.

— J'ai toujours beaucoup apprécié ce garçon. Il doit être complètement retourné. L'obligation de porter le deuil rend la disparition d'un être cher encore plus douloureuse. Quel que soit votre degré d'affliction, il est affreusement pénible d'être enfermé dans une maison, au milieu de lampes en veilleuse et de crêpe noir, entouré de domestiques chuchotants et de filles de cuisine qui se mettent à renifler dès qu'elles vous aperçoivent. Je vais aller lui tenir compagnie.

— Bonne idée, fit Emily, sincère. Je suis sûre qu'il vous en sera reconnaissant. C'est très gentil de votre part.

Comment le convaincre, sans éveiller ses soupçons, d'interroger discrètement Beau Astley ?

— Beau a peut-être envie de se confier à un ami en qui il a toute confiance, suggéra-t-elle en le regardant droit dans les yeux. Il doit être assailli par une foule de questions très pénibles quant aux circonstances de la mort de son frère. Et il ne peut ignorer les spéculations auxquelles se livrent ses relations. A sa place, j'aurais grand besoin de m'épancher.

Si George se doutait qu'elle avait une petite idée derrière la tête, rien sur son visage ne le laissa transparaître. Sauf, peut-être, ce très léger sourire... Mais elle avait sans doute rêvé.

— Certainement, fit-il, laconique. C'est parfois un grand soulagement de pouvoir parler... en toute confiance !

George était-il plus subtil qu'elle ne le supposait ? Ou bien l'idée de jouer les détectives lui souriait-elle ? Non, tout de même pas ! Elle le regarda quitter la pièce, droit et élégant, avec un petit frisson de surprise.

Trois jours plus tard, elle s'arrangea pour emmener George et Charlotte à une soirée dansante où elle était certaine que les Balantyne, ainsi qu'Alan et Christina Ross, seraient présents. A Charlotte de se débrouiller pour trouver une excuse qu'elle présenterait à Pitt.

Emily ignorait encore ce qu'elle pourrait apprendre au cours de cette soirée ; mais étant très au fait des habitudes des gentlemen de la bonne société, elle connaissait l'extraordinaire tour de force intellectuel et moral dont ils pouvaient faire preuve : ils étaient capables de passer la nuit dans une coûteuse maison close de Haymarket, puis de rentrer chez eux présider à la table du petit déjeuner, où toute la famille se tenait silencieuse et obéissante, accueillant leurs désirs avec empressement et tenant leurs propos pour parole d'Évangile. Emily avait choisi de vivre dans ce milieu et de jouir de ses privilèges. Dès lors, bien qu'elle détestât son hypocrisie, elle ne se rebellait pas contre celle-ci.

Loin d'éprouver de la sympathie pour Christina Ross, elle comprenait toutefois son admiration pour les rares femmes qui osaient briser les chaînes de leur prison dorée et rivaliser avec les hommes sur leur propre terrain, au point de tout risquer pour une folle nuit de mascarade dans une maison comme celle de Max à Devil's Acre. Pour sa part, Emily jugeait ce comportement tout à fait stupide. Il fallait être totalement écervelée pour espérer rendre à son mari la monnaie de sa pièce de façon aussi sordide.

Mais elle savait aussi que l'ennui peut faire perdre tout sens commun, y compris celui de sa sauvegarde. Elle avait vu des femmes désespérées, se croyant follement éprises, se lancer à corps perdu vers leur propre destruction, comme des lemmings avançant vers la mer. En général, elles étaient jeunes ; il s'agissait de leur première passion. Mais au fond, seule peut-être l'apparence extérieure changeait-elle avec le temps ? L'habitude aidant, on apprend à dissimuler sa vulnérabilité. Le sentiment de désespérance intime ne reste-t-il pas le même, à tout âge ? Il se pouvait donc que parmi les relations de Christina, elle rencontrât ce soir-là au moins une des protégées de Max.

Elle avait souhaité la présence de sa sœur à ce bal en raison de ses dons d'observation. Dans certaines circonstances, Charlotte se montrait très naïve, mais parfois elle faisait preuve d'une surprenante perspicacité. Au surplus, Christina ne l'aimait guère ; curieusement, on aurait dit qu'elle l'enviait. Sous le coup d'une vive émotion, peut-être se trahirait-elle ? Charlotte pouvait être resplendissante lorsqu'elle était heureuse, quand elle accordait toute son attention à quelqu'un, comme par exemple, de façon inexplicable aux yeux d'Emily, au général Balantyne. Si quelque chose risquait de faire perdre son sang-froid à Christina, c'était bien de voir Charlotte plaisanter avec son père — et peut-être même avec Alan Ross.

Emily, George et Charlotte se rendirent donc au bal organisé par Lord et Lady Easterby en l'honneur de leur fille aînée. Ils arrivèrent avec le léger retard autorisé par l'étiquette, ce qui leur permit de soulever un murmure appréciateur parmi la foule d'invités qui se pressaient déjà dans le grand salon.

Emily avait revêtu une robe vert d'eau, sa couleur préférée, qui flattait son teint clair ; ses boucles blondes auréolaient son visage et accrochaient la lumière. Elle évoquait la fraîcheur impalpable d'un matin d'été anglais, lorsque les fleurs viennent d'éclore et que l'air vibre de taches de lumières changeantes.

Elle avait pris grand soin de la toilette de sa sœur, en pensant à ce qui attirerait le plus le général, et par conséquent irriterait Christina. Charlotte fit donc une apparition remarquée dans un grand bruissement de satin bleu gentiane très lumineux qui flattait sa gorge et accentuait les reflets cuivrés de sa chevelure. Elle évoquait la touffeur d'une nuit tropicale après un coucher du soleil flamboyant, lorsque la terre est encore chaude. Si elle avait deviné les intentions de sa sœur, elle ne lui en fit pas la remarque. Ce qui était aussi bien, car Emily doutait que la droiture de Charlotte lui eût permis d'accepter un tel plan, à supposer qu'elle l'ait compris — et même si elle était d'accord sur le principe. D'ailleurs, avec la meilleure volonté du monde, elle n'avait jamais été capable de chercher à séduire ! Mais depuis fort longtemps, elle n'avait pas eu l'occasion de s'habiller avec autant d'élégance et de danser toute une nuit. Elle ne se rendait même pas compte qu'elle avait envie de s'amuser.

Leur arrivée provoqua un certain émoi dans l'assistance ; le titre de George et le fait que Charlotte leur était inconnue, et par là même d'autant plus mystérieuse, auraient suffi à attirer l'attention, quelle que soit leur apparence. Mais la beauté des deux sœurs déclencha une vague de spéculations susceptibles d'alimenter les conversations mondaines pendant un mois.

Christina Ross prendrait sans doute très mal le fait d'être éclipsée. « Tant mieux ; cela pimentera la soirée », songea Emily, qui se demanda toutefois, un peu angoissée, si elle ne s'était pas trompée de tactique.

Qu'adviendrait-il si son stratagème s'avérait moins efficace que prévu ? Elle repoussa cette idée. De toute manière, il était trop tard pour changer quoi que ce soit à son plan.

Un lumineux sourire aux lèvres, elle s'avança vers Lady Augusta, qui, raide et majestueuse, affichait l'expression aimable exigée par la bienséance.

— Bonsoir, Lady Ashworth, dit celle-ci avec froideur. Lord Ashworth, quel plaisir de vous revoir. Bonsoir, Miss Ellison.

Soudain, Emily eut un peu honte. Elle regarda Augusta, ses épaules crispées, les tendons de son cou raidis sous le lourd collier de rubis dont les pierres ressemblaient à de grosses larmes de sang. Redoutait-elle à ce point la présence de Charlotte ? Était-il possible qu'elle aimât son mari ? Et que le sourire qui adoucissait les lèvres du général, très raide lui aussi, tandis qu'il saluait Charlotte, montrât qu'il éprouvait bien autre chose que le seul plaisir de se retrouver en compagnie d'une jolie femme ? Quelque chose qui touchait aux sentiments profonds, ceux qui font souffrir, qui troublent et qui laissent une sensation de solitude irremplaçable — et qu'Augusta devinait ?

Les violons s'accordèrent, puis entamèrent une mélodie pleine et riche ; les valets se glissaient avec adresse entre les invités, offrant des plateaux chargés de coupes de champagne et de verres de punch.

Un bref instant, Emily oublia les rires des invités, les lumières des lustres scintillants. Elle était simplement venue pour démasquer la vraie Christina Ross sous son vernis mondain et lui faire raconter, dans un moment d'étourderie, ce qu'elle savait sur les femmes de la bonne société qui avaient pu fréquenter l'établissement de Max. La dernière chose qu'elle désirait, c'était bien causer une peine profonde à qui que ce soit. Pourvu que de son côté Charlotte sache ce qu'elle faisait !

Elle dut interrompre le cours de ses pensées pour converser aimablement avec d'autres invités. Mais elle les écoutait d'une oreille distraite, l'esprit ailleurs, tout en commentant les chances des participants au prochain derby de l'été. Était-ce celui d'Epsom ou celui des Oaks, elle n'en savait rien. Elle crut entendre mentionner le nom du prince de Galles.

Au bout d'une demi-heure le sujet finit par s'épuiser, et Alan Ross vint s'incliner devant elle pour lui demander de lui accorder la prochaine danse. C'était une sensation étrange d'être si proche de son cavalier et d'évoluer avec lui au rythme de la musique, de l'effleurer, sans pratiquement lui parler ; ils se rapprochaient l'un de l'autre puis tourbillonnaient chacun séparément avec une telle rapidité qu'aucun échange de paroles n'était possible.

Elle l'observa attentivement : Alan Ross n'était pas aussi séduisant que George, mais il émanait de lui une sensibilité fort attirante. Les événements tragiques de Callander Square lui revinrent brusquement en mémoire ; elle se demanda à quel point cet homme avait souffert. Son amour pour Helena Doran était connu de tous. La blessure était-elle encore ouverte ? Était-ce le chagrin qui avait émacié ses joues et aminci le dessin de ses lèvres ?

Là résidait peut-être la raison de l'animosité de Christina à l'égard de Charlotte ; celle-ci se souvenait d'Helena et, de plus, à cet instant précis, outrepassait la limite du savoir-vivre en se montrant ostensiblement avec le général. En effet, on jugeait tolérable pour un homme, quoiqu'un peu déplacé, d'apprécier au vu de tous la rondeur d'un sein ou la courbe d'une hanche. Mais aller plus loin, accaparer les pensées, provoquer la compassion, exciter l'imagination dépassait les convenances !

Quelles règles Christina observait-elle ? Que savait-elle exactement ?

Tout en virevoltant dans les bras d'Alan Ross, Emily embrassa le grand salon du regard et aperçut, par-dessus l'épaule de son cavalier, Christina agrippée à un officier de cavalerie sanglé dans un superbe uniforme. Elle riait à gorge déployée, sans le quitter des yeux. L'officier paraissait littéralement ensorcelé.

Emily observa Alan Ross à la dérobée : il avait dû remarquer la scène quelques secondes auparavant, mais son expression n'avait pas changé. De deux choses l'une : il était tellement accoutumé à ce spectacle qu'il avait appris à masquer ses émotions, ou il avait cessé d'y prêter attention.

Une pensée vint alors à l'esprit d'Emily, si terrible qu'elle en perdit l'équilibre et trébucha. En toute autre occasion, elle aurait été mortifiée, mais cette nouvelle idée la troublait si fort que sa maladresse lui parut tout à fait dérisoire.

Christina s'était-elle engagée au service de Max ? Alan Ross n'avait rien d'un vieux barbon. Mais son charme et son inaccessibilité ne poussaient-ils pas, plus encore que l'ennui, son épouse vers d'autres hommes, même superficiels ?

Emily sentit soudain son antipathie à l'égard de Christina se muer en pitié. Même si elle ne l'aimait pas, elle était forcée de s'intéresser à elle. Emily dansait toujours avec Alan Ross ; elle pouvait sentir le tissu de son habit sous sa main gantée ; leurs deux corps s'accordaient à l'unisson au rythme de la musique, alors qu'ils se frôlaient à peine. Était-il au courant des frasques de sa femme ? Avait-il si longtemps étouffé son orgueil blessé qu'il avait fini par assassiner Max en s'acharnant sur lui ?

Non, c'était absurde ! Elle se vit là, dans sa robe de satin vert qui accrochait la lumière, à tournoyer au son des violons entre les bras d'un homme à qui elle adressait de temps à autre une parole amicale, alors qu'en pensée elle le suivait dans des ruelles sordides, marchant la haine au cœur vers son ennemi, un ancien valet devenu proxénète, et prêt à commettre, pour venger l'avilissement de son épouse, l'acte le plus bestial qui soit.

Comment deux mondes si différents pouvaient-ils se côtoyer, voire s'interpénétrer ? A quelle distance était situé Devil's Acre ? Cinq, huit kilomètres ? Mais où se situait-il dans l'esprit de ces gentlemen aux chemises immaculées et aux manières distinguées ? Combien d'entre eux, ici présents, se rendaient-ils certaines nuits dans des établissements comme ceux tenus par Max Burton pour jouer, boire et lutiner des catins rieuses et consentantes ?

Les violons se turent. Emily remercia Alan Ross avec civilité, tout en se demandant si celui-ci se doutait des pensées qui l'habitaient, ou si son esprit, lui aussi, vagabondait loin de la salle de bal et de ses lustres scintillants.

Elle aperçut Lady Augusta qui bavardait avec un jeune homme aux favoris blonds. Charlotte venait d'accorder une danse à Brandy Balantyne, le fils du général. Ce dernier s'approcha d'elle et lui offrit son bras, non pour valser mais pour l'entraîner vers le grand jardin d'hiver. Il se tenait très droit, la tête penchée vers la jeune femme, avec laquelle il semblait en grande discussion. Emily aurait volontiers giflé sa sœur ! Comment pouvait-on se comporter de façon aussi puérile ? Ne voyait-elle pas que cet homme de cinquante ans, intelligent et solitaire, incapable d'exprimer ses sentiments et par là même très vulnérable, était en train de tomber amoureux d'elle ?

Mais Emily ne pouvait décemment pas aller trouver Charlotte pour la prendre à l'écart et lui dire ses quatre vérités ! Quand celle-ci s'apercevrait du mal qu'elle avait fait, elle souffrirait, elle aussi, car elle ne s'était pour l'heure rendu compte de rien. Elle appréciait beaucoup la compagnie du général et se contentait de lui montrer son amitié, comme elle en avait l'habitude avec toute personne qui lui était sympathique.

George, qui avait rejoint son épouse, lui murmura quelque chose à l'oreille.

— Pardon ? Que disiez-vous ? releva-t-elle d'un ton absent.

— Balantyne, répéta-t-il. Étrange comportement, pour un homme de son rang.

Emily avait beau avoir son opinion sur l'attitude de Charlotte — et à cette minute, cette opinion n'était guère charitable —, elle n'était prête à accepter aucune critique, même venant de George.

— Je ne vois pas de quoi vous voulez parler, dit-elle avec raideur. Mais si vous décidez de vous excuser, vous serez pardonné.

— Je croyais que vous vous intéressiez aux réformes sociales, fit-il, dérouté, en secouant légèrement la tête. C'est vous qui avez soulevé le sujet la première, non ? Avec Charlotte, bien entendu.

Au tour d'Emily d'être déconcertée. Elle lui jeta un regard impatient, ne comprenant pas où il voulait en venir.

— Mais que vous arrive-t-il ? Êtes-vous souffrante ? dit-il enfin.

Soudain un éclair soupçonneux passa dans son regard.

— Emily... Que mijotez-vous ?

Il était très rare que George posât des questions indiscrètes, mais elle s'arrangeait toujours pour avoir des réponses toutes prêtes à lui fournir. Même si elles étaient parfois fort éloignées de la réalité, elle était certaine qu'il ne le découvrirait jamais. Mais, dans ce cas précis, il était trop tard pour inventer un mensonge efficace. Il ne lui restait plus qu'à éluder la question.

— Je suis désolée, dit-elle d'un air innocent. Je regardais Charlotte et le général Balantyne. Je crains qu'elle ne se rende pas compte de ce qu'elle fait. Je croyais que vous me parliez de cela, mais je vois que je m'étais trompée.

— Je pensais que vous aviez tout manigancé. C'est bien vous qui lui avez prêté cette robe, non ? Vous auriez pu prévoir qu'elle lui irait à merveille.

Cette réponse était trop proche de la vérité pour la réconforter ! Emily sentit une vague de culpabilité l'envahir à nouveau. C'est vrai, elle avait tout manigancé, mais à présent la situation lui échappait.

— Je n'avais pas prévu qu'elle s'exhiberait ainsi avec le général ! observa-t-elle avec acrimonie.

— En effet, elle se débrouille plutôt bien, remarqua George, surpris.

Ayant connu sa belle-sœur avant son mariage avec Pitt, il se souvenait qu'elle avait toujours fait le désespoir de sa mère, rechignant à se comporter en société comme il convenait : à l'époque, elle refusait de jouer de son charme en mêlant franchise et sous-entendus, passion et humour dans ses relations avec les hommes. Mais le temps et la confiance en soi aidant, elle avait beaucoup changé. D'ailleurs, elle ne « s'exhibait » pas avec le général, comme le prétendait Emily ; non, l'invitation tacite qu'elle offrait à Balantyne n'était pas un simple badinage, mais partait d'une réelle amitié, faite de peines et de plaisirs durables, qui permet d'offrir à l'autre un peu de sa richesse intérieure.

Emily eut soudain l'impression qu'elle allait avoir besoin de l'aide de George.

— Que disiez-vous à propos des réformes sociales, mon ami ?

— Brandy Balantyne m'en parlait l'autre jour, répondit-il aimablement, soit parce qu'il avait deviné le malaise de sa femme, soit par pure politesse. Les événements de Devil's Acre semblent l'avoir beaucoup affecté. Je crois qu'il est vraiment décidé à passer à l'action !

— George, demanda-t-elle tout à trac, quel genre d'hommes fréquente les établissements comme ceux de Max ?

A son grand étonnement, il parut embarrassé, comme si, malgré son esprit rationnel, il trouvait gênant d'évoquer ce sujet devant elle.

— Vraiment, Emily... c'est une question fort délicate...

Elle ouvrit de grands yeux innocents.

— Mais vous-même, George, y allez-vous ?

— Bien sûr que non, voyons ! s'indigna-t-il, très choqué. Si je devais fréquenter pareils lieux, j'irais à Haymarket ou à... enfin pas à Devil's Acre.

— Et que penseriez-vous de moi, si j'y allais ?

— Voyons, ma chère, vous ne parlez pas sérieusement.

— Mais il doit bien y avoir des femmes qui y travaillent, sinon les lupanars n'existeraient pas, remarqua-t-elle, oubliant d'user d'un euphémisme pour nommer ce genre d'endroit.

— Bien sûr, Emily, bien sûr, répondit-il d'un ton exagérément patient. Mais elles ne sont pas comme vous. Ce ne sont pas... ce sont... des femmes avec lesquelles on ne peut que...

— Forniquer, conclut-elle à sa place d'un ton mordant, oubliant encore sa bonne éducation.

— Oui, si l'on veut...

Voyant la légère rougeur qui colorait ses joues, Emily préféra penser qu'il était un peu honteux pour les hommes en général, plutôt que personnellement concerné. Elle savait qu'il ne s'était pas toujours conduit de façon exemplaire, mais elle était assez avisée pour ne pas chercher à trop en savoir. Une curiosité excessive n'apportait que des désillusions et, à sa connaissance, George lui avait été fidèle depuis leur mariage ; c'était bien ce qu'elle pouvait demander de mieux.

Elle lui sourit.

— Mais Bertram Astley, lui, fréquentait Devil's Acre.

Une certaine confusion assombrit le regard de George.

— Étrange... murmura-t-il. Ne cherchez à trop en savoir, Emily. C'est une histoire sordide. Je ne vois pas d'inconvénient à ce que vous vous intéressiez aux enquêtes de votre sœur, dès lors qu'elles ont pour cadre un milieu respectable — si vous y tenez absolument...

Il savait jusqu'à quel point il pouvait exercer son autorité sur son épouse, sans se montrer déplaisant. Or, il avait précisément horreur de se montrer déplaisant.

— ... mais je vous déconseille fortement d'essayer de comprendre certains égarements. Vous en souffririez beaucoup.

A cet instant, Emily sentit une vague de tendresse l'envahir. George était sincèrement inquiet pour elle, car il connaissait ce monde de perversion qu'elle cherchait à pénétrer et il ne voulait pas qu'elle en subisse la souillure, ni en soit blessée.

Elle posa sa main sur son bras et se rapprocha de lui. A vrai dire, elle n'avait pas l'intention de suivre ses conseils. Elle était bien plus forte qu'il ne le supposait, mais il lui était doux de penser que son époux l'imaginait tendre et vulnérable. C'était peut-être une idée stupide, mais pendant un petit moment, jusqu'à la fin de la soirée peut-être, jusqu'à l'extinction des lumières et des rires, elle ferait semblant d'être l'innocente créature qu'il croyait avoir pour épouse.

Peut-être, au reste, sous l'éclairage cru de la mort d'Astley et de Max, et à cause de ses craintes pour son ami Ross, avait-il lui aussi besoin de masquer un peu ses sentiments.

Alan Ross ne s'amusait pas ; les lumières et la musique ne lui apportaient aucun réconfort. Il ne voyait que l'expression extasiée de Christina s'abandonnant aux bras de ses cavaliers successifs. Il tourna la tête et surprit Augusta, immobile, qui regardait dans la même direction que lui. Sa main gantée de dentelle agrippait avec force la rampe du grand escalier.

Le regard de Ross remonta vers ses poignets ornés de bracelets, ses épaules laiteuses, son visage. Il ne l'aurait jamais crue capable d'une telle émotion. Il ne pouvait la déchiffrer : la peur, le désespoir ou une tendresse coléreuse ?

A l'autre bout du grand salon, il aperçut son beau-père, appuyé contre la porte du jardin d'hiver ; légèrement penché en avant, le visage empreint d'une étrange douceur, il s'entretenait avec Charlotte Ellison. Les yeux de Ross s'attardèrent sur elle. Qu'elle était belle, ce soir ! Non qu'elle possédât la pureté lisse d'une jeune fille, ni les traits ciselés d'une beauté classique, mais il émanait d'elle une joie de vivre qui la faisait rayonner. Même de sa place, à l'autre bout de la salle où tourbillonnaient les danseurs, il pouvait deviner son émotion. Auprès d'elle, si proche que sa main effleurait son bras, le général Balantyne paraissait avoir oublié le monde alentour.

Était-ce la raison de la détresse qui se peignait sur le visage d'Augusta ?

Il la dévisagea avec plus d'attention. Non, Augusta ne regardait pas dans cette direction ; de l'endroit où elle était, elle ne pouvait pas voir son mari. Non, elle fixait sa fille, qui s'était arrêtée, les joues en feu, au pied de l'escalier sculpté menant à la galerie supérieure ; les plis soyeux de sa robe de taffetas prune aux reflets changeants accrochaient la lumière. L'homme qui se tenait à ses côtés passa son bras autour de sa taille et lui murmura quelque chose à l'oreille, si près qu'elle dut sentir son souffle sur sa joue.

A cette minute, Alan Ross prit sa décision. La prochaine fois que Christina quitterait la maison, seule, le soir, il suivrait l'attelage. Quelle que soit la personne à qui elle rendait visite, il saurait la vérité ; aussi douloureuse soit-elle, elle serait moins pénible à supporter que les affreux soupçons qui le taraudaient.

L'occasion se présenta plus tôt qu'il ne l'avait supposé. En effet, le lendemain, peu après le dîner, Christina s'excusa, disant qu'elle avait mal à la tête et qu'une promenade en voiture lui ferait du bien. Demeurée confinée toute la journée à la maison, elle avait besoin de respirer un peu d'air pur.

— Je vais voir Lavinia Hawkesley, ajouta-t-elle. Elle était souffrante ces derniers temps. Ne m'attendez pas.

Il ouvrit la bouche pour protester ; puis se rendit compte, non sans appréhension, qu'elle lui offrait là l'occasion qu'il attendait.

— Très bien, acquiesça-t-il avec un léger tremblement dans la voix. Si vous pensez que Lavinia est en état de vous recevoir...

— Oh, j'en suis certaine ! s'exclama-t-elle joyeusement. Elle doit s'ennuyer à mourir, la pauvre, si elle a passé toute la journée seule enfermée chez elle. Elle sera ravie d'avoir un peu de compagnie. Surtout, ne m'attendez pas.

— Non, murmura-t-il en se retournant. Bonne soirée, Christina.

— Bonsoir.

D'un geste vif, elle souleva le ruché de sa robe et sortit de la pièce. Comme elle était différente de la jeune fille qu'il croyait avoir épousée ! Ils étaient devenus deux étrangers, tristes et méfiants l'un vis-à-vis de l'autre.

Cinq minutes plus tard, dès qu'il entendit la porte d'entrée se refermer, il courut au vestiaire endosser un épais manteau, prit son chapeau et son cache-col puis s'élança dans la rue glaciale. Il n'eut aucune difficulté à suivre la voiture qui avançait en cahotant sur le pavé inégal et boueux ; en marchant vite, Ross pouvait aisément se maintenir à quelques mètres en arrière. Personne ne lui prêta la moindre attention.

Au bout d'un bon kilomètre, il vit l'attelage s'arrêter devant une belle demeure, Christina en descendre et pénétrer à l'intérieur. Debout sur le trottoir d'en face, Ross ne pouvait distinguer le numéro, mais il savait que Lavinia Hawkesley habitait dans ce quartier.

Christina était donc bien allée rendre visite à une

amie ! Et lui qui était là à grelotter, sans raison. Quelle idée ridicule de l'avoir suivie ! Soudain, il vit l'attelage repartir, mais, au lieu de se diriger vers les écuries, faire demi-tour et reprendre la direction de leur domicile. Christina avait dû dire au cocher de ne pas l'attendre. Envisageait-elle de rester là toute la nuit ou d'emprunter la voiture des Hawkesley pour rentrer ?

Alan Ross demeura là, à guetter à l'angle comme un rôdeur. Il se demandait s'il devait rentrer chez lui prendre un bain chaud avant de se mettre au lit ou attendre que Christina ressorte de la maison pour la suivre à nouveau. Puis il se ressaisit : avait-il perdu la raison ? Certes, Christina était égoïste, mais elle n'avait commis que des péchés bien véniels ; c'était une jolie femme gâtée qui avait besoin d'être le centre de toutes les attentions.

Un flot de lumière éclaira brusquement l'allée : Christina et Lavinia Hawkesley sortirent de la maison et s'éloignèrent à pied.

Où diable allaient-elles ? Ross leur emboîta le pas, de loin. Arrivées dans l'artère principale, elles hélèrent un cab. Il fit de même et ordonna au cocher de les suivre.

Le trajet dura fort longtemps. Le fiacre ne cessant de tourner et de retourner à angle droit, Ross perdit tout repère. La seule chose dont il était sûr, c'est qu'ils se rapprochaient de la Tamise et du cœur de la capitale. Les rues se resserraient, les réverbères auréolés de brume se faisaient plus rares ; un fort remugle flottait dans l'air humide. Dans le ciel se dressait une grande ombre... Il sentit sa gorge se serrer et eut soudain du mal à respirer.

Devil's Acre ! L'ombre des tours de Westminster... Que venait faire Christina ici ? Dans son esprit torturé tournoyaient d'horribles questions, comme des flocons de neige dans la tempête, se fondant les unes dans les autres, mais ne lui apportant aucune réponse réconfortante.

Le cab qu'il suivait s'arrêta et une silhouette légère en descendit. Christina. Elle marchait d'un pas vif, la tête haute.

Ross ouvrit la portière du fiacre, tendit une pièce au cocher et partit en trébuchant dans l'obscurité, cherchant à distinguer les contours de la haute bâtisse dans laquelle son épouse venait d'entrer ; derrière les fenêtres, on voyait luire la faible lueur de lampes à gaz. La demeure de quelque négociant ?

Le cab de Lavinia Hawkesley avait déjà disparu, s'enfonçant plus loin encore dans le dédale des ruelles de l'Arpent du Diable.

Ross regarda enfin autour de lui. Son attention avait été si occupée par les deux femmes qu'il en avait oublié où il était. Il aperçut, à sa gauche, un groupe de quatre ou cinq hommes à une trentaine de mètres et, au bout de la rue, trois individus nonchalamment appuyés contre un mur. Il jeta un coup d'œil à sa droite : d'autres silhouettes anonymes l'observaient.

Il ne devait pas s'attarder. Dans un quartier comme celui-ci, un homme bien habillé ne passait pas inaperçu ; on aurait pu l'attaquer pour lui voler ne serait-ce que son manteau qui valait une fortune, aux yeux de ces gens-là. Ross était courageux. Il était prêt à affronter un adversaire, même armé, mais pas une demi-douzaine d'assaillants.

Il s'avança vers la porte de l'immeuble où Christina s'était engouffrée. Son but n'était-il pas de savoir où elle allait et d'en découvrir la raison ? La porte était fermée. S'il réussissait à entrer et qu'il se trouvait face à elle, que lui dirait-il ? Tenait-il à ce qu'elle sache qu'il l'avait stupidement suivie jusqu'à cet endroit ? De toute manière, que pouvait-il faire ? La contraindre à rester enfermée chez elle ? Afficher une indifférence absolue à son égard ? La chasser du domicile conjugal comme si elle n'était qu'une vulgaire... Qu'était-elle, au fait ? Que faisait-elle ici ?

Imaginer est pire que savoir. Ross se connaissait

bien : jamais il ne chasserait de son esprit les pensées qui le hantaient. Il ne retrouverait pas un instant de paix tant qu'il ne saurait pas la vérité. Se montrait-il injuste à son égard ? Peut-être était-elle innocente.

Soudain, il entendit du bruit derrière lui. Un violent frisson de peur le parcourut, comme si on l'avait aspergé d'eau glacée. Les victimes du tueur fou de Devil's Acre étaient-elles étrangères au quartier, comme lui ? Des personnes indésirables, massacrées parce qu'elles avaient osé pénétrer en territoire interdit ? Sa main souleva le heurtoir et l'abattit avec violence. Les secondes s'écoulèrent. Il entendait des bruits de pas feutrés et le ruissellement de la pluie sur la chaussée. Il abattit le heurtoir encore plus fort, à plusieurs reprises, tout en jetant un coup d'œil par-dessus son épaule : deux hommes approchaient. Il ne pouvait que les combattre à mains nues ; il n'avait même pas pris sa canne.

La sueur coulait dans son dos. L'idée l'effleura de se jeter sur ses adversaires, afin de précipiter l'issue du combat ; au moins cela lui éviterait de penser à l'horrible mutilation qu'ils ne manqueraient pas de lui infliger.

La porte s'ouvrit si brusquement qu'il perdit l'équilibre et trébucha vers l'avant.

— Monsieur ?

Ross recouvra ses esprits ; il cligna des yeux et aperçut dans la pénombre un gros homme, une bougie à la main, misérablement vêtu ; son ventre proéminent débordait par-dessus sa ceinture, ses pantoufles bâillaient. Sa silhouette massive barrait le couloir qui menait à un escalier.

— Monsieur ? répéta-t-il.

Ross dit la première chose qui lui venait à l'esprit.

— Je voudrais louer une chambre.

Le gros homme le détailla des pieds à la tête, les yeux plissés.

— Vous êtes tout seul, on dirait...

Ross déglutit.

— Cela ne vous regarde pas. Avez-vous des chambres à louer, oui ou non ? J'ai vu une jeune femme entrer il y a quelques instants. Elle n'habite assurément pas ici.

— Ça vous regarde pas.

L'homme répéta sa phrase, imitant son intonation avec mépris.

— Les gens qui viennent ici s'occupent pas des saletés des autres et aiment pas qu'on se mêle des leurs. Comme ça, ils risquent pas de se faire couper les choses, si vous voyez ce que je veux dire. Des drôles de trucs peuvent leur arriver s'ils savent pas tenir leur langue ou garder leurs yeux dans leurs poches.

Ross sentit à nouveau un frisson de terreur le parcourir. Il avait momentanément oublié ces histoires de meurtres. Il s'efforça de paraître serein et sûr de lui. Pourtant sa bouche était sèche et sa voix lui sembla anormalement aiguë.

— Je me moque de la raison de sa venue, dit-il, tentant d'imprimer à sa voix une intonation sarcastique. La personne qu'elle rencontre ne m'intéresse pas. J'aimerais simplement parvenir à un arrangement similaire.

— Ben, ça risque de pas être facile, vu qu'elle vient voir le propriétaire de toute la rangée de maisons de ce côté-ci de la rue.

Il partit d'un rire dur et cracha par terre.

— Je parle du nouveau propriétaire. L'ancien, c'était son frère, mais il s'est fait zigouiller. On dirait que le tueur de Devil's Acre lui a rendu un sacré service, au nouveau.

Ross se pétrifia sur place.

— Qu'est-ce qui vous arrive ? ricana le gros homme. Vous avez peur que le surineur soit aussi à vos trousses ? C'est bien possible, après tout ! Vous feriez p'têt' mieux de décamper pendant que vous avez encore vos bijoux de famille, espèce de sale voyeur...

Sa voix était pleine de mépris. Ross sentit son sang

bouillir. Ce gros poussah s'imaginait qu'il était venu là assouvir d'immondes appétits !

Il se redressa, muscles bandés, menton relevé, prêt à se battre. Mais il se souvint des hommes qui l'attendaient peut-être encore dehors et baissa la tête. Il ne pouvait se permettre de se montrer trop fier et surtout trop curieux.

— Avez-vous des chambres, oui ou non ? demanda-t-il calmement.

— Vous avez de l'argent ? demanda l'homme en frottant un index sale contre son pouce.

— Bien sûr ! Combien voulez-vous ?

— Combien de temps vous allez rester ?

— Toute la nuit ! Croyez-vous que je tienne à passer la nuit à entrer et à sortir de la chambre, avec quelqu'un sur les talons qui regarde sa montre ?

L'homme haussa les sourcils.

— Si vous comptez rester tout seul, pourquoi vous rentrez pas chez vous vous enfermer à double tour dans votre chambre pour faire ce que vous avez envie ?

Ross l'aurait volontiers frappé. Il résista un instant à la tentation, puis ce fut plus fort que lui : la colère, la peur, la douleur cuisante infligée par la trahison de Christina explosèrent soudain. De son poing fermé, il frappa l'homme au visage, l'envoyant valser en arrière ; sa tête heurta le mur avec un bruit sec ; il s'affala lentement le long du mur et s'écroula sur le sol, inanimé.

Ross fit volte-face, ouvrit la porte à la volée et s'élança dans la ruelle. Désormais, quel que soit le nombre de ses adversaires, il devrait leur faire face. Il ne pouvait pas rester ici. Cette fois, il n'hésita pas une seconde. Son cœur battait à tout rompre. Il gardait les poings serrés, prêt à frapper quiconque oserait s'attaquer à lui. Il marchait si vite qu'il buta sur un mendiant au coin de la rue et le fit tomber. L'homme se mit à jurer, mais Ross passa son chemin. Il connaissait ' direction de Westminster et se dirigea vers des rues mieux éclairées et plus sûres, du moins l'espérait-il.

Il entendit l'écho de bruits de pas. Il ne lui restait plus que quelques centaines de mètres à parcourir. Il accéléra l'allure, passant devant des grappes d'hommes et de femmes blottis sous des porches. Quelqu'un pouffa dans l'obscurité, puis il y eut un bruit de gifle sonore. Une pile d'ordures s'écroula et une bande de rats en sortit en piaillant.

Il se mit à courir.

Deux jours plus tard, en fin d'après-midi, la bonne vint dans son bureau lui annoncer qu'un certain Mr. Pitt demandait à lui parler.

— Pitt ? Le nom ne me dit rien. Êtes-vous sûre d'avoir bien compris ?

— Oh, oui, monsieur ! Un monsieur assez bizarre. Je vous demande pardon, mais il insiste pour vous voir. Il n'a pas voulu me dire pourquoi, mais il prétend que vous le connaissez.

— Il doit se tromper.

— Il refuse de s'en aller, monsieur. Dois-je demander à Donald de le mettre dehors ? Je n'ose pas le lui dire moi-même. Il est plutôt mal habillé, enfin, tout débraillé ; on dirait que ses vêtements ne sont pas les siens, si vous voyez ce que je veux dire. Mais il parle très bien, comme un vrai gentleman.

Ross se frappa le front.

— Pitt ! Mais oui, suis-je bête ! Je le connais. Faites-le entrer, s'il vous plaît.

— Bien, monsieur.

Soulagée, la soubrette partit en courant, oubliant de faire sa révérence.

Quelques instants plus tard, Pitt entra dans le bureau, le sourire aux lèvres, comme s'il avait été invité.

— Bonjour, Mr. Ross. Sale temps, hein ?

— Épouvantable, en effet. Que puis-je pour vous, Mr. Pitt ?

Le policier prit une chaise, bien que son hôte ne l'ait pas convié à s'asseoir, et la rapprocha de la cheminée. Il devait avoir donné son manteau à la bonne, car il n'avait sur lui qu'un pantalon sombre, une chemise de drap épais et une veste boutonnée de travers dont les poches volumineuses semblaient gonflées d'objets hétéroclites.

Il se frotta les mains et les tendit vers les flammes.

— Merci. Le travail d'un policier est parfois très fastidieux, vous savez.

— Je n'en doute pas, fit Ross, poli, mais parfaitement indifférent à son sort.

— Nous nous perdons en interrogatoires interminables de gens qui ne sont pas toujours très sympathiques, poursuivit Pitt. Heureusement, certaines personnes nous préviennent quand survient un incident sortant de l'ordinaire...

— Je comprends. Mais ne faisant pas partie de ces gens-là, je crains de ne pouvoir vous être utile, Mr. Pitt. Vous m'en voyez navré.

Le policier se retourna pour le regarder ; il avait un regard gris incroyablement lumineux, comme celui de la mer traversée par un rayon de soleil.

— Oh, je ne pensais pas à vous, Mr. Ross. Non, je faisais référence, par exemple, à un gros bonhomme qui m'a parlé ce matin d'un gentleman qui avait cherché à louer, avant-hier soir, une chambre à Devil's Acre, dans Drake Street, pour être précis. Quantité de gentlemen agissent de la sorte, pour des raisons qui leur sont propres. Cependant, celui-là, bien habillé, parlant beau, s'est fâché quand l'homme lui a demandé le motif de sa venue. A mon avis, c'est cela le plus étrange. Dans ce genre de situation, ces messieurs se montrent en général fort discrets.

Il paraissait attendre une réponse. Ross eut soudain l'impression d'être tout raide et endolori, comme s'il avait marché des kilomètres et n'avait pas dormi.

— C'est possible, répondit-il, ne trouvant aucune réponse appropriée.

Il se remémora le sombre couloir malodorant, le regard plein de haine du gros homme. Sa gorge se serra.

— Ce gentleman a perdu son sang-froid, vous rendez-vous compte ? s'exclama Pitt avec une intonation surprise. Il l'a frappé !

Ross avala sa salive.

— L'a-t-il blessé ?

Le policier esquissa une petite grimace amusée.

— Une belle bosse sur le crâne et une clavicule brisée. En tout cas, il est furieux. Il dit haut et fort afin que tout le monde l'entende que si le gentleman en question revient à Devil's Acre, il lui rendra la monnaie de sa pièce et lui donnera une leçon qu'il ne sera pas près d'oublier ! C'est comme cela que j'ai appris l'incident, il a fait passer le mot...

Soudain, il regarda Ross bien en face, les yeux brillants.

— Soyez rassuré ; vous ne l'avez pas tué.

— Dieu merci ! Je... je...

Ross se mordit la langue, mais il était trop tard.

— Inspecteur, je ne suis pas allé là-bas pour...

Il ne supportait pas l'idée que quiconque, même ce policier, puisse imaginer qu'il avait loué les services d'une putain pour l'entraîner dans cette chambre.

Le visage de Pitt demeura serein, et même amical.

— N'ayez crainte. Pas une minute, je n'ai supposé une chose pareille. Mais tout de même, je suis curieux de savoir ce que diable vous faisiez là-bas !

Pour Ross, la question était encore plus désagréable. Que répondre ? Il ne pouvait décemment pas lui parler de Christina. Il sentit son cœur cogner dans sa poitrine ; ses yeux se brouillèrent, les murs de la pièce parurent soudain chavirer.

— Je... je ne peux en parler. C'est une affaire très personnelle, murmura-t-il.

Le policier n'avait qu'à tirer ses propres conclusions.

De toute manière, la vérité dépassait certainement de très loin ses capacités d'imagination.

La voix de Pitt se fit très douce, comme lorsque l'on veut prévenir quelqu'un qu'il va au-devant de gros ennuis.

— Un jeu dangereux, monsieur. Trois hommes ont déjà été assassinés à Devil's Acre. Mais je suppose que vous êtes au courant.

— Bien entendu.

Pitt laissa échapper un profond soupir.

— L'Arpent du Diable n'est pas un endroit où il fait bon flâner, Mr. Ross. C'est un quartier sordide où l'on risque gros. Ces derniers temps, des hommes ont payé de leur vie le fait d'avoir voulu aller s'y amuser. Quelle curiosité particulière vous a poussé à pénétrer dans cet établissement ?

Ross hésita. Cet homme, tel un furet, le traquait dans le dédale de son désespoir, dans le but de le forcer à avouer une vérité abominable. Autant lui fournir une réponse dont il serait bien obligé de se contenter. Au moins cela lui permettrait de garder pour lui celles qui étaient inavouables.

— J'avais ma petite idée sur le nom de son propriétaire, mentit-il en plongeant son regard dans les yeux clairs du policier. Je voulais m'assurer que je ne me trompais pas. L'idée que l'une de mes connaissances puisse tirer ses revenus de la propriété de tels établissements me choquait.

— Vos soupçons étaient-ils fondés ?

Ross déglutit.

— Oui, je le crains.

— Puis-je savoir son nom, Mr. Ross ?

— Bertram Astley.

— Vraiment ?

Le visage de Pitt se détendit.

— C'est bien cela ? C'est donc de là que vient l'argent des Astley. Et maintenant, le nouveau propriétaire est Sir Beau.

— En effet.

Alan Ross laissa échapper un soupir de soulagement. Pitt ne saurait jamais que Christina était allée retrouver Beau Astley dans cet endroit immonde. Christina, sa propre épouse, allongée sur un lit dans ce...

Il s'obligea à chasser l'image de ses pensées. Il n'y avait pas pire douleur que celle-ci.

— Oui, Beau Astley, répéta-t-il. Cette nouvelle vous aidera peut-être à poursuivre votre enquête, inspecteur. Désolé de ne pas vous en avoir parlé plus tôt.

Pitt se leva.

— En effet, monsieur, vous auriez dû. Mais maintenant que je suis au courant...

Un sourire plein de charme éclaira soudain son visage.

— ... je veux bien être damné si je sais où cela va me mener !

Ross ne répondit pas. Il n'avait plus la force de réagir. Il se contenta de regarder Pitt qui se dirigeait vers la porte et sortait dans le vestibule pour prendre son manteau des mains de la femme de chambre.

8

Pitt descendit l'escalier à tâtons, nu-pieds dans l'obscurité, et ouvrit la porte. A la lueur du réverbère, il vit un agent debout sous une pluie battante. L'eau ruisselait sur sa pèlerine et éclaboussait les marches du perron. Il faisait nuit. Le ciel n'avait pas encore pris les teintes grises annonciatrices de l'aube.

Encore tout endormi, Pitt cligna des yeux. Il frissonna sous la morsure de l'air glacé.

— Pour l'amour du ciel, ne restez pas planté là ! s'exclama-t-il, irrité. Que se passe-t-il encore ?

L'homme, un peu gauche, entra dans le vestibule ; l'eau dégouttait de sa pèlerine, mais Pitt avait trop froid pour s'en soucier. A cette heure-ci Gracie n'était pas levée, les feux étaient tous éteints.

— Fermez cette porte, mon vieux, et suivez-moi !

Il partit à grands pas dans le couloir glacé. Heureusement le plancher de la cuisine avait conservé un peu de la chaleur de la veille ; la cuisinière était encore tiède ; il y restait toujours des braises. En grattant les cendres et en rajoutant un peu de charbon, il parviendrait à faire bouillir de l'eau. L'idée d'une tasse de thé fumante était la seule perspective agréable qui lui restait puisque celle de retourner dormir bien au chaud paraissait fort compromise.

Il agita furieusement la grille de la cuisinière.

— Eh bien, que se passe-t-il ? Voyons, enlevez ça, ajouta-t-il en désignant la pèlerine. Vous allez nous inonder !

Docile, l'agent de police alla accrocher sa pèlerine dans l'arrière-cuisine. C'était un homme bien élevé. En temps normal il y aurait pensé spontanément, mais la nouvelle qu'il apportait lui avait fait oublier les recommandations de sa mère et de son épouse.

— Encore un, monsieur, annonça-t-il en tendant à Pitt la bouilloire que celui-ci cherchait à atteindre. Pire que les précédents.

Pitt se doutait bien du motif de sa venue, mais n'avait aucune envie de l'entendre formuler. Tant que les mots n'étaient pas prononcés, il restait toujours un espoir qu'il puisse s'agir d'autre chose.

Ces derniers jours, la pression exercée sur lui s'était accrue : Athelstan l'avait de nouveau convoqué — les journaux répandaient la panique. Par ailleurs, Pitt se doutait que Charlotte, en dépit de ses protestations d'innocence, usait de la position sociale d'Emily pour mener son enquête sur les femmes travaillant pour Max, et sur la vie privée de Bertie Astley. S'il l'accusait de mentir s'ensuivrait une pénible querelle qui les blesserait tous deux. Il n'avait aucune preuve, mais connaissait suffisamment son épouse pour deviner où elle voulait en venir. Et, Dieu lui en soit témoin, il s'était juré de démasquer le tueur de Devil's Acre avant elle !

— Pire ? s'étonna-t-il, toujours debout au milieu de la cuisine, la bouilloire à la main.

— Oui, monsieur. Depuis que je suis dans la police, je travaille à Devil's Acre, mais je n'ai jamais rien vu de pareil.

Pitt versa l'eau dans la théière. La vapeur s'éleva en volutes parfumées. Il prit la moitié d'une miche de pain dans la huche. Mieux valait affronter le froid et le sinistre spectacle qui l'attendait avec l'estomac plein.

— Qui est-ce ?

L'agent lui tendit le couteau à pain.

— Un homme. D'après des papiers trouvés dans ses poches, il s'agit d'un certain Ernest Pomeroy. On l'a découvert sur les marches d'un couvent. Les sœurs de la Charité, je crois — pas des papistes en tout cas, s'empressa-t-il d'ajouter. La religieuse qui a aperçu le corps la première ne sera plus jamais la même. Pauvre femme, ses nerfs ont lâché ; elle était blanche comme un linge et hurlait comme une possédée, conclut-il en secouant la tête, encore sous le choc.

Il prit la grande tasse de porcelaine que lui tendait Pitt et la garda bien serrée entre ses mains, pour réchauffer ses doigts gourds.

Pitt coupa des tranches de pain, les mit à griller sur le dessus de la cuisinière puis alla chercher deux assiettes, du beurre et de la confiture d'oranges. Il pensa à cette religieuse qui avait consacré sa vie à aider son prochain, offrant refuge aux sans-logis et réconfortant les êtres tombés dans la déchéance. Elle devait être habituée à la mort violente, chose courante, hélas, dans ce quartier mal famé, mais elle n'avait sans doute jamais vu ou même imaginé un homme nu.

— Mutilé, lui aussi ? s'enquit-il, bien inutilement.

L'agent blêmit.

— Une vraie bouillie. Comme s'il avait été lacéré par un animal griffu...

Il prit une profonde inspiration, puis poursuivit, la gorge serrée :

— ... comme si quelqu'un avait cherché à lui arracher les parties avec les mains...

Il avait raison, c'était pire. Les blessures infligées à Bertie Astley étaient légères, presque symboliques. Une possibilité déjà envisagée revint à l'esprit de Pitt, à savoir que Bertie n'avait pas été victime du même tueur, mais que Beau Astley avait vu là l'occasion de se débarrasser de son frère pour hériter de sa fortune et faire endosser le crime à un déséquilibré déjà au ban de la société. Hypothèse qu'il avait rejetée jusqu'à présent, car il avait eu un contact agréable avec le jeune homme lors de leur première rencontre, comme on apprécie au premier abord un inconnu que l'on trouve sympathique.

Les toasts commençaient à fumer. Il les retourna vivement et but une gorgée de thé.

— Poignardé dans le dos, lui aussi ?

— Oui, monsieur, comme les autres, à gauche de la colonne vertébrale, au niveau du cœur. Il a dû mourir sur le coup, Dieu merci.

Il fit la grimace.

— Quel homme est capable de faire une chose pareille, Mr. Pitt ? C'est pas humain !

— Quelqu'un qui estime avoir été déshonoré au-delà du supportable, répondit Pitt sans réfléchir.

— C'est bien possible... Attention, votre pain est en train de brûler.

Pitt retira les toasts et en tendit un au brigadier. Celui-ci le prit avec une surprise ravie. Il ne s'attendait pas à cette collation, même s'il ne s'agissait que d'une tranche de pain à moitié carbonisée, avalée debout. Mais la confiture d'oranges, douce et amère à la fois, était délicieuse.

— Peut-être que si on avait tué ma petite fille, je chercherais à me venger, reprit-il, la bouche pleine. Mais franchement, j'aurais jamais l'idée de lui — excusez l'expression — arracher les parties comme ça.

— Tout peut dépendre de la façon dont on a tué votre enfant, observa Pitt.

Puis il se renfrogna et posa sa tartine en songeant à l'horreur de sa remarque. Il pensa à Charlotte et à leur petite Jemima, dormant là-haut, dans leurs chambres.

Le brigadier le dévisagea avec des yeux ronds.

— Vous avez peut-être raison, monsieur, murmura-t-il.

A l'étage, tout était silencieux. Charlotte n'avait pas bougé et seule la veilleuse de la nursery était allumée.

— Vous devriez manger, monsieur, lui suggéra l'agent, pragmatique.

Ce n'était pas le moment de sortir l'estomac vide, en effet.

— Et pensez à vous habiller chaudement, si je peux me permettre un conseil.

— Vous avez raison, fit Pitt d'un ton absent.

Il termina sa tartine et but son thé. Il n'avait pas le temps de se raser, mais il suivrait les recommandations du brigadier.

Le corps était en effet dans un état épouvantable. Quelle rage avait donc pu pousser un être humain à agir avec une telle bestialité ?

— Voilà, soupira Pitt en se relevant.

L'homme avait été châtré, comme les précédentes victimes, mais avec plus de sauvagerie encore. Il n'y avait rien d'autre à voir. Ernest Pomeroy présentait un aspect ordinaire : il était un peu plus petit que la moyenne, portait des vêtements sobres, de bonne qualité, mais loin d'être à la mode. Un visage anguleux, assez laid. Impossible de deviner si, de son vivant, il avait eu du charme et de l'humour ou si ses traits disgracieux avaient pu être éclairés par une lumière intérieure.

— Sait-on d'où il vient ? s'enquit Pitt.

— Oui, monsieur, répondit aussitôt le sergent qui montait la garde auprès du corps. D'après des lettres qu'il avait sur lui, il vivait à Seabrook Walk. Pas vraiment les beaux quartiers, mais un endroit très respectable, à environ deux kilomètres d'ici. Une de mes sœurs fait des heures de ménage, là-bas, chez une dame.

Pitt comprit ce qu'il voulait dire : un certain nombre de gens de la classe moyenne préféraient se priver de nourriture et de chauffage, plutôt que paraître manquer de ce qui faisait la respectabilité, à savoir des domestiques. Une alimentation frugale pouvait, à la limite, passer pour une question de choix personnel ; on pouvait même affecter d'être insensible au froid, mais l'absence de domesticité était un symbole évident de pauvreté. Ernest Pomeroy n'avait-il échappé à une vie de faux-semblants et voulu assouvir, dans un moment de folie, ses appétits insatisfaits que pour périr dans ces bas-fonds sinistres et tout aussi trompeurs ?

— Je vois. Nous ferons venir quelqu'un pour l'identifier. Pas son épouse, si possible. Un frère, peut-être, ou...

Il jeta un coup d'œil au visage du défunt ; celui-ci devait approcher la cinquantaine.

— ... ou un fils.

— Nous nous en occupons, monsieur, fit le sergent. On ne devrait pas obliger une femme à subir pareille épreuve, même si on ne lui montre que le visage. Tout de même... Vous allez la prévenir ?

Tâche inévitable, qui incombait à Pitt, comme toujours.

— Oui. Donnez-moi l'adresse, s'il vous plaît.

Dans la grisaille du petit matin, Seabrook Walk lui parut morne et triste. La pluie avait mouillé les trottoirs, sans toutefois leur donner un aspect plus propre.

Il trouva bientôt la maison des Pomeroy et gravit les marches du perron. Il n'était pas question d'atermoyer ; rien ne pourrait atténuer la souffrance de la veuve et c'était peut-être le moment de glaner quelques renseignements. Il devait quand même exister un rapport entre ces quatre hommes ! Une relation commune, un lieu, une date, bref une raison pour laquelle on les avait haïs aussi farouchement. Quoi que cela lui coûtât, il devait découvrir ce lien. Il n'avait que peu de temps devant lui. L'assassin, lui, n'attendrait pas.

Devant la maison s'étiraient d'étroites plates-bandes de terre noire attendant d'être fleuries, séparées par une herbe rabougrie. Sous les fenêtres se dressaient des buissons de lauriers fantomatiques au feuillage sombre, humide et sale. En revanche, de jolis rideaux blancs en dentelle agrémentaient les fenêtres qui, d'ici une heure, seraient tendues de crêpe noir.

Pitt souleva le heurtoir de cuivre qui retomba avec un bruit discordant. Il attendit plusieurs minutes avant que la porte ne tournât sur ses gonds. Dans l'entrebâillement apparut enfin le minois pâlot et inquiet d'une petite bonne à tout faire. Jamais personne ne frappait à une heure aussi matinale !

— Monsieur ?

— Je dois parler à Mrs. Pomeroy. C'est urgent.

La jeune fille parut déconcertée.

— Oh... Je sais pas si Madame pourra vous recevoir ! A c't'heure-ci, elle est même pas...

Elle stoppa net sa phrase, se souvenant qu'elle devait se montrer loyale envers sa maîtresse.

— ... elle a pas encore pris son petit déjeuner. Vous pourriez pas revenir dans une heure ou deux ?

Pitt était désolé pour elle. Elle n'avait guère plus de treize ou quatorze ans et ce devait être sa première place. Si elle la perdait pour avoir causé des ennuis à sa patronne, elle se retrouverait à la rue et peut-être même sur le trottoir ; si jeune, elle n'aurait même pas la « chance » de certaines femmes qui avaient suffisamment d'expérience ou de personnalité pour travailler dans un établissement comme celui de Victoria Dalton.

— Je suis de la police, annonça-t-il, la déchargeant ainsi de toute responsabilité, et j'apporte une mauvaise nouvelle. Il serait cruel que Mrs. Pomeroy l'apprenne par la rumeur. Je préfère la lui annoncer discrètement.

Affolée, la bonne ouvrit la porte en grand et s'effaça pour le laisser passer. Elle s'aperçut que le manteau du policier dégouttait sur le parquet ; son instinct ancillaire reprit aussitôt le dessus.

— Oh ! Vous êtes tout trempé ! Vous devriez enlever vos affaires ! Je vais les donner à la cuisinière, elle les mettra à sécher près du feu. Attendez dans le salon. Je monte dire à Madame que c'est urgent.

Pitt la remercia et lui tendit manteau, chapeau et

cache-nez. Elle partit en trottinant, croulant sous le poids de l'épais pardessus.

En attendant l'arrivée de la maîtresse de maison, Pitt examina le salon ; une pièce de vastes dimensions, avec un mobilier lourd et sombre, dans la lumière parcimonieuse du petit matin. Des antimacassars [1] recouvraient les dossiers des fauteuils, mais on n'avait pas ajouté de coussins sur les sièges. Les murs étaient ornés de tableaux représentant des paysages italiens peints dans des tons agressifs : mer et ciel bleu indigo, coucher de soleil d'un rouge criard. Pitt les jugea laids, lui qui avait toujours rêvé de la beauté de l'Italie. Au-dessus de la cheminée, un texte brodé au point de croix affirmait dans son cadre : « Une bonne épouse est le plus précieux des diamants. » Il se demanda lequel des deux conjoints avait choisi cette citation...

Sur le chiffonnier, dans un coin de la pièce, trônait un vase empli de délicates fleurs en soie, aux pétales lumineux et arachnéens, surprenante touche de beauté dans un décor aussi dépourvu d'imagination.

Adela Pomeroy apparut sur le seuil, vêtue d'un peignoir lavande agrémenté de dentelle tuyautée à la gorge et aux poignets. Ses longs cheveux, qu'elle n'avait pas coiffés, retombaient en cascade sur ses épaules. Pitt lui donna quinze ans de moins qu'à son mari. Elle possédait un cou mince et flexible, un visage à la fine ossature qui serait encore agréable à regarder pendant quelques années, avant que la tension nerveuse accentue ses rides et abîme les rondeurs de ses joues.

Sans quitter Pitt du regard, elle entra dans la pièce et referma la porte derrière elle.

— Birdie me dit que vous êtes de la police.

— Oui, Mrs. Pomeroy. Je suis navré d'avoir à vous annoncer une bien mauvaise nouvelle.

1. Pièces de coton brodées destinées à protéger les dossiers des fauteuils des taches d'huile de macassar dont les gentlemen s'enduisaient les cheveux. (*N.d.T.*)

Pitt aurait souhaité la voir s'asseoir, mais elle n'en fit rien.

— Le corps d'un homme a été découvert ce matin. Tout porte à croire qu'il s'agit de celui de votre mari ; on a retrouvé des lettres à son nom dans sa poche, mais il faudrait que quelqu'un vienne l'identifier...

Adela Pomeroy n'esquissa pas un geste ; son expression demeura inchangée. L'effet du choc, peut-être. Il était encore trop tôt.

— Je suis navré, répéta-t-il.

— Est-il... mort ?

— Oui, madame.

Du regard, elle fit le tour de la pièce, s'arrêtant sur les objets familiers.

— Il n'était pas malade. Un accident ?

— Non, fit-il avec douceur. Je crains qu'il ne s'agisse d'un meurtre.

Elle devait savoir ; inutile de lui cacher la vérité.

— Oh...

Elle sembla n'éprouver aucune émotion particulière. Très lentement, elle se dirigea vers le canapé, s'assit, et, d'un geste machinal, rabattit les pans de son peignoir sur ses genoux. Elle est très belle, songea Pitt. Pomeroy devait être un homme plus fortuné et plus généreux que son apparence ne le laissait supposer. Ce n'était peut-être pas de la petitesse qu'il avait lue sur son visage, mais tout simplement le vide de la mort. Avait-il tendrement chéri son épouse et économisé sa vie durant pour lui offrir ces fleurs et ce peignoir en soie ? Pitt sentit sourdre en lui une sorte d'animosité injustifiée à l'égard de cette femme chez qui il ne décelait aucune souffrance, aucun chagrin.

— Comment est-ce arrivé ? demanda-t-elle.

— Il a été agressé dans la rue. On l'a poignardé. Tout s'est certainement passé très vite. Je crois qu'il n'a pas eu le temps de souffrir.

Il ne lut rien d'autre sur ses traits qu'une légère surprise.

— Dans la rue, inspecteur ? Voulez-vous dire que l'on a cherché à le dévaliser ?

Que s'imaginait-elle ? Le vol à la tire était pratique courante, bien qu'il ne fût pas, en général, accompagné d'un tel déchaînement de violence. Pomeroy n'avait peut-être que très peu d'argent sur lui. Mais les voleurs n'étaient pas censés le savoir et s'en étaient rendu compte trop tard.

— Nous n'avons pas trouvé d'argent sur lui. Mais sa montre de gousset était encore dans sa poche, ainsi qu'un beau porte-cartes en cuir.

— Il emportait rarement de l'argent liquide. Pas plus d'une guinée ou deux.

Elle continuait à regarder droit devant elle, comme si Pitt n'était qu'une voix désincarnée.

— Quand l'avez-vous vu pour la dernière fois, Mrs. Pomeroy ?

Restait à lui annoncer le pire : l'endroit où le corps avait été découvert, la mutilation... Autant qu'elle l'apprenne par sa bouche.

Sa réponse interrompit le cours de ses pensées.

— Hier soir, avant qu'il ne parte rendre un livre à l'un de ses élèves. Il était professeur de mathématiques. Mais vous devez être au courant...

— Non, je l'ignorais. Vous a-t-il donné le nom et l'adresse de ce garçon ?

— Morrison. Je crains de ne pas savoir l'adresse exacte — en tout cas, il n'habite pas loin. Mon mari comptait s'y rendre à pied. Il l'a certainement notée quelque part, car il était très méticuleux.

Sa voix ne reflétait toujours aucune émotion, excepté une légère surprise, comme si elle ne comprenait pas qu'une mort aussi violente ait pu frapper un homme aussi ordinaire. Elle se leva, légère et fragile comme un oiseau, et se dirigea vers la fenêtre. Même dans l'étrange état de torpeur où elle semblait plongée, elle possédait une grâce très particulière dans sa façon de tenir la tête haute. Pitt l'imaginait mal dans les bras de l'homme qu'il venait de voir à Devil's Acre. Mais l'amour et la haine sont souvent des sentiments impénétrables... Pourquoi aurait-il compris ces deux êtres ? Il ne savait rien d'eux.

— Voyez-vous une explication à la présence de votre mari à Devil's Acre, madame ?

Question brutale, mais c'était encore là le meilleur moment de la poser, dans l'état d'engourdissement qui paraissait être le sien.

Adela Pomeroy ne se retourna pas et resta debout devant la fenêtre. Il crut voir ses épaules se raidir sous la soie lavande du peignoir.

— Je n'en ai pas la moindre idée.

— Mais vous saviez qu'il s'y rendait, à l'occasion ?

Elle eut une brève hésitation.

— Non.

Pitt garda le silence. Il avait dû rêver. Inutile de la presser de questions. Elle finirait peut-être par laisser échapper une information, au fil de la conversation.

— Devil's Acre... C'est là que vous l'avez trouvé ? reprit-elle au bout d'un moment.

— Oui, madame.

— A-t-il été... comme les autres ?

— Oui. Je suis désolé.

Elle demeura si longtemps immobile qu'il se demanda si elle ne lui tournait pas le dos pour cacher une grande émotion. Peut-être désirait-elle rester seule ? Devait-il sonner la bonne ? Ou bien attendait-elle simplement qu'il reprenne la parole ?

— Dois-je dire à la bonne de vous apporter un cordial, madame ? hasarda-t-il, pour briser ce silence qui le mettait mal à l'aise.

— Pardon ?

Il réitéra sa question. Enfin, elle se décida à se retourner ; elle paraissait parfaitement maîtresse d'elle-même.

— Non, merci. Désirez-vous savoir autre chose, inspecteur ?

Il était inquiet pour elle : ce calme, ce manque de réaction étaient en général de mauvais augure. Avant de partir, il demanderait à un domestique d'aller quérir un médecin.

— Oui, s'il vous plaît. Pouvez-vous me donner le nom des élèves de votre mari, ainsi que celui des personnes qu'il a pu fréquenter au cours de ces dernières semaines ? Et leur adresse, si possible.

— Son bureau est de l'autre côté du vestibule. Prenez tous les renseignements dont vous avez besoin. A présent, inspecteur, si vous voulez bien m'excuser, j'aimerais être seule...

Sans attendre de réponse, elle passa devant lui et quitta la pièce, laissant derrière elle un parfum fleuri, légèrement sucré.

Pitt passa la matinée à examiner les papiers et les livres du défunt, essayant de s'en faire une image plus précise. Ernest Pomeroy était un être méticuleux et pragmatique, qui enseignait les mathématiques depuis sa sortie de l'université. Il avait choisi la profession de répétiteur et donnait des cours à des petits groupes de jeunes gens et de jeunes filles de douze à quatorze ans. La plupart semblaient d'intelligence moyenne, à l'exception d'un ou deux d'entre eux, plus brillants, qui promettaient un bel avenir.

Enseignant consciencieux et dénué d'imagination, Pomeroy menait en apparence une existence irréprochable. Non, il ne pouvait avoir eu l'idée — ni les moyens — d'offrir à son épouse les flamboyantes fleurs de soie du salon et ce somptueux peignoir lavande agrémenté de dentelles !

A l'heure du déjeuner, une cuisinière qui fondait en larmes chaque fois qu'il s'adressait à elle lui servit une collation. En début d'après-midi, il dressa la liste des élèves de Pomeroy, anciens et nouveaux, releva le nom et l'adresse de quelques relations et de commerçants inscrits dans son agenda, puis quitta Seabrook Walk, sans avoir revu Adela Pomeroy.

Il rentra chez lui plus tôt qu'à l'ordinaire, transi et éreinté par cette journée éprouvante. Réveillé avant l'aube, il était parti examiner le spectacle macabre d'un cadavre mutilé, abandonné sur les marches d'une institution charitable, puis avait dû annoncer la nouvelle à la veuve dont il ne comprenait toujours pas la réaction. Ensuite, il avait étudié pendant des heures les détails de la vie quotidienne du défunt, fouillé son passé dans l'espoir d'y trouver trace de vices qui auraient pu le mener vers son assassin.

Pitt se sentait à la fois désarmé face à l'horreur du crime et noyé sous une multitude de détails sans grand intérêt. Si Charlotte se permettait la moindre remarque, amusée ou inquisitrice, il laisserait éclater sa mauvaise humeur !

Au cours des quatre jours suivants, il tenta de retrouver, parmi cette masse d'informations enchevêtrées, le fil conducteur d'une piste plus plausible que celle de la folie destructrice d'un malade mental choisissant ses victimes au hasard.

Il interrogea les élèves de Pomeroy, qui paraissaient l'estimer, bien qu'il passât son temps à instiller dans leur cerveau les principes de base des mathématiques. Pitt les rencontra chez eux, séparément, dans leurs salons encombrés de bibelots ; tous étaient bien habillés, propres et nets ; ils parlaient des adultes avec respect, comme il convient à des adolescents bien élevés. Sous leurs propos polis perçait toutefois une réelle estime pour leur répétiteur, dont ils gardaient un souvenir agréable ; certains percevaient même la beauté du raisonnement mathématique qu'il leur avait inculqué.

Parfois des images fort pénibles lui traversaient l'esprit ; il repensa à une affaire récente où il avait dû enquêter sur des relations perverses entre un homme adulte et un adolescent. Mais il ne trouva aucune famille chez laquelle Pomeroy dispensait des cours particuliers.

Finalement, le portrait qu'il se fit de Pomeroy était celui d'un enseignant remarquable, bien qu'insuffisamment pourvu d'esprit et d'imagination pour inspirer une véritable affection à ses élèves. Mais comment se faire une idée de la vraie personnalité d'un être humain, lorsque l'on ne l'a pas connu de son vivant et que l'on ne possède sur lui que des témoignages d'enfants sages, abasourdis par sa disparition brutale ? D'autant plus que leurs parents avaient dû les sermonner sur l'obligation de ne jamais dire du mal des morts et leur rappeler combien il était déshonorant d'avoir affaire à la police, pour quelque raison que ce soit. Les gens « comme il faut » devaient se tenir à distance des misérables serviteurs de la loi chargés de la faire respecter !

Il retourna chez la veuve et lui demanda l'autorisation de fouiller les effets personnels de son mari, espérant découvrir des lettres de menace ou de chantage, ou tout autre document pouvant révéler un ressentiment à son égard.

Adela Pomeroy hésita. Ses grands yeux trahissaient encore un état de choc. Il aurait trouvé normal qu'elle s'offusquât de sa requête, qui représentait une véritable intrusion dans la vie privée d'un couple. Mais apparemment, elle en comprit la nécessité et jugea inutile de refuser. De toute manière, si elle était coupable ou complice du crime, elle aurait eu le temps de détruire tout document compromettant avant son arrivée.

— Oui, dit-elle enfin, si vous le désirez. Mon mari entretenait peu de correspondance, vous savez. Je ne me souviens pas avoir vu beaucoup de courrier sur son bureau. Mais si vous pensez que cela peut vous être de quelque utilité...

— Merci, madame.

Il se sentait toujours aussi mal à l'aise en sa présence, car son chagrin lui était inaccessible. Avait-elle secrètement versé des larmes ? On n'en voyait aucune trace sur son visage : ses yeux étaient limpides, ses paupières ni rouges ni gonflées. Elle n'avait pas la démarche caractéristique de somnambule d'une personne si profondément choquée que ses émotions restent enfouies au plus profond d'elle-même jusqu'à ce que cette carapace se fendille puis explose, libérant alors un torrent de douleur.

Avait-elle aimé Ernest Pomeroy ? Son mariage avait probablement été arrangé par ses parents et la famille du prétendant ; c'est son père qui avait dû lui choisir pour époux cet homme beaucoup plus âgé qu'elle, au mépris de ses souhaits.

Pourtant, alors même qu'elle se trouvait dans l'état d'hébétude qui succède à l'annonce de la mort et précède l'acceptation d'une nouvelle vie, elle restait pleine de grâce et de charme. Elle portait des toilettes très féminines, ses cheveux soyeux étaient coiffés avec soin. Pitt la trouvait trop fragile à son goût, tout en reconnaissant qu'elle était très attirante. Beaucoup d'hommes devaient la juger très belle. Pomeroy n'aurait certainement pas été l'élu de son cœur, si on lui avait laissé le choix de son futur mari.

L'avait-elle épousé parce que ses parents avaient une dette envers lui ?

Pitt fouilla la chambre et le bureau du défunt, lut son courrier, éplucha ses factures. Comme l'avait dit sa femme, ses papiers étaient méticuleusement rangés. Au vu des livres de comptes, de l'âge du mobilier, du nombre restreint de domestiques, et du stock de provisions recensées à la cuisine et à l'office, il conclut que le couple se contentait d'une vie très simple. Il ne vit nulle trace de dépenses extraordinaires — excepté ces fleurs en soie, et les déshabillés d'Adela.

Pomeroy les lui avait-il offerts, pour témoigner de son amour ? Repensant au visage qu'il avait vu à Devil's Acre, Pitt ne parvenait à y croire. Mais alors on lui avait déjà ravi cette force qui anime les chairs, il n'était plus capable de passion ou de peine, de moments de tendresse, de rêves ou d'illusions.

Les hommes cachent leur vulnérabilité. Dès lors, quel droit avait Pitt, ou quiconque, de préjuger des sentiments que cet homme éprouvait envers son épouse ? Quels rêves sans espoirs l'habitaient-ils encore ?

L'indifférence d'Adela était-elle d'autant plus manifeste qu'ils avaient depuis longtemps cessé d'éprouver la moindre émotion l'un pour l'autre ? La mort de son mari avait-elle mis brutalement fin à une relation qui n'était plus qu'une façade ? Ils étaient mariés depuis quinze ans et n'avaient pas de descendance.

Était-ce à cause d'enfants issus d'un autre lit qu'elle avait choisi cet homme insignifiant et de beaucoup son aîné, qui, en retour, avait accepté d'épouser une femme déshonorée ? Ou bien la savait-il stérile ? La reconnaissance, au fil des années, s'était-elle muée en haine ?

Allait-elle chercher ailleurs l'amour dont elle était privée ? D'où venaient ces fleurs et ces déshabillés en soie ? La question se posait à l'évidence ; il lui faudrait bien trouver la réponse.

Pitt lui demanda si elle avait entendu parler de Bertram Astley, de Max Burton ou du Dr Pinchin. La mention de ces noms ne produisit aucune réaction visible sur son visage. Si elle mentait, c'était avec un art consommé. Par ailleurs il ne trouva aucune trace de ces trois noms dans les papiers de Pomeroy.

Il ne lui restait plus qu'à la remercier et à prendre congé. Il la quitta avec une étrange sensation d'irréalité ; elle s'était adressée à lui comme si elle n'avait pas eu conscience de sa présence, comme s'ils s'étaient trouvés dans un théâtre d'ombres où Pitt aurait été le placeur et elle, spectatrice du drame représenté, très loin, hors de sa vue.

C'était l'heure de retourner à Devil's Acre, auprès de son plus précieux indicateur, Squeaker Harris. Pitt le retrouva dans son grenier crasseux, penché au-dessus de sa table, près de la fenêtre aux carreaux étincelants de propreté — contrairement au reste de la pièce ! La pâle lumière hivernale éclairait ainsi directement ses papiers, que des yeux attentifs et soupçonneux allaient examiner. Un faussaire doit atteindre la perfection, s'il ne veut pas perdre sa source de revenus.

Il décocha à Pitt un regard torve.

— Vous avez pas le droit d'entrer chez les gens comme ça ! s'écria-t-il en essayant de recouvrir discrètement le feuillet sur lequel il travaillait. Je pourrais porter plainte pour intrusion dans une propriété privée. C'est pas légal, Mr. Pitt. Et surtout, ça se fait pas.

— Simple visite de politesse, expliqua ce dernier, en s'asseyant en équilibre sur une caisse renversée. Vos talents de faussaire ne m'intéressent pas.

— Ah ? fit Squeaker, visiblement peu convaincu.

— Allez donc me ranger tout ça à l'abri de la poussière, suggéra Pitt. Vous ne voudriez pas que votre travail soit gâché ?

Squeaker lui lança un rapide coup d'œil. Une telle indulgence le troublait. C'était un comportement incohérent de la part d'un représentant de la loi ! A ce compte-là, comment savoir où était la place de chacun ? Cependant, il était bien content d'aller mettre ses faux papiers à l'abri des regards indiscrets. Lorsqu'il revint s'asseoir, il paraissait nettement plus détendu.

— Eh bien ? Qu'est-ce que vous me voulez ? Vous êtes pas venu pour rien !

— Bien sûr que non... Que dit-on, dans le quartier, à propos de ces meurtres ?

— Vous parlez du coupeur de... Personne n'en parle. Personne ne sait rien et personne ne dira rien...

— Voyons, quatre crimes atroces perpétrés à Devil's Acre et personne n'aurait la moindre idée de l'identité de l'assassin, ni de ses mobiles ? A d'autres, Squeaker... Je ne suis pas né de la dernière pluie.

— Moi non plus, Mr. Pitt. Et je veux rien savoir. Ce type-là me flanque bien plus la trouille que vous autres flics. Pourtant Dieu sait que vous nous empoisonnez l'existence. Mauvais pour la santé et mauvais pour le commerce de vous avoir toujours dans les pattes. Et j'en connais, parmi vos collègues, qui sont du genre méchant. Mais au moins ils sont pas fous, enfin, pas fous à lier comme cette espèce de malade qui s'amuse à zigouiller tout le monde. Je peux admettre qu'on tue son prochain, mais ce qu'il a fait, celui-là, alors là, je comprends pas. Et je suis pas le seul. Tout le monde pense comme moi.

Pitt se pencha en avant et faillit tomber du siège de fortune sur lequel il était juché.

— Alors aidez-moi à le pincer, Squeaker ! Aidez-nous à vous en débarrasser !

Le faussaire fit la grimace.

— Vous voulez dire, le pendre ? J'vous répète que je sais rien et que je tiens pas à savoir. Inutile de me harceler de questions ! C'est pas quelqu'un d'ici.

— Alors qui ? Y a-t-il des nouveaux venus dans le quartier ?

Squeaker prit un air chagriné.

— Comment voulez-vous que je le sache ? C'est un malade ! P'têt' bien qu'il vient seulement rôder la nuit. C'est p'têt' même pas un être humain. Je connais personne qui soit au courant. A ma connaissance, il n'y a aucun souteneur qui aurait le courage de faire une chose pareille. Quant à nous autres, écrivains publics, vous savez bien qu'on a rien à voir avec tout ça. Moi, je suis un artiste, je suis pas un violent. Me servir de mes poings, ça m'abîmerait les mains. Si je perds mon doigté, je ne peux plus travailler.

Il remua les doigts de manière expressive, comme un pianiste.

— Et un pickpocket le ferait pas non plus, ajouta-t-il, après coup.

Pitt lui concéda ce point, avec un sourire. Il était bien obligé de le croire. Toutefois, il fit une dernière tentative.

— Et Ambrose Mercutt ? Max lui prenait sa clientèle.

Squeaker hocha la tête.

— Ça, c'est vrai. Max était doué. Et Ambrose peut se montrer très méchant quand il est pas content. Demandez à ses filles... Mais il est pas fou ! Si Max s'était fait planter un couteau dans le bide ou étrangler, ou qu'on l'ait jeté dans la Tamise, là, j'aurais tout de suite pensé que c'était Ambrose...

Il retroussa une lippe méprisante.

— Mais vous auriez jamais retrouvé Max. Tout le monde aurait juré qu'il était parti, et vous auriez rien pu prouver. Faut être abruti ou malade pour laisser traîner un cadavre dans un caniveau, à la vue du premier venu, après lui avoir coupé les choses !

Il leva un sourcil broussailleux.

— Non, mais franchement, Mr. Pitt, j'vous demande un peu : qui abandonnerait un macchabée devant une maison de bonnes sœurs, sinon quelqu'un qu'a pas sa tête à lui ?

— Ambrose employait-il des enfants, Squeaker ?

Celui-ci fit à nouveau la grimace.

— Sais pas. M'occupe pas de ça. C'est pas sain. Un homme normal, ça paie pour avoir une femme, pas un pauvre gamin terrifié.

— Oui ou non, Ambrose fait-il travailler des enfants ?

— Seigneur ! Mais qu'est-ce que j'en sais, moi ! Vous croyez que j'ai l'argent pour aller traîner dans des endroits pareils ?

— Répondez, Squeaker ! tonna Pitt.

Le faussaire cracha par terre avec dégoût.

— Oui ! Il ferait n'importe quoi pour de l'argent ! Pendez donc cette ordure, Mr. Pitt ! Vous nous rendrez service !

— Merci du tuyau, Squeaker.

Pitt se leva et, ce faisant, fit tomber la caisse sur laquelle il était assis. Squeaker fronça les sourcils.

— Vous auriez pas dû vous asseoir là-dessus, Mr. Pitt. Vous êtes trop lourd. Regardez ce que vous avez fait ! Je devrais vous faire payer la note.

Pitt sortit une pièce de sa poche et la lui tendit.

— Tenez. Je ne voudrais surtout pas être votre débiteur, Squeaker.

Celui-ci hésita avant de porter la pièce à sa bouche. L'idée qu'un policier puisse lui devoir de l'argent était très alléchante, mais un tien valant mieux que deux tu l'auras, une pièce de six pence, c'était mieux que rien. Si jamais Pitt oubliait sa dette... Avec lui, il fallait se méfier.

— Ça ira, Mr. Pitt. Faut jamais devoir de l'argent à personne. Les gens peuvent venir chercher leur dû à des moments inopportuns...

Il leva vers Pitt un regard innocent.

— Si j'apprends le nom de celui qui a fait ça, je vous le ferai savoir, promis.

— Tiens donc ! Vous feriez ça, Squeaker ?

Le faussaire cracha à nouveau par terre.

— Juré ! Si je mens, je vais en enfer... Oh, qu'est-ce que j'ai dit ! Doux Jésus ! Que Dieu me punisse si je tiens pas parole, corrigea-t-il aussitôt, plus confiant dans sa capacité à obtenir la pitié du Tout-Puissant que celle du tueur de Devil's Acre.

— Dieu s'occupera de vous quand je n'aurai plus besoin de vos services, dit Pitt, en le détaillant de la tête aux pieds. Si vos restes L'intéressent...

— Ah, ça, c'est pas gentil de dire ça, Mr. Pitt. Vous abusez de mon hospitalité...

Il fit mine d'être contrarié, mais au fond il s'amusait beaucoup.

— L'ennui avec vous autres flics, c'est que vous êtes pas reconnaissants...

Pitt sourit dans sa barbe et quitta l'atelier. Il descendit l'escalier, en prenant soin d'éviter les marches vermoulues, et sortit dans la ruelle malodorante et froide. Le lendemain, c'était décidé, il ferait le tour des maisons closes de Devil's Acre, un portrait d'Ernest Pomeroy en poche.

Lorsqu'il rentra chez lui, Charlotte lui sauta au cou, radieuse, resplendissante, et débordante d'énergie ! Il enfouit son visage dans sa chevelure soyeuse et parfumée.

— Où êtes-vous allée ? murmura-t-il en la serrant très fort contre lui.

— Oh, je me suis juste rendue chez Emily, répondit-elle, l'air de rien.

Comme s'il ne se doutait pas de la raison de sa visite...

Elle déposa un baiser rapide sur sa joue et se libéra de son étreinte.

— Mon Dieu, vous êtes glacé ! Venez vous asseoir et vous réchauffer. Gracie servira le dîner dans une demi-heure. Oh, votre manteau est tout sale ! D'où venez-vous ?

— De Devil's Acre, fit-il, laconique.

Il ôta ses chaussures, remua ses orteils, puis s'enfonça dans son fauteuil et allongea ses longues jambes devant la cheminée.

Charlotte lui tendit ses pantoufles.

— Du nouveau ?

— Non, mentit-il.

Ce n'était qu'un demi-mensonge ; il n'avait rien appris de concret.

— Je suis désolée... murmura Charlotte, qui ajouta, soudain rayonnante, comme si une idée lumineuse venait de l'effleurer : Il faudrait peut-être aborder le problème sous un autre angle...

— Lequel ? lança-t-il d'un coup, avant de regretter d'avoir posé la question.

— Eh bien, par exemple, chercher à entendre le point de vue des femmes qui travaillent pour Max, répondit-elle sans hésiter. L'assassin a agi sous l'emprise d'une haine implacable.

Pitt ébaucha un sourire plein d'amertume. C'était facile, pour elle, d'énoncer cette vérité, assise bien au chaud dans son salon douillet. Qu'en savait-elle ? Les corps effroyablement mutilés, c'était lui qui les avait vus !

— Vous devriez vous orienter vers quelqu'un dont la vie a été ruinée, poursuivit-elle. Un homme découvrant que son épouse travaille dans une maison close peut puiser en lui assez de haine pour se venger de la sorte. Je ne parle pas seulement de Max, mais de toute personne qui aurait eu une relation avec la déchéance de sa femme.

— Et comment les aurait-il retrouvées, selon vous ? Il n'y a aucun lien, vous m'entendez, entre Max et Hubert Pinchin ! Jusqu'à présent, nous n'avons identifié personne les connaissant tous deux.

Si elle tenait à jouer les détectives, qu'elle trouve donc toutes les réponses aux questions que ne manquerait pas de poser Athelstan !

— Pinchin soignait peut-être les pensionnaires de Max ?

— Bonne idée. J'y ai déjà pensé, mais hélas, ce n'est pas le cas. C'est un vieux corbeau, un médecin marron rayé de l'Ordre, qui s'en charge. Une activité très lucrative, de surcroît. Pour rien au monde ce grigou ne partagerait cette manne avec quiconque !

— Corbeau ? Est-ce le mot d'argot utilisé pour désigner un médecin ?

Sans attendre de réponse, elle enchaîna :

— Supposons qu'un mari, venu en client, se retrouve dans le lit d'une catin qui n'est autre que sa propre femme. Il connaîtrait certainement le nom du proxénète ! jubila-t-elle, ravie de cette argumentation imparable.

— Et que fait-il de son épouse ? riposta Pitt, cinglant. Il en fait un paquet et la ramène à la maison ? Croyez-vous qu'il veuille encore d'elle ?

Charlotte renifla et lui jeta un regard impatient.

— Non, bien sûr. Mais il ne peut pas demander le divorce !

— Pourquoi pas ? Il aurait de bonnes raisons, non ?

— Thomas, voyons, réfléchissez ! Quel homme avouerait avoir découvert que sa femme se prostitue à Devil's Acre ? Sa vie serait détruite, même si la police ne recherchait pas un criminel ! S'il existe quelque chose de pire que la mort pour un gentleman, c'est bien de devenir en même temps objet de risée et de pitié.

Pitt ne trouva rien à répliquer.

— En effet, grommela-t-il. Alors il ne lui reste plus qu'à attendre son heure pour se débarrasser d'elle.

Elle pâlit.

— Vous croyez ?

— Nom d'une pipe, Charlotte ! En voilà une question ! Je n'en sais rien ! S'il est capable de châtrer son souteneur et ses amants, qu'est-ce qui l'empêcherait de laisser le cadavre de son épouse dans un caniveau — dans un quartier plus respectable, s'entend. Gardez bien cela en tête et cessez de vous mêler de ce que vous ne comprenez pas. Vous ne feriez que causer du tort à certaines personnes en éveillant des soupçons. Attention, si votre thèse est la bonne, l'homme n'a plus rien à perdre !

— Mais, Thomas, je ne suis jamais allée...

— Bon sang ! Vous me prenez pour un idiot ? Je ne sais pas exactement ce que vous manigancez avec Emily, mais j'en connais la raison !

Elle demeura immobile sur sa chaise, les joues en feu.

— Je ne suis pas allée à Devil's Acre, et que je sache, je n'ai parlé à personne qui ait eu l'occasion de s'y rendre ! précisa-t-elle, sur le ton de la vertu offensée.

A voir l'étincelle de colère qui s'allumait dans ses yeux, Pitt comprit qu'elle ne mentait pas. Sinon, elle ne le lui aurait pas dit de façon aussi explicite.

— Avouez que ce n'est pas l'envie qui vous en manque, observa-t-il, d'un ton acide.

— Votre enquête paraît piétiner, si je ne m'abuse... Moi, je peux vous citer une demi-douzaine de noms susceptibles de vous intéresser. Lavinia Hawkesley, par exemple, mariée à un vieux barbon. Dorothea Blandish. Mrs. Dinford. Lucy Abercorn. Et la nouvelle veuve, Adela Pomeroy... Il paraît qu'elle est très jolie et qu'elle fréquente une belle bande de noceurs...

Pitt sursauta. La surprise lui fit momentanément oublier sa colère.

— Adela Pomeroy ?

— Eh oui, fit-elle avec un petit sourire satisfait, devant son expression étonnée. Et il y en a d'autres... Je vais vous en dresser la liste.

— C'est ça, bougonna-t-il, faites-moi une belle liste et ensuite, oubliez-la et restez à la maison ! Il s'agit de crimes, Charlotte, de morts horribles. Si vous vous mettez en tête de vous mêler de cette affaire, vous pourriez très bien finir votre existence dans un caniveau. Faites ce que je vous dis !

Elle ne répondit pas.

— M'entendez-vous ?

Il avait involontairement élevé la voix.

— Dieu sait quel malade mental vous pourriez déranger, vous et votre sœur, si vous vous montrez trop imprudentes — en supposant que votre théorie soit juste. Non, à mon avis, il s'agit plus probablement d'une vengeance entre proxénètes, sans lien aucun avec la bonne société.

— Vous oubliez Bertie Astley.

— Lui ? Il était propriétaire de toute une rue dans Devil's Acre. Voilà d'où vient l'argent de la famille Astley : la location de taudis dans un quartier pauvre.

— Oh, non !

— Mais si ! S'il possédait une maison close, il a pu être éliminé par un rival.

— Qu'allez-vous faire ?

— Retourner là-bas, pardi ! Voyez-vous une autre solution ?

— Thomas, je vous en prie, soyez prudent...

Elle se tut brusquement, ne sachant trop qu'ajouter.

Pitt n'ignorait pas les dangers qu'il courait, mais il n'avait pas le choix ; si le tueur frappait à nouveau, l'opinion publique deviendrait hystérique ; Athelstan, craignant de perdre sa place, ferait de plus en plus pression sur lui et lui enjoindrait de procéder à une arrestation pour satisfaire le Parlement, l'Église et aussi tous les propriétaires d'établissements de prostitution de la capitale. Si par malheur d'autres atrocités étaient commises, une vague de terreur et de fureur s'ensuivrait, et la police en serait tenue pour responsable.

Mais, par-dessus tout, Pitt désirait résoudre seul cette affaire, avant que Charlotte, dévidant quelque fil d'Ariane à l'intérieur du cercle des relations d'Emily, ne commence à le suivre et finisse par se retrouver dans une situation risquée et incontrôlable. Il devait bien se l'avouer : il lui avait interdit de s'occuper de cette affaire non seulement parce qu'il considérait qu'elle courait un grand danger, mais aussi parce qu'il voulait lui démontrer qu'il n'avait pas besoin de son aide !

— Je ferai attention, dit-il sèchement. Je ne suis pas stupide à ce point !

Elle lui lança un regard oblique, mais tint sa langue.

— En tout cas, j'exige que vous restiez en dehors de tout cela ! ajouta-t-il. Vous avez suffisamment à faire sans vous mêler de choses qui ne peuvent que vous attirer des ennuis.

Néanmoins, lorsqu'il se rendit à Devil's Acre le lendemain, il prit un soin particulier à s'habiller de façon à ne pas se faire remarquer. Il marchait avec le pas furtif et assuré de quelqu'un qui connaît le quartier, mais qui n'a pas de but précis.

Il faisait froid. Le ciel était sombre et un vent glacial soufflait de la Tamise. Il avait donc une bonne raison d'enfoncer son vieux chapeau sur sa tête et de cacher la moitié de son visage dans son écharpe. Les rares becs de gaz de Devil's Acre luisaient encore dans la grisaille, pareils à de petites lunes perdues dans un monde souterrain et perverti.

Pitt avait l'intention de mettre à profit son savoir sur Pomeroy pour en apprendre le plus possible sur les établissements spécialisés dans la prostitution des enfants. Il espérait découvrir la raison pour laquelle le répétiteur avait été retrouvé dans ce cloaque, mais il craignait, malheureusement, de connaître déjà la réponse : Pomeroy devait avoir besoin de venir ici pour assouvir d'immondes appétits qu'il ne pouvait ou n'osait satisfaire à Seabrook Walk. Pour quel autre motif un être aussi guindé et méticuleux serait-il venu hanter ces basfonds ?

Il avait débuté sa journée au commissariat de Devil's Acre, dans le bureau de l'inspecteur Parkins, où il rassembla le maximum d'informations sur les maisons closes dans lesquelles travaillaient des enfants. Son collègue lui fournit le nom d'indicateurs, ainsi que quelques tuyaux lui permettant de faire pression sur eux afin de tenter de leur extorquer la vérité.

Mais hélas, aucun tenancier de maison close ne voulut admettre qu'il avait eu Pomeroy pour client.

A dix heures du soir, épuisé et transi, Pitt décida d'essayer encore un dernier établissement, celui d'Ambrose Mercutt, avant de rentrer chez lui. Cette fois, il n'eut pas à cacher son identité : le portier le reconnut aussitôt. La mémoire visuelle était un talent indispensable à l'exercice de ce métier.

— Qu'est-ce que vous voulez ? aboya-t-il. Vous pouvez pas entrer, y a des clients. On travaille, nous.

— Moi aussi, riposta Pitt. Mais si vous acceptez de répondre poliment à quelques questions, je me contenterai de passer discrètement...

L'homme réfléchit. Il était grand, maigre, habillé d'une veste cintrée, avec un foulard de soie noué autour du cou, comme c'était la mode chez les voyous. Il lui manquait la moitié d'une oreille.

— Et d'après vous, ça rapporterait combien ?

— Rien. Mais cela pourrait vous permettre de conserver votre emploi et votre joli cou. Une corde de chanvre, ça brûle... et ça peut ruiner l'avenir d'un homme.

Le portier renifla.

— J'ai tué personne, moi. C'est vrai, j'en ai chauffé les oreilles à plus d'un qui se rendait pas compte qu'il en avait eu pour son argent...

Il ricana bêtement, découvrant ses longues dents pointues.

— ... mais ils sont jamais revenus se plaindre. Les beaux messieurs ne se plaignent jamais. Et vous autres flics, vous n'arriverez pas à leur faire porter plainte. Ils préféreraient mourir plutôt que d'attaquer un proxénète en justice !

Il se déhancha, prit la pose et se mit à déclamer d'une voix de fausset :

— S'il vous plaît, Votre Honneur, monsieur le juge, je vous présente la prostituée dont j'ai acheté les services ; je veux porter plainte contre elle parce qu'elle ne m'en a pas donné pour mon argent. Je voudrais que vous lui fassiez comprendre que la prochaine fois elle devra se montrer un peu plus gentille, Votre Honneur !

Il changea de position, posa sa main sur son autre hanche et prit un air dédaigneux.

— Très certainement, monsieur Jobard. Dites-moi donc combien vous l'avez payée et donnez-moi son adresse. Je veillerai personnellement à ce qu'elle vous donne satisfaction !

— Vous n'avez jamais pensé à monter sur les planches ? fit Pitt joyeusement. Vous feriez un tabac au poulailler !

L'homme hésita, flatté malgré lui, réfléchissant à la possible célébrité qu'on faisait miroiter devant lui. Lui qui s'était attendu à des insultes recevait des compliments, sans parler de cette excellente idée que venait de lui suggérer ce policier.

Pitt sortit de sa poche le portrait d'Ernest Pomeroy et le lui tendit. Jusqu'à présent, il n'avait pas été diffusé dans les journaux.

— Vous le connaissez ?

— Et alors ? Qu'est-ce que ça peut vous faire ?

— Cela ne vous regarde pas. Croyez-moi, c'est important. Tellement important que je n'aurai de cesse de retrouver celui ou ceux qui lui procuraient de quoi satisfaire ses vices. Ce ne serait pas bon pour le commerce d'avoir tous les jours la police à sa porte, n'est-ce pas ?

— Bon, d'accord. On le connaît. Et alors ?

— Pourquoi venait-il ici ?

Le portier le dévisagea d'un air stupéfait.

— Comment ? Mais vous êtes demeuré, ma parole ! Pourquoi croyez-vous qu'il venait, à votre avis ? Pour cueillir des pâquerettes ? Un vrai vicelard, celui-là. Il les aimait très jeunes, les gamins. Sept, huit ans, pas plus. Mais vous arriverez jamais à le prouver. Moi, j'ai rien dit, hein ? Maintenant, fichez le camp, avant que j'arrange votre joli petit cou avec un joli collier rouge. Vous vous retrouveriez avec un sourire fendu jusqu'aux oreilles.

Pitt le crut volontiers ; de plus, il n'avait pas besoin de preuves. Il savait qu'il n'en trouverait jamais.

— Merci, dit-il avec un léger signe de tête. Je pense que je n'aurai plus besoin de vous déranger.

— Tant mieux ! cria l'homme dans son dos tandis qu'il s'éloignait. On vous aime pas trop, dans le quartier. Un conseil : allez fourrer votre nez ailleurs, si vous tenez à votre santé...

Pitt avait bien l'intention de quitter cet endroit au plus vite. Il se mit à marcher d'un pas vif, les poings enfoncés dans les poches, son cache-col remonté jusqu'aux oreilles. Donc, comme il s'en était douté, Pomeroy était bien pédéraste. Il était simplement venu en chercher confirmation. Et Bertie Astley louait des immeubles dans Devil's Acre, hébergeant ateliers, appartements à louer, et un tripot. Le métier exercé par Max n'était un secret pour personne. Désormais, il ne lui restait qu'à découvrir le vrai motif des allées et venues du Dr Pinchin. Et ensuite, bien entendu, il faudrait trouver ce que ces quatre hommes pouvaient avoir en commun qui expliquerait leur assassinat.

Il faisait un froid de loup. Le vent, chargé d'une âcre odeur d'égout, lui piquait les yeux. Il releva le menton, redressa les épaules et allongea le pas.

Il n'entendit pas les hommes qui arrivaient derrière lui dans la pénombre. Dans son esprit, le mystère de l'affaire Pomeroy était éclairci ; il jugeait terminée sa journée de travail pour ce soir, oubliant qu'il se trouvait encore dans Devil's Acre. Dans ces ruelles obscures, un homme à la démarche ferme et assurée était aussi visible qu'un lapin blanc dans un champ fraîchement labouré.

Son premier assaillant l'attaqua par-derrière. Pitt ressentit une douleur cuisante au creux des reins ; il perdit l'équilibre et tomba la tête la première sur le pavé. Il roula sur lui-même, genoux repliés, puis détendit les jambes de toutes ses forces. Ses pieds heurtèrent un corps qui céda sous son poids et retomba en arrière avec un grognement. Mais déjà un autre adversaire le frappait à la tête. Pitt cogna à l'aveuglette, en tentant de se remettre debout. Un coup l'atteignit à l'épaule, douloureux, mais sans gravité. De toute sa puissance, il rendit le coup et fut tout ragaillardi d'entendre des os craquer. Puis il reçut un autre coup, au niveau du flanc, très violent celui-là, qui lui coupa la respiration. Il l'aurait atteint de plein fouet dans le dos s'il ne s'était retourné précisément à ce moment pour lancer une ruade à son adversaire.

Il ne lui restait qu'une solution : s'enfuir à toutes jambes. S'il parvenait à franchir les cent ou deux cents mètres qui le séparaient de la limite de Devil's Acre, il serait sauvé et pourrait héler un cab. Il était tout endolori sur un côté du torse ; il devait avoir une belle ecchymose ! Mais un bain chaud et une embrocation le remettraient d'aplomb. Il courait, volait au-dessus des pavés. Il n'avait aucune honte à fuir ; combattre seul à mains nues trois ou quatre assaillants armés relevait de la pure folie.

Il était à bout de souffle ; la douleur au côté se faisait lancinante. La grande rue éclairée où circulaient des voitures lui paraissait à mille lieues. Dans le lointain, les halos des réverbères, au lieu de se rapprocher, semblaient reculer sans cesse. Soudain, un bras puissant le saisit et le stoppa net dans sa course.

— Eh bien, mon bonhomme ! On a le diable à ses trousses, on dirait !

Dans un moment de panique, Pitt leva le poing pour frapper l'individu qui tentait de l'arrêter, mais celui-ci avait une poigne de fer. Très vite, il se rendit compte de son erreur : c'était un agent qui faisait sa ronde.

— Dieu soit loué ! Vous tombez à pic !

Le visage du policier lui parut grossir démesurément puis s'évanouir dans la brume, comme les réverbères.

— Eh bien, mon gars, que se passe-t-il ? Eh ! Vous saignez ! Vous feriez mieux de foncer à l'hôpital. Vous allez pas tomber dans les pommes. Holà ! Tenez bon ! Cocher ! Cocher !

Dans un brouillard glacial où dansaient les lumières des becs de gaz, Pitt se sentit poussé à l'intérieur d'un cab, qui partit en cahotant sur les pavés. Des mains malhabiles l'aidèrent à en descendre et il fut transporté dans un dédale de couloirs violemment éclairés. On le déshabilla, on l'examina, on désinfecta ses plaies avec un produit qui sentait abominablement mauvais avant de le recoudre à vif. Par bonheur, il était encore anesthésié par la douleur. Une fois bandé avec soin et rhabillé, on lui administra un remontant brûlant qui lui fit tourner la tête.

Enfin, on le raccompagna chez lui.

Il était minuit.

Le lendemain, au réveil, il avait mal partout et pouvait à peine bouger ; il mit un moment à se souvenir de ce qui lui était arrivé la veille. Charlotte, debout à côté du lit, se pencha vers lui, pâle, les cheveux défaits.

— Thomas ? demanda-t-elle d'un ton anxieux.

Il émit un grognement.

— Vous avez reçu un coup de couteau. Ils m'ont dit que la plaie n'est pas profonde, mais vous avez perdu beaucoup de sang. Votre chemise et votre veste sont fichues.

Il sourit malgré lui. Elle était vraiment blanche comme un linge.

— C'est terrible. Êtes-vous sûre qu'elles sont hors d'usage ?

Elle eut un reniflement furibond, mais des larmes coulaient sur ses joues ; elle essuya furtivement ses yeux.

— Non, je ne pleurerai pas ! Tout est de votre faute ! Ah, c'est malin ! D'abord vous me faites la morale, vous me dites ce que je dois faire et ne pas faire, et ensuite vous partez tout seul à Devil's Acre vous faire poignarder !

Elle prit un grand mouchoir dans le tiroir de la commode et se moucha bruyamment.

— Le tueur de Devil's Acre ! Je suppose que vous ne l'avez même pas vu !

Pitt tenta de se redresser, grimaçant sous l'effet de la douleur. En fait, il n'était pas certain que son assaillant fût le tueur de Devil's Acre. Il pouvait aussi bien s'agir de n'importe quelle bande de coupe-jarrets bien décidés à en découdre.

— J'imagine que vous avez faim, dit Charlotte en enfonçant son mouchoir dans la poche de son tablier. Le médecin a dit qu'après une journée au lit, vous iriez beaucoup mieux.

— Non, non, il faut que je me lève...

— Thomas ! Faites ce que l'on vous dit ! Vous ne sortirez pas de ce lit tant que je ne vous en donnerai pas l'autorisation. Pas de discussion ! Essayez un peu et vous verrez...

Trois jours plus tard, il était en meilleure forme et retourna à son bureau soigneusement bandé, avec, dans sa poche, une flasque de porto d'excellente qualité. Sa blessure cicatrisait, et, bien qu'elle restât douloureuse, il pouvait se déplacer sans trop de difficulté. Entre-temps, les meurtres de Devil's Acre n'avaient pas quitté son esprit, bien au contraire. Il se sentait obligé de retourner là-bas.

— En votre absence, j'ai mis tous les hommes disponibles sur l'affaire, le rassura Athelstan avec un geste soucieux.

— Et qu'ont-ils découvert ? demanda Pitt qui, une fois n'est pas coutume, avait été autorisé, et même gracieusement invité, à prendre place sur un siège capitonné, lui qui d'ordinaire restait toujours debout.

Il se carra confortablement dans son fauteuil et étendit les jambes, décidé à savourer cet instant exceptionnel.

— Pas grand-chose... dut admettre Athelstan. Nous ignorons toujours ce qui liait les quatre victimes. Par exemple, que faisait Pinchin à Devil's Acre ? Pitt, êtes-vous vraiment sûr que le tueur n'est pas un malade mental ?

— Je ne l'affirmerais pas, mais je ne crois guère à cette hypothèse. Un médecin peu scrupuleux ne doit pas manquer d'occupations à Devil's Acre.

Athelstan eut une grimace de dégoût.

— Oui, j'imagine... Mais que faisait Pinchin exactement et pour qui travaillait-il ? Pensez-vous qu'il procurait à Max ces fameuses dames de la bonne société dont vous parlez si souvent ?

— C'est possible. En tout cas, il comptait peu de dames bien nées parmi ses patientes.

— Bien nées, bien nées... Tout est relatif, Pitt. A

Devil's Acre, la plupart des femmes passeraient pour bien nées.

Pitt se leva, à contrecœur.

— Bon, il ne me reste plus qu'à retourner là-bas...

— Cette fois, vous n'irez pas seul, fit Athelstan, inquiet. Je n'ai pas envie d'avoir votre cadavre sur les bras !

— Merci, fit Pitt en le fixant droit dans les yeux. Je ne voudrais surtout pas vous causer de souci... J'emmènerai un agent avec moi — deux, si vous y tenez.

— C'est un ordre, Pitt, vous m'entendez ? Un ordre.

— Bien, monsieur. Je repars sur-le-champ... avec deux hommes.

Ambrose Mercutt le reçut, à la fois furieux et tourmenté d'être tenu pour responsable des blessures de Pitt. On ne parlait que de cela dans Devil's Acre.

— C'est de votre faute ! lança-t-il avec humeur. A-t-on idée de se promener dans des endroits où l'on ne veut pas de vous ! Et à fourrer son nez dans les affaires des autres, on finit par prendre un mauvais coup. Encore heureux que vous n'ayez pas été étranglé. C'est vraiment stupide. Si vous êtes allé embêter tout le monde comme vous l'avez fait avec mon personnel, c'est un miracle que vous soyez encore en vie.

— Je suis sûr que vous le regrettez, Mr. Mercutt...

Pitt savait qu'il avait commis une erreur en oubliant d'imiter la démarche d'un habitué du quartier. Tout de suite, il s'était fait remarquer. C'était pure négligence de sa part et, comme l'avait souligné Mercutt, complètement idiot.

— Bien, trêve de plaisanterie. Qui s'occupe de vos pensionnaires quand elles tombent malades ?

— Pardon ?

Pitt réitéra sa question, mais Mercutt avait tout de suite compris le sous-entendu.

— Pas Pinchin, si c'est ce que vous pensez.

— Soit, je vous crois. Mais nous vérifierons cela

auprès d'elles, une par une. Elles pourraient se souvenir de certains détails dont vous auriez oublié de me faire part...

Mercutt blêmit.

— Bon, d'accord. Il a pu en soigner une ou deux. Et alors ? Il nous rendait de grands services. Celles qui ne prennent pas de précautions se font parfois engrosser. Il s'occupait de tout et se faisait payer en nature. J'aurais donc été le dernier à vouloir me débarrasser de lui, n'est-ce pas ?

— Pas s'il vous faisait chanter...

La voix de Mercutt se fit suraiguë.

— Chanter ? Quelle idée ! Pour quelle raison ? Ce que je fais n'est un mystère pour personne. Je ne prétends pas être ce que je ne suis pas. C'est moi qui aurais pu le faire chanter ! Si j'avais voulu, j'aurais pu ruiner la réputation de son cabinet, dans les beaux quartiers. Mais notre arrangement me convenait. Quand il est mort, j'ai dû lui chercher un remplaçant.

Pitt eut beau le presser de questions, il s'en tint là et refusa d'en dire plus. Les policiers sortirent de chez lui et allèrent frapper à la porte de l'établissement voisin, puis du suivant et ainsi de suite, jusqu'à cinq heures du soir, heure à laquelle ils pénétrèrent dans la maison tenue par les sœurs Dalton. Si Pitt avait choisi de s'y rendre en dernier lieu, c'est qu'il comptait y trouver un peu de chaleur et espérait se voir offrir une tasse de thé.

Cette fois, les deux sœurs étaient présentes ; elles l'invitèrent à passer au salon. Il y régnait une atmosphère paisible, presque familiale. Elles lui proposèrent une boisson chaude, qu'il accepta avec un empressement non dissimulé.

Mary le dévisagea d'un air soupçonneux, mais Victoria se montra toujours aussi aimable.

— Ernest Pomeroy ne faisait pas partie de notre clientèle, dit-elle d'un ton sincère en lui servant une tasse de thé.

Pendant ce temps, les deux policiers attendaient dans

le salon de réception, un peu embarrassés, mais ravis d'être en bonne compagnie.

— Lui, je sais où il se rendait, reprit Pitt après l'avoir remerciée. Non, je pensais au Dr Pinchin.

Elle leva les sourcils et le dévisagea de ses yeux gris, couleur de la mer en hiver.

— Je ne vois pas passer tous les clients, mais celui-ci, je ne m'en souviens pas. Il n'a pas été assassiné dans une rue proche d'ici.

— Le connaissiez-vous, d'un point de vue professionnel ?

L'ombre d'un sourire naquit sur les lèvres de la jeune femme.

— Sa profession ou la mienne, Mr. Pitt ?

Il lui rendit son sourire.

— La sienne, Miss Dalton.

— Je suis en bonne santé et si par hasard je tombe malade, je sais comment me soigner.

— Et vos pensionnaires ?

— Nous nous en occupons nous-mêmes, intervint aussitôt Mary.

Pitt se tourna pour la regarder. Elle était plus jeune que sa sœur, son visage avait des traits plus mous, un regard moins direct, mais la même douceur des filles de la campagne, un petit nez et des taches de rousseur. Elle ouvrit la bouche comme pour parler, puis se ravisa. Pitt comprit qu'elle n'avouerait jamais avoir pratiqué des avortements.

Victoria prit le relais.

— Bien sûr, nous faisons parfois appel à un médecin. Mais jamais à Pinchin. Il n'a rien à voir avec notre établissement.

Pitt la crut. Il ne lui restait plus qu'à prendre congé. Pourtant, il avait envie de rester encore un peu au chaud pour finir sa tasse de thé.

— Pourriez-vous le prouver ? Cet homme a été assassiné. Vous avez peut-être peur d'avouer l'avoir connu...

Victoria lança un coup d'œil en direction de sa sœur,

puis de la tasse de Pitt. Elle prit la théière et la lui remplit sans lui demander son avis.

— Je ne pourrais rien prouver, en effet, dit-elle avec une expression impénétrable. Mais je peux vous dire que ce monsieur était un vrai boucher. Je ne veux pas que mes filles se fassent charcuter et qu'elles meurent ensuite d'hémorragie. Ou qu'elles se retrouvent hors d'état de travailler. Ah ça non !

Pitt se surprit à lui présenter des excuses. Pourtant le ridicule de la situation ne lui échappait pas. Il était là à prendre le thé avec une tenancière de maison close et il s'excusait auprès d'elle, parce qu'un médecin pratiquait des avortements sur des prostituées qui ne s'en remettraient jamais ; et il ne s'agissait même pas de ses propres pensionnaires ! A moins qu'elle ne lui ait menti ?

Il termina sa tasse de thé et se leva.

— Je vais interroger vos pensionnaires, en particulier les dernières arrivées.

Mary se leva, les mains crispées sur les plis de ses jupes.

— C'est hors de question !

— Ne dis pas de bêtises, intervint Victoria. Bien sûr qu'il peut, s'il le désire. Mais je vous assure, Mr. Pitt, que Pinchin n'a jamais mis les pieds dans cette maison en tant que médecin. Je vous serais reconnaissante de ne pas affoler nos filles. Je ne permettrai pas qu'on leur manque de respect.

Elle le fixa d'un air sévère, qui rappela à Pitt celui de gouvernantes rencontrées dans de grandes maisons.

Sans attendre sa réponse, elle le conduisit à l'étage et commença à frapper aux portes. Pitt montra à chacune des jeunes femmes souriantes et aux formes généreuses le portrait de Pinchin. Dans les chambres flottait une odeur de parfum bon marché et de sueur, mais dans l'ensemble, les pièces étaient gaies, colorées et plus propres qu'il ne l'avait supposé.

Alors qu'ils sortaient de la quatrième chambre, Victoria fut appelée au rez-de-chaussée pour résoudre un problème d'intendance, et Pitt se retrouva en compagnie de Mary et d'une jeune fille d'une quinzaine d'années, visiblement terrifiée. Elle regarda le portrait de Pinchin et déclara qu'elle ne le connaissait pas. Mais Pitt comprit tout de suite qu'elle mentait.

— Réfléchissez bien, lui conseilla-t-il. Attention, mentir à la police peut vous mener droit en prison.

La jeune fille devint livide.

— Cela suffit ! le coupa Mary. Ce n'est qu'une bonne — que ferait-elle avec des types comme lui ? Laissez-la tranquille. Ici, elle fait le ménage. Elle n'a rien à voir avec les autres.

La jeune fille voulut s'en aller, mais Pitt la retint par le bras, gentiment, toutefois avec assez de force pour qu'elle comprenne qu'elle ne devait pas s'échapper. Elle se mit à sangloter, le corps secoué de grands frissons, submergée par une sorte de désespoir animal.

Aussitôt Pitt devina qu'il avait devant lui l'une des survivantes des « charcutages » de Pinchin. Une jeune fille de quinze printemps, mais qui ne serait jamais plus une femme normale. A cet âge, on doit rire, rêver d'amour et de mariage. Il aurait voulu la réconforter et pourtant, ni lui ni personne ne pouvait rien pour elle.

— Elsie !

La voix de Mary résonna, forte et apeurée. La jeune fille s'accrochait à elle, toujours en larmes.

— Elsie !

Du fond du couloir leur parvint le bruit d'un sourd grondement. Pitt pivota sur lui-même et aperçut à la lumière de la veilleuse un bull-terrier blanc, massif, babines retroussées sur un museau allongé pareil à celui d'un rat, et dont les pattes arquées frémissaient d'impatience. Derrière lui se tenait la femme la plus monumentale qu'il lui avait été donné de voir : elle s'approchait, bras ballants, avec une face lunaire et de petits yeux enchâssés dans des sillons graisseux.

— Vous inquiétez pas, Miss Mary, dit-elle d'une

voix de petite fille, étrangement haut perchée. Il vous fera pas de mal. Il allait partir, le monsieur, n'est-ce pas ?

Elle fit un pas et le chien, le poil hérissé, bondit en avant.

Pitt sentit une vague d'horreur le submerger. Le tueur de Devil's Acre n'était-il autre que cette femme monstrueuse et son chien ? Il voulut parler, mais se rendit compte qu'il n'avait plus de salive.

— Jette-le dehors, Elsie ! hurla Mary. Jette-le dehors. Envoie-lui le chien ! Dutch, attaque !

L'énorme femme avança encore d'un pas. Son visage était sans expression. Ses manches relevées montraient ses avant-bras puissants ; on aurait dit qu'elle s'apprêtait à faire la lessive, ou à pétrir de la pâte à pain. Le grognement du chien s'accentua. Ses babines se retroussèrent davantage.

— Arrêtez ! fit la voix de Victoria, qui réapparut en haut de l'escalier. Ce ne sera pas nécessaire, Elsie. Mr. Pitt n'est pas un client. Il ne fera de mal à personne. Vraiment, Mary, ajouta-t-elle d'un ton coléreux, parfois tu as des réactions stupides !

Elle sortit un mouchoir de sa manche et le tendit à la jeune fille.

— Allons, Millie, remettez-vous et retournez à votre travail. Cessez de renifler, il n'y a pas de quoi pleurer. Allez, allez !

La jeune fille partit en courant. La géante fit demi-tour, le chien sur les talons, et s'éloigna d'un pas pesant vers le fond du couloir.

Mary prit une mine boudeuse mais garda le silence.

— Je suis navrée, s'excusa Victoria. Nous avons récupéré Millie en bien mauvais état. Je ne sais pas qui est responsable... peut-être Pinchin. La pauvre petite perdait tout son sang. Son père l'avait jetée dehors parce qu'elle était enceinte. Elle a travaillé dans une de ces maudites maisons, où elle s'est fait avorter. Lorsqu'ils se sont rendu compte qu'elle ne pouvait plus travailler pour eux, ils l'ont mise à la rue. C'est là que nous l'avons trouvée.

Pitt se tut. Que dire, sinon des banalités, face à une histoire si dramatique ?

Victoria le raccompagna vers la sortie.

— Ma sœur n'aurait pas dû appeler Elsie. Elle est seulement là pour faire peur aux clients qui créent des problèmes. J'espère que vous n'avez pas eu trop peur, Mr. Pitt, ajouta-t-elle avec un sourire triste.

Peur ? Il avait été terrorisé ! Il sentait encore la sueur couler dans son dos !

— Non, mentit-il, heureux qu'elle ne puisse pas voir son visage dans la pénombre. Merci pour votre franchise, Miss Dalton. Désormais, je sais ce que faisait le Dr Pinchin à Devil's Acre et où il trouvait l'argent pour remplir son cellier de bons vins et de victuailles ! Vous ne sauriez pas par hasard dans quelle maison il pratiquait ces avortements ?

— Millie travaillait pour Ambrose Mercutt, si c'est cela que vous voulez savoir, dit-elle calmement. Je ne peux vous en dire plus.

— Cela me suffira.

En entrant dans le salon de réception, il vit ses deux hommes installés dans des fauteuils, très occupés avec des filles rieuses assises sur leurs genoux. A sa vue, ils se levèrent d'un bond, écarlates. Pitt fit mine de n'avoir rien vu et se tourna vers Victoria.

— Merci, Miss Dalton. Bonne soirée.

— Bonne soirée, Mr. Pitt, répondit-elle, imperturbable.

9

Le général Balantyne ne parvenait pas à chasser de son esprit les meurtres de Devil's Acre. Il n'avait jamais entendu parler du Dr Pinchin ou de la dernière victime, Ernest Pomeroy, avant que leurs noms ne deviennent synonymes, dans les journaux, de terreur et d'abomination. Mais le visage de Max Burton, avec ses paupières lourdes et ses lèvres épaisses, lui rappelait d'autres meurtres liés à de sordides événements qu'il n'avait jamais vraiment compris.

Bertie Astley, lui, appartenait au même milieu que Balantyne, à mi-chemin entre la *gentry* et la véritable aristocratie. Bien sûr, tout homme peut s'enrichir et apprendre à mimer les bonnes manières. L'esprit, l'apparence, la beauté ne signifient rien ; on peut certes les apprécier, mais sans s'y laisser tromper, si l'on est perspicace. Or, les Astley faisaient vraiment partie de la haute société : descendants d'une longue lignée de serviteurs de l'Église et du royaume, ils appartenaient au petit monde de privilégiés qui avaient connu l'âge d'or et la sécurité. De ces familles sortait parfois un fripon ou un simple d'esprit, mais jusqu'à présent, aucun intrus n'était parvenu à s'y introduire.

Dans ces conditions, comment expliquer que le corps de Bertram ait été retrouvé devant l'entrée d'un établissement voué à la prostitution masculine ? Le général n'était pas naïf au point d'exclure la possibilité qu'Astley ait eu des mœurs particulières ou ait été victime d'un malade mental. Il craignait que cette mort ne fût pas accidentelle, mais plutôt le résultat d'un plan soigneusement calculé. La thèse de l'assassin choisissant deux victimes aussi radicalement différentes que Max et Bertie, et pourtant connues de lui, paraissait décidément trop facile.

Lorsqu'il aborda le sujet avec Augusta, celle-ci crut qu'il désirait lui parler de Devil's Acre et d'un projet de loi contre la prostitution et les maux qu'elle engendre ; aussitôt, son visage se ferma.

— Vraiment, Brandon, pour un homme qui a passé la majeure partie de son existence au service de l'armée, vous êtes singulièrement naïf, lança-t-elle avec une pointe de mépris. Vous vous imaginez qu'une législation pleine de bonnes intentions peut transformer les plus bas instincts de l'humanité ? Allez donc prêcher à la campagne, dans un petit village où vous pourrez dispenser vos banalités en prenant le thé avec quelques vieilles demoiselles à l'esprit étroit, sans que cela prête à conséquence ! Ici, au milieu de gens raffinés, vous allez vous ridiculiser, mon ami !

Balantyne fut piqué au vif ; la remarque était non seulement cruelle, mais injuste. Et ce n'était pas ce qu'il avait voulu dire.

— J'ai entendu beaucoup d'adjectifs appliqués au meurtre de Bertie Astley, mais jamais encore celui de « raffiné », répliqua-t-il d'un ton cassant. Le bien-fondé de l'allusion m'échappe, Augusta !

Cette dernière pâlit ; il avait délibérément fait semblant de ne pas la comprendre, tout comme elle auparavant.

— Je n'apprécie pas votre humour, Brandon. Vous n'avez pas l'esprit assez mordant pour manier le sarcasme avec succès. Bertie Astley a été la malheureuse victime de je ne sais quel déséquilibré. Personne ne saura jamais ce qui l'avait amené à Devil's Acre.

D'ailleurs, cela ne nous regarde pas. Qu'il repose en paix et que l'on laisse sa famille pleurer son souvenir. A mon avis, un vrai gentleman aurait la délicatesse de ne pas revenir sur les circonstances de son décès.

— Alors, il serait grand temps qu'il y ait moins de gentlemen et davantage de policiers ! rétorqua Balantyne. Car il faudrait enfin faire avancer les choses ! Je n'ai aucune envie d'apprendre que l'on a encore retrouvé des cadavres d'hommes mutilés en plein cœur de Londres !

Augusta lui lança un regard las.

— Il reste déjà si peu de gentlemen, soupira-t-elle. Personnellement, je souhaiterais qu'il y en ait beaucoup plus !

Sur ces paroles, elle lui tourna le dos et s'éloigna, le laissant avec le désagréable sentiment d'avoir perdu la partie, bien qu'il fût persuadé d'être dans le vrai.

Le lendemain, Christina vint déjeuner chez ses parents, mais refusa d'accompagner sa mère dans ses visites. Le général se retrouva donc seul au salon en sa compagnie. Un grand feu pétillait dans la cheminée ; la lueur des flammes éclairait la pièce. Il faisait bon ; l'endroit paraissait familier, hors du temps, comme s'ils étaient revenus vingt ans en arrière, à une époque où la tendresse filiale n'était pas un vain mot.

Balantyne se carra dans son fauteuil et observa sa fille, debout à côté de la table ronde au rebord sculpté. Elle était indéniablement jolie : des traits fins, une bouche pulpeuse, de grands yeux, des cheveux brillants. Une silhouette d'adolescente prise dans une toilette du dernier cri, curieux mélange d'enfant et de femme ; c'était peut-être ce qui faisait son charme. Elle avait eu de nombreux soupirants avant d'épouser Alan Ross. Et, à en juger par les réunions mondaines auxquelles il avait assisté en sa compagnie, elle en avait encore, même si ceux-ci se montraient discrets.

— Christina ?

Elle se retourna pour le regarder.

— Oui, papa ?

— Tu connaissais Sir Bertram, affirma-t-il, l'empêchant ainsi de nier.

Elle baissa les yeux et fixa un bibelot en porcelaine de Chine posé sur le guéridon.

— Vaguement, répondit-elle, comme si le sujet ne revêtait aucun intérêt. On rencontre tellement de gens en société...

Elle ne lui demanda pas pourquoi il avait posé cette question.

— Quel genre d'homme était-ce ?

— Agréable, pour autant que je puisse en juger, fit-elle avec un léger sourire. Mais plutôt ordinaire.

Christina paraissait si sûre d'elle qu'il était bien obligé de la croire. Pourtant, les gens qu'elle fréquentait n'étaient ni ternes ni ingénus, loin de là ! Elle-même était bien moins naïve et innocente qu'il ne l'avait été à son âge — et peut-être même encore aujourd'hui ?

— Et son frère, Beau Astley ?

Elle ne répondit pas immédiatement. Avait-il rêvé, ou la légère rougeur qui colorait ses joues n'était-elle due qu'au reflet des flammes ?

— Charmant, dit-elle d'une voix neutre. A première vue, très sympathique. Mais je le connais assez peu. C'est un jugement hâtif. Si vous vous attendiez à quelques révélations de ma part, je suis désolée de vous décevoir. J'ignorais que Sir Bertram avait des goûts contre nature. J'étais persuadée qu'il était épris de cette petite dinde de May Woolmer. Étant donné le peu d'influence et la maigre fortune de sa famille, j'imaginais qu'il voulait l'épouser pour des raisons purement... physiques !

Elle releva vivement les yeux.

— Désolée si je vous ai choqué, papa. Mais parfois, vous êtes si guindé !

Balantyne savait parfaitement ce qu'elle pensait de lui, mais il était toujours douloureux de se l'entendre dire. Il n'avait pas envie de se défendre et en même temps s'y sentait tenu. Une fille ne doit pas manquer de respect à son père !

— Dans ce cas, Sir Bertram ne s'est pas rendu à Devil's Acre pour les motifs que nous lui prêtons. Ou alors, il avait des goûts très divers, conclut-il sèchement.

Christina éclata de rire et saisit le bibelot entre ses doigts fins et délicats.

— Vous savez, papa, je m'attendais à ce que vous soyez furieux ! Mais apparemment, vous ne manquez pas d'un certain humour.

— Plutôt d'un sens de la dérision, corrigea-t-il, non sans plaisir. Si Bertie Astley poursuivait Miss Woolmer de ses assiduités, il m'est difficile de croire qu'il avait besoin d'assouvir des appétits pervers à Devil's Acre. A moins que Miss Woolmer ne l'ait éconduit ?

Elle eut un petit reniflement méprisant.

— Au contraire, elle s'accrochait à lui comme une noyée ! Et sa mère, un vrai crampon, celle-là ! La connaissant, j'imagine qu'elle va chercher à mettre le grappin sur ce pauvre Beau ! May est plutôt mollassonne. Elle donne l'impression d'être faite en crème Chantilly !

— Et le « pauvre Beau » n'est pas consentant ?

Christina eut de nouveau un instant d'hésitation avant de répondre. Ses doigts se crispèrent sur la porcelaine.

— Je l'ignore. Comme je vous l'ai déjà dit, je connais fort peu les Astley. Je ne me sens guère concernée par leurs affaires sentimentales.

Elle reposa le bibelot et se dirigea vers la cheminée, le sourire aux lèvres. La lumière des flammes illuminait par intermittence le riche satin de sa robe qui se trouvait tantôt violemment éclairée, tantôt plongée dans la pénombre.

— As-tu entendu parler des autres victimes ?

A peine avait-il posé la question qu'il en comprit la stupidité et regretta de l'avoir posée.

— En dehors de Max, bien entendu ! ajouta-t-il pour que sa phrase paraisse au moins logique.

Christina parut troublée. Se remémorait-elle certains épisodes liés à la présence de Max Burton dans la maison [1] ? Il se sentit coupable d'avoir mentionné le nom de leur ancien valet.

— Oh, très peu, fit-elle avec désinvolture. Un médecin et un professeur, je crois ? Ces gens-là ne font pas partie de mon cercle de relations, papa. N'y a-t-il pas un dicton qui dit que la nécessité fait naître d'étranges associations, ou quelque chose d'approchant ?

Elle partit d'un petit rire dur.

— S'ils étaient tous possédés par le même vice, le démon du jeu, par exemple, ils sont peut-être allés jouer dans un tripot de Devil's Acre où ils ont perdu leur mise. J'ai entendu dire que Bertie Astley était un joueur invétéré. Ne pas payer ses dettes de jeu est une faute qui peut prendre des proportions démesurées. Ne vous a-t-on pas appris cela au mess des officiers, papa ?

— A l'armée, on bannit ceux qui ne paient pas leurs dettes, répondit-il gravement, sans la quitter des yeux. On ne les poignarde pas dans le dos avant de les...

Il hésita à employer une expression trop crue, puis se sentit gêné de son propre embarras. Pourquoi se sentait-il obligé d'user d'euphémismes, comme une vieille dame, et de murmurer ces mots-là voix basse ?

— ... de les émasculer, conclut-il.

Christina ne parut pas s'offusquer de l'expression. La chaleur du feu ayant déjà rosi ses joues, il ne put voir si elle avait rougi.

— Les officiers et les gentlemen ne fréquentent guère Devil's Acre, papa, lui fit-elle remarquer avec une pointe de sarcasme. Les bannir ne servirait pas à grand-chose.

1. Voir *Le Mystère de Callander Square, op. cit.*

Elle avait raison, bien sûr. La menace d'une exclusion serait inutile. Le perdant ne rembourserait pas ses dettes pour autant. Il irait tout bonnement jouer ailleurs, dans l'arrière-salle du tripot d'un autre quartier. Et son créancier ne crierait pas sur les toits qu'on l'avait escroqué, par crainte de perdre la face et de ne jamais plus se faire rembourser par quiconque.

— En fait, poursuivit-elle en se tournant vers lui, je m'étonne qu'il ait fallu quatre morts pour que l'on prenne la chose au sérieux. J'aurais cru la méthode plus efficace.

— C'est plus qu'étonnant, à mon avis, dit-il en réfléchissant à voix haute. En fait, c'est absolument incroyable, ajouta-t-il, soudain parcouru d'un frisson glacé.

Christina ne le regardait plus. Les lueurs des flammes qui dansaient sur sa robe accentuaient la finesse de ses courbes gracieuses. Elle ressemblait encore à la jeune fille de dix-sept ans qu'elle avait été et pourtant elle lui semblait inaccessible. En avait-il toujours été ainsi ou bien s'était-il imaginé la connaître, par facilité, simplement parce qu'elle était sa fille ?

— On ne peut vouer pareille haine à quelqu'un pour une simple dette de jeu, dit-il pour tenter d'exorciser ce sujet qui le hantait.

Elle haussa les épaules.

— Un fou, peut-être ? Qui sait ? Papa, sommes-nous vraiment obligés de parler de tout cela ?

Il faillit s'excuser, puis se ravisa.

— Parviens-tu, toi, à ne pas y penser ? Pour ma part, je n'y arrive pas.

— Je m'en rends compte...

Sa mère aurait fait exactement la même réflexion méprisante.

— Moi, tout cela m'est bien égal. Je ne suis pas fascinée, comme vous, par la faune qui hante les bas quartiers. Je préfère de loin le monde dans lequel je suis née.

— Tiens, je croyais que tu le trouvais mortellement

ennuyeux, lança Balantyne, surpris de sa propre agressivité. Je t'ai si souvent entendue t'en plaindre...

Elle releva le menton et s'écarta de lui.

— Êtes-vous en train de suggérer que je devrais chercher à me divertir à Devil's Acre, papa ? dit-elle d'un ton crispé. Alan verrait cela d'un très mauvais œil ! Quant à maman... n'en parlons pas.

Elle alla tirer la sonnette.

— Je crains d'avoir, comme la majorité des femmes, à m'accommoder d'une existence assez morne. Et je trouve votre prêchi-prêcha d'autant plus pénible à supporter. J'ignore, tout comme vous, la cause de ces meurtres et je ne vois pas pourquoi vous tenez à les évoquer, sinon pour le plaisir de vous sentir supérieur aux autres. Je ne veux plus en parler ; comme le dit maman, cette affaire est sordide.

Le valet apparut sur le seuil.

— Allez chercher ma voiture, Stride, ordonna-t-elle sèchement. Je rentre à la maison.

En la voyant partir, Balantyne fut rempli d'un mélange de soulagement et de tristesse. Qu'est-ce qui les empêchait de se comprendre ? La différence entre hommes et femmes, ou bien le fossé de générations qui les séparait ? Ces derniers temps, il y avait de moins en moins de gens avec lesquels il se sentait à l'aise pour parler de choses réellement sérieuses — sans se contenter de platitudes auxquelles personne ne croyait et dont tout le monde se moquait.

Pourquoi vouloir à tout prix évoquer cette série de meurtres avec Christina — ou avec quiconque ? Il existait de nombreux autres sujets de conversation, plaisants, passionnants et même amusants. Alors pourquoi toujours et encore Devil's Acre ? Parce qu'il se souvenait des paroles de Brandy à propos de la souffrance des indigents, il pouvait comprendre la haine qui avait poussé quelqu'un à supprimer un individu tel que Max, même si ces horribles mutilations dépassaient son entendement. Pour sa part, il aurait exécuté l'homme proprement, d'une balle dans la tête. Mais, à la réflexion, si Max avait employé sa femme ou sa fille dans son établissement de prostitution, il aurait pu ressentir le besoin non seulement de le tuer mais aussi de s'acharner sur ses attributs virils, outils de son pouvoir et symboles de ses sévices. Cela revenait en quelque sorte à se faire justice.

Non, décidément, il ne parvenait pas à chasser ces images de son esprit. Et il n'avait personne avec qui en parler, sans susciter de la colère ou se voir accuser de fatuité ou de penchants moralisateurs. Était-ce ainsi que le voyaient son épouse et sa fille ? Un homme insensible et sentencieux, obsédé par une série de meurtres sordides perpétrés dans un quartier qu'il ne connaissait même pas ?

Charlotte, elle, ne le jugeait pas de cette façon. Elle avait paru si intéressée par tout ce qu'il lui disait. Était-il possible que ce fût seulement par gentillesse ? Les lettres de ce soldat de Wellington durant la guerre d'Espagne semblaient réellement la passionner. Cette lumière qui éclairait son visage n'était-elle que le reflet de sa courtoisie ? L'idée lui était intolérable.

Il se leva, quitta vivement le salon, traversa le vestibule et entra dans sa bibliothèque. Là, il prit une feuille de papier et rédigea quelques lignes à l'attention d'Emily Ashworth, lui demandant de faire savoir à sa sœur que, si elle s'intéressait toujours aux lettres de ce soldat, il se ferait un plaisir de les lui montrer. Il cacheta l'enveloppe et la remit à son valet sans prendre le temps de reconsidérer la question et de se dire qu'il commettait une folie.

Le lendemain après-midi, à la première heure convenable pour une visite, la soubrette vint lui annoncer que Miss Ellison attendait dans le petit salon et demandait si le général voulait bien la recevoir.

Il sentit une bouffée d'excitation l'envahir et le rouge lui monter aux joues. Réaction ridicule. Elle n'était pas venue pour lui, mais pour les lettres. Elle aurait mis autant d'empressement à aller les lire chez quelqu'un d'autre, sans tenir compte de leur possesseur. Il avala sa salive.

— Oui, bien sûr, s'efforça-t-il de répondre avec naturel. Cette jeune femme vient compulser des documents historiques. Faites-la entrer dans la bibliothèque et apportez-nous du thé.

— Bien, monsieur.

Si la soubrette avait vu là quelque chose d'étrange, rien ne le montra sur son visage.

Il se redressa et, d'un geste machinal, rajusta sa veste et porta la main à sa cravate ; elle lui parut l'étrangler. Il la desserra un peu, puis vérifia dans la glace si elle était correctement nouée.

Quand il entra dans la bibliothèque, Charlotte se retourna et lui sourit. Il ne remarqua pas ses bottines trempées, pas plus qu'il n'admira le joli rouge de sa robe : il ne vit que son lumineux sourire.

— Bonjour, général, dit-elle très vite. Comme c'est gentil à vous de m'avoir autorisée à venir lire ces lettres. J'espère ne pas me présenter à un moment inopportun ?

— Non, non, pas du tout !

Il aurait souhaité qu'elle l'appelât par son prénom, mais il eût été trop familier de le lui demander. Il devait adopter une attitude très digne, pour ne pas la gêner. Il garda donc une expression impassible.

— Je n'ai aucun engagement cet après-midi.

En fait, il devait prendre le thé, plus tard, avec Robert Carlton, mais cela n'avait aucune importance : c'était un vieil ami et ils n'avaient fixé aucune heure précise.

— C'est très gentil à vous, le remercia-t-elle, toujours souriante.

— Je vous en prie, asseyez-vous, dit-il en désignant un fauteuil confortable devant la cheminée. J'ai demandé que l'on nous serve le thé. Cela vous convient-il ?

— Oh oui, très volontiers.

Elle s'assit et posa ses pieds sur le garde-feu. Il remarqua alors ses bottines humides et plutôt usagées. Il détourna les yeux, un peu gêné, et alla chercher les lettres rangées dans un casier sur un rayonnage de la bibliothèque.

Ils les étudièrent pendant environ une demi-heure, puis interrompirent leur lecture quand la bonne apporta le thé. Ensuite ils se replongèrent dans le monde inconnu de l'Espagne du début du siècle. Les lettres étaient rédigées avec une telle honnêteté qu'ils devinaient toutes les pensées, ressentaient les émotions du soldat, la proximité de ses compagnons d'infortune et la violence des combats ; ils endurèrent avec lui les interminables marches sur des collines brûlées, la faim, les longues heures d'attente suivies de moments de panique.

Quand ils eurent achevé leur lecture, Charlotte se laissa aller contre le dossier de son fauteuil, les pupilles légèrement dilatées, le regard perdu dans le lointain.

— Ce soldat, par ses lettres, nous révèle tout un pan de son existence. C'est une expérience très enrichissante. La plupart des gens ne connaissent, hélas, qu'un seul lieu et une seule époque et moi, je viens d'avoir le privilège de découvrir un autre temps, de façon aussi vivante que si je l'avais réellement vécu, mais sans en subir les effets douloureux.

Il observa son visage illuminé de plaisir et se sentit ridiculement récompensé. Le douloureux sentiment de solitude qu'il avait éprouvé jusque-là s'évanouit, comme si un grand soleil avait subitement chassé les ténèbres de son existence.

Il s'aperçut qu'il lui rendait son sourire et, instinctivement, posa sa main sur la sienne. La chaleur de sa peau se communiqua à tout son corps. Alors, à contrecœur, il retira sa main. C'était un instant de bonheur qu'il n'osait prolonger. L'intensité avec laquelle il désirait qu'il s'éternisât était déjà un avertissement. Que pouvait-il dire qui soit honnête ? Les banalités qui sortiraient de sa bouche allaient tout gâcher.

— Je suis si heureux de vous l'entendre dire. Cela me tient à cœur aussi. J'ai l'impression d'être plus proche de ce soldat que de la plupart des personnes que je côtoie chaque jour et que je crois connaître.

Charlotte détourna les yeux et prit une profonde inspiration. Ému, il observa sa fine silhouette, sa gorge, la douce courbe de ses joues.

— Vivre quotidiennement avec des gens n'implique pas qu'on les connaisse vraiment, remarqua-t-elle, songeuse. Tout ce que l'on sait, c'est ce à quoi ils ressemblent.

Le général pensa aussitôt à sa fille.

— On s'imagine que ses proches s'intéressent aux mêmes choses que vous, poursuivit-elle. C'est toujours une grande surprise de s'apercevoir qu'il n'en est rien. Par exemple, je ne parviens pas à chasser de mon esprit les meurtres de Devil's Acre ; or la plupart de mes relations préfèrent ne pas en parler. Elles n'aiment pas s'entendre rappeler la misère et l'injustice du monde. Ce sont des sujets trop douloureux...

Elle s'interrompit, un peu embarrassée, et tourna vers lui un regard limpide.

— Je suis désolée... Trouvez-vous que c'est un sujet qu'il est inconvenant d'aborder ?

— Au contraire, je trouve choquant et même inquiétant que l'on préfère l'ignorer, répondit-il avec honnêteté.

Allait-elle le juger solennel et vieux jeu, comme Christina ? Elle était à peine plus âgée. « Elle pourrait être ma fille... » Cette pensée le traversa, fulgurante. Il se sentit soudain gauche et ridicule ; le sentiment de bien-être qui l'avait envahi se dissipa.

— Général ? s'enquit-elle en effleurant la manche de sa veste. En disant cela, ne cherchez-vous pas à me faire plaisir ? Êtes-vous certain que je ne vous ai pas heurté en évoquant ce sujet ?

Balantyne s'éclaircit la gorge.

— Bien sûr que non, voyons !

Il s'appuya contre le dossier de sa chaise, pour ne plus sentir la chaleur de sa peau ambrée, et le léger parfum de lavande qui émanait de sa chevelure. Une sensation de vertige l'envahit ; il dut lutter de toutes ses forces pour la repousser. Il s'entendit dire d'une voix lointaine :

— J'ai abordé le sujet avec plusieurs membres de ma famille : Brandy et Alan Ross s'avèrent très concernés, mais mon épouse et ma fille paraissent bouleversées dès que je leur en parle.

Et voilà qu'il recommençait à se montrer sentencieux ! Mais la jeune femme ne parut pas le remarquer.

— Il est normal que Christina éprouve du chagrin, dit-elle doucement en regardant ses mains croisées sur ses genoux. Elle connaissait Sir Bertram et sa fiancée, May Woolmer, mieux que nous. Et il est naturel que la police se demande si Mr. Beau Astley ne jalousait pas son frère au point de lui vouloir du mal, puisqu'il va hériter de son titre et de ses biens. Miss Woolmer l'apprécie beaucoup — j'ai cru comprendre qu'il était charmant. Christina ne peut que compatir à la situation de Beau Astley ; celui-ci, alors qu'il porte le deuil de son frère, va devoir endurer les soupçons que des âmes peu charitables ne manqueront pas de faire peser sur lui.

Il eut beau réfléchir, il ne se rappelait pas avoir vu ou entendu Christina montrer de la compassion. En fait, elle lui avait donné l'impression que cette affaire l'irritait au plus haut point. Charlotte lui prêtait des sentiments qu'elle-même aurait éprouvés en pareilles circonstances.

— De plus, Max Burton était employé à votre service, poursuivit-elle. Même si le sort de ce misérable vous indiffère, il est pénible d'apprendre qu'une personne que l'on a connue a pu subir une pareille fin.

— Tiens, comment se fait-il que vous sachiez qu'il s'agit de notre ancien valet ?

Il ne se souvenait pas que le nom de Callander Square et l'ancienne profession de Max Burton aient été mentionnés dans les journaux.

Voyant Charlotte rougir et détourner les yeux, il fut désolé de l'avoir embarrassée ; pourtant la confiance qui les liait, la franchise dont ils avaient toujours fait preuve l'un envers l'autre revêtaient une énorme importance à ses yeux.

— Charlotte ?

— Je crains d'avoir prêté l'oreille à des commérages, répondit-elle, un peu sur la défensive. Nous sommes engagées, ma sœur et moi, dans la lutte pour l'amélioration des conditions de vie des indigents, en particulier dans la lutte contre la prostitution infantile. Nous cherchons à en informer les gens influents. Nous ne pouvons guère faire modifier la loi, mais en revanche l'opinion publique peut être alertée, afin que les misérables qui abusent des enfants se retrouvent dans une position insupportable.

Elle leva les yeux vers lui et croisa son regard, le mettant au défi de la contredire. Aucun argument ne la ferait revenir sur ses opinions. Lorsqu'il le comprit, Balantyne sentit une sorte d'allégresse l'envahir.

— Ma chère enfant, dit-il avec honnêteté, je ne voudrais pas vous faire changer d'avis...

— Je vous demande pardon ? fit Charlotte, perplexe.

— N'êtes-vous pas en train de me mettre au défi de vous contredire, de m'entendre vous désapprouver ?

Le visage de la jeune femme se détendit. Elle lui sourit et à cet instant, Balantyne s'aperçut avec horreur qu'il avait une folle envie de la toucher. La communion d'esprit ne lui suffisait plus. Certains sentiments étaient à la fois trop forts et trop délicats pour être transmis par un moyen aussi limité que la parole. Un flot de sensations endormies depuis de trop longues années se libérèrent dans un torrent tumultueux, détruisant son équilibre. Il aurait voulu voir cet après-midi s'étirer indéfiniment, sans que la nuit tombât, et empêcher qu'Augusta, en revenant, le ramenât à la normalité et le renvoyât à sa solitude.

Charlotte le regardait. Avait-elle deviné ses pensées ? L'interrogation s'éteignit dans ses yeux et elle détourna la tête.

— Seulement sur ce point, dit-elle d'une voix douce. Parce que je sais que j'ai raison. Mais il y a beaucoup d'autres sujets sur lesquels je serais bien obligée d'être d'accord avec vous, si vous me preniez à défaut. D'ailleurs je me sens en tort vis-à-vis de vous.

Il ignorait à quoi elle faisait allusion, mais n'osa pas le lui demander de peur de s'immiscer dans sa vie privée. Il savait qu'elle ne disait pas cela pour faire bonne impression sur lui, ou par fausse modestie. On l'aurait dite troublée par un étrange sentiment de culpabilité.

— A chacun ses défauts, ma chère, fit-il gentiment. Chez les êtres que nous aimons, seules comptent les vertus, qui l'emportent sur les défauts. Nous choisissons de ne pas voir leurs petits travers ; nous les connaissons, mais ils ne nous choquent pas. Si les gens n'avaient aucune faiblesse, aucun besoin, que pourrions-nous leur offrir de nous-mêmes qu'ils pourraient apprécier ?

Elle se leva vivement de son fauteuil ; un bref instant, Balantyne crut voir une larme briller dans ses yeux. Avait-elle deviné ce qu'il pensait — ce qu'il était en train d'essayer de dire et qu'en même temps il refusait d'avouer ? Oui, il l'aimait. Les mots étaient là, enfin formulés clairement dans son esprit.

La plonger dans l'embarras serait impardonnable. Il devait à tout prix se comporter correctement. Rejetant les épaules en arrière, il se redressa sur son siège.

— Vous vous êtes engagées toutes deux dans un combat utile et juste, dit-il, espérant garder un ton normal, ni trop lointain, ni trop affecté.

Elle regardait le jardin par la fenêtre, le dos tourné.

— Oui, mais nous ne sommes pas seules. Lady Cumming-Gould est très concernée, elle aussi, ainsi que Mr. Somerset Carlisle, qui siège désormais au Parlement. Je crois que nous avons déjà accompli un bon travail.

Elle se retourna enfin et lui sourit.

— Je suis si contente que vous approuviez notre action ! Maintenant que je le sais, je dois vous avouer que j'aurais été très déçue si vous m'aviez critiquée.

Il sentit de nouveau le rouge lui monter aux joues, avec un plaisir mêlé de souffrance. Il ne supportait pas qu'elle s'en aille, mais l'idée de la voir rester lui était intolérable. Il ne devait pas se trahir. Son émoi était si profond et si incontrôlable qu'il éprouvait le besoin de rester seul.

— Tenez, dit-il en prenant les lettres du soldat posées sur le bureau. Emportez-les chez vous pour les relire à votre guise.

Elle le comprit à demi-mot.

— Merci. J'en prendrai grand soin, dit-elle avec douceur. Ce soldat est notre ami, désormais. Je vous sais gré de ce merveilleux après-midi. Au revoir, général.

Il prit une profonde inspiration et tira sur le cordon de la sonnette.

— Au revoir, Charlotte.

Lorsque le valet ouvrit la porte, il la regarda s'éloigner, bien droite, la tête haute, et demeura longtemps immobile, afin de garder le souvenir de sa présence, de rester dans ce cocon doré, avant que sa chaleur ne s'estompe et qu'il ne se retrouve de nouveau seul.

Cette nuit-là, il dormit très mal.

Après le départ de Charlotte, il quitta la maison, préférant de pas être là au retour d'Augusta. Le souper était déjà servi lorsqu'il rentra de promenade.

— Je ne comprends pas que vous puissiez avoir envie de sortir à cette heure tardive, remarqua-t-elle avec un hochement de tête désapprobateur. Il gèle et il fait nuit noire !

— Le ciel est pur, répondit-il. Bientôt, la lune va se lever.

Il se rendit compte que sa remarque manquait d'à-propos. Il était parti se promener pour retarder le moment de se retrouver en tête à tête avec son épouse, moment où il allait devoir abandonner son rêve éveillé pour revenir à la triste réalité de son existence. Essayer de le lui expliquer serait cruel ; elle ne le comprendrait pas. Pour donner le change, il préféra aborder un sujet déplaisant.

— Je pense que vous devriez aller parler à Christina, la conseiller.

Augusta, qui s'apprêtait à porter sa cuillère à sa bouche, leva un sourcil étonné.

— Tiens donc ? Et à quel sujet ?

— Son comportement vis-à-vis d'Alan.

— A-t-elle failli à son devoir d'épouse ?

Il secoua la tête.

— Ce n'est pas si simple. Le devoir n'engendre pas nécessairement l'amour. Christina a un caractère contrariant et tient souvent des propos blessants. Il n'y a en elle aucune douceur. C'est tout le contraire de Jemima.

Augusta se remit à manger délicatement.

— Question d'éducation, mon cher. On s'attend à ce qu'une gouvernante fasse preuve d'obéissance et de reconnaissance. Christina, elle, est une vraie lady.

Elle ne lui rappela pas que son propre père était comte, alors que le sien ne possédait que des titres militaires.

— Je pensais seulement à son bonheur, affirma-t-il. On peut être princesse sans pour autant inspirer de l'amour. Christina gagnerait beaucoup à ne pas négliger son mari. Elle devrait chercher à lui plaire davantage. Alan n'est pas homme à se laisser éblouir par les apparences et à lui montrer plus d'affection parce qu'il sait que d'autres la trouvent agréable.

Augusta pâlit. Sa main se pétrifia sur le manche de sa cuillère.

— Ma chère, êtes-vous malade ? s'inquiéta-t-il.

Elle cligna des yeux.

— Non, non, tout va très bien. J'ai seulement avalé de travers. Que vouliez-vous dire à propos de Christina ? Elle a toujours aimé séduire. C'est normal, pour une jolie femme. Alan peut difficilement en prendre ombrage.

— Tonnerre ! Cessez de me parler de mondanités !

Pourquoi paraissait-elle incapable de comprendre ?

— Je parlais d'amour, de tendresse partagée !

Augusta écarquilla les yeux. Il vit passer dans son regard une ombre sardonique qui le mit mal à l'aise.

— Comment, Brandon, vous, romantique ? Je ne m'attendais pas à cela ! Quelle puérilité !

— Vous voulez dire : quelle naïveté ? Au contraire, ma chère, c'est vous et Christina qui êtes naïves de croire qu'une union peut survivre sans tendresse véritable et sans quelques sacrifices. En affaires, on peut convaincre les gens à force d'arguments, mais pas en amour.

Augusta demeura longtemps silencieuse, réfléchissant à ces paroles et cherchant la réponse appropriée.

— Ce serait nous mêler de ce qui ne nous regarde plus, dit-elle enfin. Christina est mariée. Désormais, c'est son mari qui est responsable d'elle. En voulant lui prodiguer des conseils, vous empiéteriez sur les droits de son époux. Surtout sur un sujet aussi délicat.

Balantyne fut surpris. Il ne s'attendait pas à cette réponse de sa part.

— Voulez-vous dire que vous seriez prête à assister à la destruction de son mariage sans lever le petit doigt, sous prétexte que les affaires des autres ne nous regardent pas ? Christina ne cesse pas d'être notre fille parce qu'elle a épousé Alan ! Nous continuons de l'aimer même si elle est mariée !

— Bien entendu, fit-elle, agacée. Mais au regard de la loi, ainsi que dans la vie de tous les jours, son mari est responsable d'elle. Pour une femme, se marier est un plus grand changement de statut que vous ne semblez le croire, mon ami. Ce qui se passe à l'intérieur d'un couple relève de son intimité, et vous auriez grand tort de vous en mêler.

Elle s'interrompit avec un léger sourire.

— Auriez-vous apprécié, Brandon, que mon père vous dicte votre conduite à mon égard ?

— Mais je parlais de conseiller notre fille, pas notre gendre !

— Auriez-vous accepté une telle attitude, même venant de votre propre père ?

Il n'était jamais venu à l'esprit de Balantyne que l'on puisse se mêler de sa vie privée. C'était effarant. Choquant ! Mais le problème était ailleurs ; il demandait à son épouse, en tant que mère, d'amener leur fille à modifier son comportement et à se prémunir ainsi contre de grandes souffrances.

Il ouvrit la bouche pour dire tout cela puis, soudain, comprit à son expression qu'elle pensait exactement la même chose que lui. Il la remercia du regard, avec un petit sourire.

— Vous savez, cela ne m'aurait pas dérangé, bien au contraire, que votre mère vous ait conseillé de vous montrer plus tendre à mon égard, si elle le jugeait nécessaire, plutôt que de vous rappeler à votre devoir... Mais j'ignore si elle l'a fait ou non !

— Elle ne l'a pas fait ! Et je n'offrirai pas mes conseils à Christina, à moins qu'elle ne me le demande. Sinon, cela reviendrait à admettre que je sais ce qui se passe entre eux et à lui demander des explications sur sa vie intime. Je refuse de la mettre dans une position d'accusée et je ne veux pas qu'elle me croie trop curieuse.

Balantyne ne trouva rien à dire. Ce n'étaient que des mots. Ils parlaient de sentiments trop différents. Il laissa le silence clore la discussion, sans chercher à la relancer. Il ne pouvait s'entretenir directement avec Christina : il ne saurait par quel bout commencer et surtout comment éviter qu'elle se moque de lui ou qu'elle prenne la mouche.

En revanche, il pouvait parler à Alan Ross.

Sans attendre que l'occasion se présentât, il se rendit dès le lendemain matin chez son gendre, à une heure où il était à peu près certain de ne pas se trouver nez à nez avec sa fille. Mais si par malchance elle était là, il ne se gênerait pas pour lui dire qu'il désirait parler seul à seul avec son mari.

Il ne cherchait pas une entrevue formelle, car il avait abandonné toute idée de tourner autour du pot. Depuis que ses sentiments vis-à-vis de Charlotte avaient été mis à nu, il ne ressentait plus le besoin de se retrancher derrière le rituel de l'étiquette ; la perspective d'une franche discussion ne l'effrayait plus.

Christina n'était pas là. Alan le fit entrer dans son bureau, où il était en train de rédiger son courrier. Une pièce agréable, très masculine, un endroit où l'on sentait qu'il passait une grande partie de son temps et où il conservait des objets personnels qu'il chérissait et utilisait tout à la fois.

Ils commencèrent par échanger des banalités, préludes habituels à une bonne dizaine de sujets de conversation qui les intéressaient tous deux. Mais ce jour-là, Balantyne était trop préoccupé par le motif de sa venue pour se contenter d'un dialogue amical. Après le départ du valet, qui avait déposé sur le bureau un plateau contenant une carafe de sherry et deux verres, il se tourna vers son gendre.

— Connaissiez-vous bien Bertie Astley ?

— Pas vraiment, répondit celui-ci, laconique, mais Balantyne crut le voir pâlir.

Il attendit, ne sachant trop comment enchaîner la conversation. Y avait-il de la souffrance derrière cette réplique polie, le souvenir de Christina riant aux éclats dans les bras de ses cavaliers ? Alan n'avait jamais été, au contraire des frères Astley, un brillant causeur, aimant les mondanités et l'artifice. C'était un homme grave et profond, qui se laissait difficilement approcher.

— Je ne le connaissais pas personnellement, poursuivit Balantyne. Pensez-vous qu'il s'était rendu de son plein gré à l'endroit où on l'a retrouvé ?

Ross ébaucha un sourire ; son regard bleu croisa celui de son beau-père.

— Cela m'étonnerait. Je l'ai rencontré à différentes occasions, il m'a paru tout à fait... normal.

— Vous voulez dire qu'il aimait les femmes ?

Le sourire de Ross s'élargit.

— Oui, disons, comme un célibataire qui sent les liens du mariage se resserrer autour de lui et qui a envie de profiter pleinement de sa liberté tant qu'il en a le loisir. La mère de Miss Woolmer est un redoutable dragon...

Balantyne se remémora les semaines qui avaient précédé son propre mariage, avant qu'il ait officiellement demandé la main d'Augusta à son père. Il savait qu'il allait se marier, bien entendu, mais il lui avait été agréable de caresser l'idée qu'il pouvait encore dire non et de savourer en pensée toutes les occasions qui pourraient s'offrir à lui.

Il surprit le regard de Ross : ils s'étaient compris à mots couverts.

— Je suppose que Christina a dû être bouleversée par l'annonce de son décès...

C'était peut-être là l'explication de la tension qu'il avait décelée chez sa fille. Christina, qui détestait porter le deuil, avait sans doute réagi à sa façon.

Ross détourna le regard, le visage tendu.

— Pas particulièrement, répondit-il, bien qu'elle eût de l'affection pour lui. Elle éprouve de l'affection pour un grand nombre de personnes, ajouta-t-il tout bas.

Balantyne sentit la transpiration le picoter. De l'affection ? Son gendre usait-il d'un euphémisme pour décrire un comportement indécent et immoral ? Ou était-ce le désir violent qu'il éprouvait pour Charlotte, qui lui faisait venir le rouge aux joues et lui faisait voir sa fille sous un jour plus noir qu'il n'était en réalité ? Avait-elle, elle aussi, été submergée par un désir irrésistible, mais dépourvu d'amour ?

Il observa Ross, qui regardait le feu dans la cheminée. Il avait un visage fermé, à la forte ossature ; mais sa bouche sensible trahissait une grande vulnérabilité. Ne pas respecter son intimité serait impardonnable.

A cette minute, Balantyne crut deviner ce que son gendre ne lui avouerait jamais : Christina était une femme aux mœurs légères. Comment était-ce arrivé, il ne le saurait jamais. Ross avait peut-être attendu d'elle une maturité, une délicatesse dont elle s'était révélée incapable ? Peut-être l'avait-il comparée à Helena Doran, son grand amour ? Jamais on ne doit comparer deux femmes. Et pourtant, Dieu sait que cela est facile, lorsque l'on a vraiment aimé ! N'y avait-il pas, imprimé dans son cerveau, le souvenir vif et douloureux du regard de Charlotte plongé dans le sien, qui ne souffrait aucune comparaison et qui condamnait sans appel toute autre relation ?

Il devait penser à Christina. Jeune mariée, elle avait dû être troublée, blessée, de ne pas savoir en quoi elle avait déçu les attentes de son époux. Un homme doit gentiment initier son épouse et se montrer patient, lui laisser le temps d'apprendre tout ce qui est nouveau pour elle... les relations physiques... Il réfléchit. Christina était-elle vraiment une pure jeune fille lorsqu'elle avait épousé Alan ? Le souvenir des tragiques événements de Callander Square lui revint en mémoire. A l'époque, Augusta avait obstinément refusé de lui parler de certaines choses... Elle s'était occupée de tout, avec une réelle compétence, mais sans jamais rien lui dire.

Christina cherchait-elle à s'assurer auprès d'autres hommes qu'elle était désirable, parce que son mari l'avait rejetée, exclue de son monde ? Ou était-elle seulement une femme dépravée ne pouvant se contenter d'un seul homme ? Pourtant, dans un couple, à défaut de désir, demeure la confiance, la fidélité...

Jusqu'à quel point était-il fidèle à Augusta ? La veille, seule la crainte de blesser Charlotte l'avait empêché de la toucher, de la prendre dans ses bras, de l'embrasser, d'exiger d'elle... Quoi ? Tout, peut-être ! Et aussi un certain égoïsme, la crainte d'être repoussé, de lire dans ses yeux un rejet horrifié au moment où elle aurait compris le désir qui le taraudait. Nul souci de sa fidélité à Augusta, alors. Pas une seconde il n'avait pensé à elle.

Pis que cela, Charlotte aurait été irrémédiablement blessée d'apprendre les tourments qu'elle avait fait naître en son cœur. Il la perdrait. Elle ne reviendrait pas à Callander Square. Ils ne se retrouveraient plus en tête à tête pour partager ne serait-ce qu'une tendre et platonique amitié. Le jugerait-elle ridicule, ou pire, pitoyable ? Il repoussa cette idée ; il n'y avait rien de honteux à aimer.

Christina avait-elle hérité de lui ce besoin d'infidélité ? Il n'avait jamais évoqué avec elle des sujets tels que la loyauté ou la tempérance ; il avait laissé ce soin à Augusta. C'est aux mères, par tradition, qu'incombe le soin d'instruire leurs filles des choses du mariage. Pour un père, c'est une tâche difficile qui ne peut que causer de la gêne. Mais il aurait pu lui parler de vertu et de moralité. Ne l'ayant jamais fait, il avait peut-être une lourde dette envers elle. Et il en était en quelque sorte redevable à Alan.

Il leva les yeux et croisa le regard attentif de son gendre. Celui-ci se doutait-il des pensées qui le tourmentaient ?

— Christina connaissait Adela Pomeroy, remarqua celui-ci avec un léger froncement de sourcils.

Le nom ne disait rien à Balantyne.

— Adela Pomeroy ?

— L'épouse de la dernière victime, le professeur qui a été assassiné à Devil's Acre.

— Oh... Comment se fait-il que Christina ait pu rencontrer la femme d'un professeur ? s'enquit Balantyne, après réflexion.

— Une jolie femme qui s'ennuie, répondit Ross d'un ton douloureux, cherche sans doute à se distraire en joyeuse compagnie.

Il ponctua sa phrase d'un geste vague, comme s'il cherchait à en minimiser la portée.

Que diable entendait-il par là ? Des milliers de femmes s'ennuyaient dans le grand monde. Il n'était pas facile d'agrandir le cercle de ses relations et de s'élever en société, à moins d'être très jolie et prête à tout. Adela Pomeroy était-elle aussi une femme perdue ? Mais dans ce cas, pourquoi son mari avait-il été assassiné ? Logiquement, c'est elle qui aurait dû disparaître.

Une multitude de questions assaillaient Balantyne : Bertie Astley avait-il été l'amant de Mrs. Pomeroy ? Quel lien unissait le Dr Pinchin aux trois autres hommes ? Avaient-ils tous été victimes du même malade mental ? L'un des crimes avait-il été ingénieusement déguisé pour faire croire à l'acte d'un déséquilibré, alors que l'assassin voulait hériter d'un titre et d'une fortune, ou se débarrasser d'un époux assommant ; ou bien encore — il se mit à transpirer à cette pensée — s'agissait-il de la vengeance d'un mari trompé qui aurait voulu châtier l'homme qui lui avait pris sa femme et détruit son foyer ?

— A quoi ressemble l'épouse du médecin ? demanda-t-il d'une voix rauque.

Ross détourna les yeux.

— Je n'en sais rien. Pourquoi cette question ?

— Pour rien, répondit Balantyne sans conviction, les traits crispés. Je réfléchissais, voilà tout...

Il s'obligea à chasser de son esprit l'hypothèse du mari bafoué ; Ross ne méritait pas de tels soupçons.

Il déclina le verre de sherry que son gendre lui offrait, sachant que la chaleur de l'alcool ne parviendrait pas à réchauffer le froid intérieur qui l'avait envahi. Il remarqua que Ross ne s'était pas servi non plus. Depuis combien de temps connaissait-il la vraie nature de sa femme ? Il l'ignorait en l'épousant. La souffrance s'était-elle installée peu à peu ou brutalement, comme un coup de poignard ?

Il serait impardonnable d'aborder avec lui un sujet aussi intime et douloureux. Quoi qu'il ait deviné, Balantyne se devait de garder le silence. Il ne supporterait pas qu'Alan se doute, ne serait-ce qu'une fraction de seconde, des pensées qui l'avaient envahi.

Il aurait voulu s'enfuir vers un pays imaginaire où il pourrait retrouver Charlotte, lui parler, contempler son visage, la toucher et apprendre à tout partager avec elle.

Alan aussi aurait souhaité vivre aux côtés d'une femme honnête et généreuse. Mais il avait le sens du devoir et jusqu'à présent, l'accomplissait avec courage.

Balantyne aurait voulu lui faire comprendre qu'il n'était pas seul au monde et que, loin de ressentir de la pitié, il éprouvait pour lui une grande admiration et toute l'estime, proche de l'amitié, qu'un gentleman peut porter à son prochain. Mais il ne trouvait que des expressions galvaudées, qui ne parvenaient pas à exprimer sa compassion.

Ils demeurèrent longtemps silencieux ; la carafe de sherry était restée intacte ; les bûches se consumaient lentement dans la cheminée. Au bout d'un moment, Balantyne se leva. Christina n'allait pas tarder à rentrer et il ne tenait pas à la rencontrer.

Ils se séparèrent sur des adieux banals, chacun prononçant la phrase rituelle qu'il avait à dire. Mais tandis qu'ils se serraient la main, le général eut la brève sensation que les propos implicites avaient peut-être été compris, du moins les plus positifs. Il aurait d'autres occasions de montrer à Ross sa sympathie, de lui faire comprendre qu'il compatissait sincèrement à sa peine, parce que lui aussi souffrait de la même solitude et se sentait ligoté par le même sens du devoir ; un devoir qu'il lui fallait à tout prix remplir, sous peine d'aller droit à sa propre destruction.

— Au revoir, général, fit Ross avec un léger sourire. Merci de votre visite.

— Au revoir, Alan. Tout le plaisir a été pour moi.

Aucun des deux hommes ne pria l'autre de transmettre ses salutations à son épouse.

Balantyne quitta le domicile de son gendre et partit à grands pas dans la froidure. Il n'était pas venu en voiture, préférant l'isolement et la marche à pied. Il aimait sentir la brûlure du vent froid sur son visage. Et surtout, il mettrait plus de temps pour rentrer chez lui.

10

Charlotte ne dit pas à Pitt qu'elle avait revu le général Balantyne. En fait, elle ne lui avait jamais parlé de ses différentes visites ; de toute manière, il s'en doutait ! Elle savait, depuis qu'il était revenu de l'hôpital, pâle et ensanglanté, qu'il était prêt à prendre tous les risques pour mettre la main sur le tueur de Devil's Acre. Penser qu'il avait failli perdre la vie la faisait encore frissonner d'horreur. En temps normal, elle refusait de songer aux dangers qu'il courait. L'idée qu'il puisse être blessé ou tué lui était insupportable. De toute façon, qu'y pouvait-elle ?

Elle n'ignorait pas qu'il réprouvait totalement sa participation, même marginale, à cette enquête. Elle se sentait un peu coupable car, à vrai dire, elle avait adoré porter les belles robes d'Emily et aller danser dans de grands salons pleins de lumières, de musique et de couleurs. C'était merveilleux de pouvoir se montrer — juste un petit peu — dans la bonne société !

Elle aimait vraiment beaucoup le général Balantyne. Et c'était bien là le drame : elle avait fait preuve d'une grande légèreté en ne prévoyant pas qu'il pût éprouver pour elle autre chose qu'une simple et profonde amitié. Bien sûr, elle avait désiré qu'il l'admirât, qu'il la trouvât belle et séduisante, sans croire que cela se produirait. Mais ce jour-là, face à la douceur de son regard, à cette fixité si particulière d'un être qui vous livre son âme à nu, elle avait pris conscience qu'il ne s'agissait plus d'un simple marivaudage, que l'on peut maîtriser à tout moment, selon son gré.

Bien entendu, il était hors de question d'en parler à Pitt. Lorsqu'il rentra ce soir-là, fatigué et transi, la démarche raidie par sa blessure encore douloureuse, elle lui apporta le souper sur un plateau, dans le salon.

Elle garda le silence pendant qu'il mangeait, puis l'impatience triomphant de la raison, comme d'habitude, elle ne put tenir sa langue.

— Avez-vous découvert un lien entre les victimes ? demanda-t-elle d'un ton qu'elle voulait détaché.

Pitt lui lança un regard dubitatif et repoussa son plateau.

— Merci, c'était délicieux.

Charlotte attendit.

— Eh bien non, pas encore ! s'exclama-t-il. Ils avaient tous de bonnes raisons de se trouver à Devil's Acre, mais je ne parviens pas à mettre la main sur une personne les ayant connus tous les quatre.

— De bonnes raisons ?

Pitt n'avait encore jamais abordé ce sujet... Elle s'efforça de cacher son excitation.

— Je sais que Max tenait un établissement de prostitution. Mais les autres ?

— Pinchin pratiquait des avortements.

— Pour Max ? demanda-t-elle avec vivacité.

— Pas à ma connaissance, mais c'est possible.

— Alors, peut-être qu'une femme de la haute société...

Elle se mordit la langue. Son idée n'était pas très brillante, et, en montrant trop d'intérêt, elle s'était trahie ! Pitt risquait de ne plus lui donner les informations dont elle avait besoin.

— Pardonnez-moi.

Un léger sourire se peignit sur les lèvres de Pitt, qui ferma les yeux et s'enfonça dans son fauteuil.

— Excuse acceptée...

Charlotte fit contre mauvaise fortune bon cœur, au prix d'un grand effort. Elle s'efforça d'offrir un visage serein et compta jusqu'à cent avant de reprendre la parole.

— Et Pomeroy ? Ne me dites pas qu'il apprenait aux prostituées à tenir leurs comptes ?

Pitt sourit de nouveau, malgré lui, puis, aussitôt, redevint grave.

— Lui ? Ce minable était pédéraste.

Charlotte laissa encore une minute s'écouler.

— Oh... murmura-t-elle.

— Quant à Bertie Astley, il était propriétaire de toute une rangée de maisons dans Devil's Acre. Il louait des logements, des ateliers, un bar clandestin. Voilà, vous savez tout. Il n'y a rien que vous puissiez faire.

Charlotte tenta de se représenter Pomeroy. Comment un homme pouvait-il éprouver du désir pour de petits êtres qui, à cet âge-là, ne réclament que la présence chaleureuse et sécurisante des adultes ? La réponse était évidente : ils ne lui demandaient rien, ne montraient aucun appétit, ne le critiquaient pas et, surtout, ne se moquaient pas de lui s'il se montrait malhabile ou impuissant.

Pauvres petits, redoutant chaque soir l'arrivée du client qui allait violer l'intimité de leur corps avec des gestes étranges, jusqu'à atteindre un degré d'excitation qui culminerait dans un acte violent qu'ils ne comprenaient pas et auquel ils ne participaient pas. Prise d'une nausée soudaine, Charlotte frissonna, en dépit de la chaleur du feu, et se pelotonna sur elle-même, comme pour se protéger d'une menace.

Pitt avait rouvert les yeux et la fixait de son regard clair.

— N'y pensez plus, dit-il avec douceur. Pomeroy est mort. Et vous ne parviendrez pas à faire cesser ce genre de pratiques.

— Je le sais, Thomas.
— Alors, n'y pensez plus.

C'était plus facile à dire qu'à faire. Ces images terribles obsédaient Charlotte. Aussi, le lendemain matin, dès le départ de Pitt, elle donna ses instructions à Gracie, enfila un manteau bien chaud et alla prendre un omnibus qui la déposa non loin de Paragon Walk.

— Alors ? Du nouveau ? s'enquit Emily, dès que sa sœur eut franchi la porte.

Charlotte lui raconta ce qui s'était passé depuis sa dernière visite. Emily ignorait que Pitt s'était fait agresser.

— Mon Dieu ! Mais c'est affreux ! Comment va-t-il ? Avez-vous besoin de quelque chose ?

— Non, merci. Quoique...

C'était une proposition trop rare pour être déclinée !

— Je veux bien une bouteille de bon porto, si tu en as...

— Du porto ?

— Oui, c'est un excellent remontant, surtout par ce froid.

— Drôle d'idée ! Tu ne préfères pas du sherry ?

Emily, qui aimait bien Pitt, se sentait d'humeur généreuse.

— Non, merci. Le porto sera le bienvenu. Mais si tu veux m'en offrir deux bouteilles, je ne dis pas non.

— Où en est l'enquête ? Thomas a-t-il reconnu son agresseur ? C'était peut-être le tueur de Devil's Acre !

— Non. Il pense avoir été attaqué par des voleurs. Mais il a tout de même appris beaucoup de choses...

Elle lui expliqua les raisons qui avaient amené Pinchin et Pomeroy à Devil's Acre.

Emily demeura longtemps silencieuse.

— Cela explique peut-être pourquoi Adela Pomeroy cherchait des amants dans des milieux peu recommandables, dit-elle enfin. Pauvre femme... Enfin, les vices d'un époux ne justifient tout de même pas d'aller se jeter dans les bras de Max !

— Es-tu sûre de ce que tu avances à propos d'Adela Pomeroy ? s'enquit Charlotte, qui regretta aussitôt d'avoir posé la question, car elle craignait d'entendre la réponse. Même si elle l'a fait, cela ne veut pas dire que cela ait un rapport avec Max !

— Non, en effet. Mais je ne parle pas à la légère ! Je me suis donné un mal fou pour obtenir des renseignements sur les femmes de la bonne société qui évoluent dans ce milieu.

— Emily ! Tu n'es pas allée...

— Voyons, ne dis pas de bêtises ! Tiens, à propos de bêtises... si nous parlions un peu de toi et du général Balantyne ? Ton attitude à son égard est com-plè-tement irresponsable ! Même pour les besoins de l'enquête ! Tu te permets de critiquer — à juste titre, d'ailleurs — le comportement de Christina, mais la seule différence entre vous deux est que toi, tu accordes tes faveurs à un seul homme. Et cela n'arrange rien ! Je dirais même que s'agissant des catastrophes qui pourraient en résulter, c'est bien pire !

Charlotte rougit. Elle se sentait si honteuse qu'elle n'osait regarder sa sœur en face. Lorsque l'on se sait en tort, se l'entendre rappeler est d'autant plus pénible.

— Je ne l'ai pas fait exprès, se défendit-elle.

— Ne raconte pas d'histoires ! Tu avais envie de vivre une aventure et tu as profité de l'occasion. Malheureusement, tu n'as pas pris la peine de réfléchir aux conséquences !

— Eh bien, puisque Madame est si clairvoyante, pourquoi ne m'a-t-elle pas prévenue ? s'exclama Charlotte, la gorge nouée.

— Parce que je ne m'en étais pas rendu compte, admit Emily. Comment aurais-je pu deviner que tu te comporterais de cette façon ? Autrefois, tu étais incapable de flirter avec qui que ce soit !

— Mais je ne « flirtais » pas !

— Oh, que si !

Emily soupira et ferma les yeux.

— Au fond, tu es peut-être trop ingénue pour imaginer avoir du succès auprès des hommes, ça je te l'accorde. Mais je te jure que je ne t'emmènerai plus jamais avec moi dans le grand monde ! Tu es une vraie calamité.

— Oh si, tu le feras, car tu ne supporterais pas d'être laissée pour compte, si Thomas était chargé d'une autre enquête criminelle dans la bonne société.

Emily chercha à capter son regard.

— Je me suis mal comportée, je le reconnais, poursuivit Charlotte. Le dire n'arrange rien. Si seulement je pouvais revenir en arrière...

— Oui, mais tu ne le peux pas ! Tant qu'à faire, que cela nous serve au moins à quelque chose. Que savons-nous d'autre ? Tu sais, je me demande si ces quatre hommes ont tous été victimes du même meurtrier... Ou encore, si seul l'un d'entre eux était important...

— Que veux-tu dire ? Un crime est toujours une chose grave !

— Eh bien... imagine que l'élimination d'une seule personne comptait pour l'assassin. Par exemple, que Beau Astley ait voulu se débarrasser de son frère. Je crois savoir qu'il y a beaucoup d'argent en jeu. S'il l'avait tué de façon, disons, ordinaire, il aurait été le premier suspect. En revanche, si Bertie n'était qu'une victime parmi d'autres, celles-ci n'ayant aucune relation avec Beau...

— C'est terrible, ce que tu dis là !

— Oui, bien sûr. Et pourtant, j'apprécie Beau un peu plus chaque fois que je le rencontre. Mais un assassin, et même un malade mental, n'est pas nécessairement un individu antipathique, alors que beaucoup de gens honnêtes et sains d'esprit le sont...

Charlotte avait eu l'occasion de s'en rendre compte, par le passé.

— Bertie Astley possédait des immeubles dans Devil's Acre, expliqua-t-elle. C'est de ces locations qu'il tirait une partie de ses revenus.

Emily soupira.

— J'aurais dû m'en douter...
— C'est bien joli, mais cela ne nous aide guère.
— Et Thomas, qu'en pense-t-il ?
— Il ne me dira rien.
Emily réfléchit.
— Je me demande... commença Charlotte.
— Quoi ?
— Je n'en mettrais pas ma main au feu, mais...
Elle pensait à Christina, si jeune, pleine de désirs insatisfaits... Travaillait-elle pour Max ? Alan Ross se livrait si peu ! Il ne lui offrait sans doute pas l'amour passionné dont elle rêvait. Cherchait-elle à se prouver qu'elle existait en accumulant les aventures, dans une sorte de quête perpétuelle du bonheur ?
Ross avait-il découvert la vérité ? Pourquoi pas, après tout ? S'il nourrissait des soupçons, il lui aurait été facile de prouver que sa femme le trompait.
— Allons, je te connais, s'impatienta Emily, toi, tu as une idée derrière la tête. Tu te méprends peut-être, mais tu as déjà trouvé une explication...
— Non, non, je t'assure.
L'expression d'Emily s'adoucit.
— Ah, j'ai compris... Tu ne peux te le cacher plus longtemps, mais tu n'oses pas me le dire. Oui, bien sûr, il pourrait s'agir de Balantyne.
— Le général ! Tu es folle ! se récria Charlotte, effarée. Mais non, c'est impossible !
— Pourquoi pas, s'il a appris que sa fille se prostituait chez Max ? Jamais il ne pourrait supporter cette disgrâce ! C'est un militaire, habitué au sacrifice et à la discipline. Un soldat qui se couvre de honte trouve une issue honorable en se faisant sauter la cervelle. D'une certaine manière, un tel acte rééquilibre la balance morale en sa faveur. On se souvient de lui avec une sorte de respect. Balantyne ferait cela pour Christina, non ?
— Mais Christina n'a pas été tuée d'un coup de

revolver ! Pourquoi aurait-il assassiné ces quatre hommes ? Cela n'a aucun sens !

Protestations de pure forme, elle le savait.

Emily tendit la main et la posa sur la sienne.

— Bien sûr que si. Il a combattu en Afrique, n'est-ce pas ? Il a dû assister là-bas à toutes sortes de rituels barbares. Après tout, ce n'est peut-être pas si terrible que ça à ses yeux. Max a pu chercher à revoir Christina lors d'une soirée. Il lui a fait des avances et... on connaît la suite. Le général aurait eu de bonnes raisons de tuer Max et de le mutiler ainsi.

— Mais pourquoi Bertie Astley ?

Question stupide. La réponse était évidente : il était aussi l'amant de Christina. Emily ne prit même pas la peine de répondre.

— Bon, d'accord... Alors pourquoi Pinchin ? s'entêta Charlotte.

— Il l'a peut-être aidée à avorter, ce qui expliquerait pourquoi elle ne peut plus avoir d'enfants.

— Et Pomeroy ? Lui, il fréquentait les maisons closes où l'on prostitue les enfants !

— Je ne sais pas. Il se peut qu'il ait vu ou entendu quelque chose...

— Je ne le crois pas ! Jamais le général n'aurait...

— Évidemment, tu refuses d'y croire. Mais ma chère, parfois même les gens que l'on aime sont capables du pire. Et nous n'échappons pas à la règle. Nous aussi, nous sommes capables de laideur, de stupidité, de bassesse. Toute l'affaire a pu partir d'un détail, d'une minuscule erreur qui a pris des proportions démesurées...

Au bord des larmes, Charlotte prit une profonde inspiration et secoua la tête.

— Non, je n'y crois pas. Si l'on suit ton raisonnement, Alan Ross pourrait aussi être l'assassin. Il aurait eu de sérieux motifs, et il lui aurait été plus facile de découvrir les infidélités de sa femme. Le meurtrier peut être le mari de n'importe laquelle de ces dames. Il nous faut davantage de preuves ! Lorsque nous les aurons réunies, nous pourrons démontrer qu'il ne s'agit ni du général, ni d'Alan Ross. Qui d'autre fréquente ce milieu interlope ?

— Quantité de femmes que je croyais respectables. Je t'ai déjà donné une dizaine de noms.

— Alors retrouvons maris, pères, amants, que sais-je encore, et vérifions leur emploi du temps au cours des nuits où les meurtres ont été commis !

— Cela relève plutôt du travail de Thomas, non ? remarqua Emily.

— Impossible. Je ne peux pas lui en parler. Le peu qu'il sait de nos activités le rend déjà furieux ! Je ne te demande pas de découvrir l'emploi du temps de chacun pour chaque nuit ; une seule suffira.

— Comme tu es bonne de me faciliter la tâche ! ironisa Emily. Simple bagatelle ! Et toi, que comptes-tu faire, pendant ce temps ?

— Retourner voir le général Balantyne. Je prouverai son innocence, et celle d'Alan Ross.

— Charlotte... prends garde à toi !

Celle-ci lui lança un regard noir.

— Que crois-tu qu'ils vont me faire ? Au pis, ils mentiront un peu. Ils ne peuvent me mettre au ban de la bonne société, puisque je n'en fais plus partie. Toi, commence ta petite enquête. Si tu t'y prends bien, tu parviendras à persuader George d'en faire au moins la moitié à ta place. Au revoir !

Charlotte arriva chez les Balantyne au milieu de l'après-midi, heure propice aux visites, d'une part pour être sûre d'être reçue, mais aussi parce qu'elle était à peu près certaine de le trouver seul. Lady Augusta serait certainement sortie.

Le valet lui ouvrit la porte et attendit, dans l'expectative.

— Bonjour ! lança-t-elle d'un ton ferme.

Elle devait absolument se souvenir qu'ici elle était

connue sous son nom de jeune fille. Elle avait failli s'annoncer comme étant Mrs. Pitt, et sur son mensonge il lui faudrait bien s'expliquer un jour, mais pas aujourd'hui. Le moment eût été mal choisi.

S'il avait remarqué ses vêtements ordinaires, ses bottines mouillées et éraflées à la pointe, le valet fit mine de n'avoir rien vu. Il l'accueillit aimablement.

— Bonjour, Miss Ellison. Madame s'est absentée, mais le général et Miss Christina sont là.

Il lui tint la porte, l'invitant à entrer. Charlotte s'exécuta, en espérant qu'il attribuerait sa hâte au besoin de se protéger des rafales de vent et de la neige qui tombait dru, plutôt qu'à une impatience inconvenante de sa part.

— Merci infiniment, dit-elle avec la plus grande dignité. Je serais très heureuse de parler au général, si cela est possible.

Elle avait déjà une explication toute prête.

— Je viens lui rendre des lettres d'un soldat de la guerre d'Espagne qu'il m'avait prêtées.

— Certainement, madame. Si vous voulez bien me suivre...

Il referma très vite la porte pour empêcher le vent glacial de s'engouffrer dans le vestibule, et la conduisit dans le salon où brûlait un bon feu.

Le général devait être dans la bibliothèque, peut-être en compagnie de sa fille, éventualité que Charlotte n'avait pas prévue. Elle n'avait aucune envie de parler en présence de Christina. Celle-ci avait l'esprit trop vif et se montrait très possessive à l'égard de son père. Elle s'arrangerait pour écourter l'entretien, qui se réduirait à un échange de piques acérées. Charlotte n'avait plus qu'à espérer la faire fuir en l'ennuyant avec toutes les batailles de l'histoire qui lui viendraient à l'esprit !

Quelques minutes plus tard, le valet revint pour la conduire à la bibliothèque. Dieu merci, Christina ne s'y trouvait plus. Sans doute jugeait-elle Charlotte et ses lettres trop assommantes pour prendre la peine de rester.

Le général était debout devant la cheminée, le visage tendu, les yeux rivés vers la porte. Il l'attendait. Le valet s'éclipsa discrètement, les laissant seuls.

— Charlotte...

Il hésita à faire un pas dans sa direction. Son émotion était si visible qu'elle en était gênante, presque inquiétante.

Elle avait préparé un commentaire un peu confus au sujet des lettres du soldat, mais il ne serait pas nécessaire ; seule avec lui, elle pouvait aller droit au but. Pourtant sa bouche était sèche, sa gorge serrée.

Voyant son embarras, Balantyne vint à son secours.

— Le valet m'a dit que vous étiez venue me rendre les lettres. Avez-vous découvert quelque chose d'intéressant ?

Elle détourna les yeux et regarda le feu.

Il s'aperçut alors qu'elle grelottait et que le bas de sa robe était tout mouillé.

— Venez vite vous réchauffer, murmura-t-il en s'écartant vivement de la cheminée.

Charlotte sourit. En d'autres circonstances, une telle prévenance l'aurait touchée ; elle était habituée à ce que les hommes prennent toujours la meilleure place devant le feu.

— Merci.

Elle s'avança vers l'âtre et sentit la chaleur des flammes lui picoter agréablement la peau. Bientôt, elle pénétrerait l'épaisseur de sa robe et de ses bottines humides.

Elle n'avait aucune raison d'atermoyer.

— Général, je ne suis pas venue pour parler de ces lettres...

Elle continuait à fixer les flammes. Il se tenait derrière, tout près, mais elle n'osait pas se retourner.

— ... mais des meurtres de Devil's Acre.

Il y eut un long silence. Un instant, elle avait oublié

la vraie raison de sa visite. Emily l'ayant présentée sous son nom de jeune fille, le général avait dû supposer que son mariage avec Pitt avait été un échec. Or elle ne l'avait jamais détrompé. En y repensant, elle mourait de honte.

Elle se décida à le regarder. Il la dévorait des yeux, avec une tendresse qui ne trahissait que trop bien ses sentiments. Comme il semblait vulnérable ! Pourtant, ne pas lui avouer la vérité tout de suite serait impardonnable. Chacune de ses visites ne faisait qu'aggraver la situation. Elle ne pouvait rien faire pour alléger sa peine ; montrer de la honte ou de la pitié l'humilierait ou l'embarrasserait.

— Pardonnez-moi, je n'ai aucune excuse, commença-t-elle, très vite, sans se laisser le temps de se rétracter, mais sachez que je souhaite par-dessus tout que l'assassin de ces quatre hommes soit enfin démasqué et que l'on puisse venir à bout de la prostitution...

— Moi aussi ! l'interrompit-il avec ferveur, puis lisant dans son regard une indicible souffrance, il ajouta, inquiet : Charlotte, que se passe-t-il ?

Sans qu'il ait esquissé le moindre geste, elle eut l'impression qu'il s'était rapproché, tant son inquiétude était grande.

— Je vous ai menti, dit-elle, utilisant sciemment le mot le plus dur.

Il était lâche de détourner les yeux ; elle affronta donc son regard, pour se punir.

— Ma sœur m'a présentée sous le nom de Miss Ellison, parce qu'elle le jugeait préférable, et je l'ai laissée dire. Comme Max avait longtemps travaillé au service de votre famille, nous pensions pouvoir apprendre quelque chose ici.

Elle se garda de mentionner leurs soupçons au sujet de Christina.

Le général sentit sourdre en lui une douleur nouvelle, accompagnée d'une gêne intense. Comment avait-il pu oublier qu'elle était l'épouse de l'inspecteur Pitt ? Il avait caressé un espoir impossible... Le monde s'écroulait autour de lui.

— Je suis toujours mariée à Thomas Pitt, murmura-t-elle. Et je suis une femme heureuse.

Le rouge aux joues, Balantyne se détourna. Il aurait voulu disparaître, partir se cacher très loin d'elle.

Charlotte se sentait atrocement honteuse d'avoir ainsi abusé de sa crédulité. Comment lui dire qu'elle avait de la peine, car elle éprouvait pour lui une grande amitié ? L'opinion qu'il avait d'elle lui importait énormément. S'il la méprisait, elle ne s'en remettrait pas.

— J'ai honte, chuchota-t-elle.

Devait-elle prétendre ne pas avoir deviné qu'il l'aimait ? Cela ménagerait-il sa fierté en lui permettant d'intérioriser cet amour, comme s'il n'avait jamais existé ? Ou bien ne ferait-elle qu'aggraver sa souffrance en dévalorisant le plus beau cadeau qu'il pouvait lui offrir ?

Elle tenta de deviner ses pensées, mais ne lut dans ses yeux qu'une grande tendresse mêlée d'un trouble infini. La lumière de l'applique murale soulignait ses pommettes anguleuses. Elle aurait voulu le toucher, le prendre dans ses bras... Non, c'était ridicule ! Il serait blessé, il la repousserait. Il ne comprendrait pas que, bien qu'aimant son mari, elle puisse éprouver pour lui un sentiment très profond et très particulier. Il prendrait son geste pour de la pitié, et il ne pourrait rien y avoir de pire pour lui.

— J'ai menti par omission, reprit-elle, davantage pour briser le silence que pour s'excuser. Mais j'ai toujours été sincère envers vous.

Il répondit d'une voix rauque, trouvant enfin ses mots :

— Je vous en prie, ne cherchez pas d'explications. Moi aussi, ajouta-t-il après avoir repris sa respiration, je souhaite voir arrêter le meurtrier de Devil's Acre. Je me doute bien que vous n'étiez pas venue me parler de ces lettres.

— Mais j'y attache une grande importance ! gémit-elle d'une voix de petite fille en fondant en larmes.

Elle renifla, chercha son mouchoir, se moucha et détourna les yeux.

— Je... j'ai appris une information très... alarmante. Je pensais que vous tiendriez à être mis au courant.

Il comprit aussitôt qu'elle s'apprêtait à lui annoncer une autre terrible nouvelle qui allait encore le faire souffrir. Instinctivement, il s'écarta d'elle pour lui permettre de s'asseoir sans donner l'impression qu'elle le repoussait. Un geste d'une rare délicatesse, dont il n'avait jamais fait preuve envers qui que ce soit, jusqu'ici.

— Qu'avez-vous découvert ? demanda-t-il, très vite.

— Max tenait deux maisons...

Elle n'osa rien ajouter. Le qualificatif eût été trop laid, trop cru, surtout à cette minute.

— Ah ? fit-il d'un ton surpris, sans paraître comprendre.

Ils se montraient étrangement cérémonieux l'un envers l'autre, comme si leurs moments d'intimité n'avaient jamais existé. Cela leur facilitait sans doute la tâche à tous les deux.

— L'une de ces maisons, se hâta-t-elle d'enchaîner, afin de ne pas laisser l'émotion la submerger, ressemble à toutes celles de Devil's Acre. Mais l'autre est réservée à des gentlemen fortunés.

Elle eut un sourire amer, le visage tourné vers les flammes.

— Ils peuvent y rencontrer des femmes bien nées, très bien nées même.

Il demeura silencieux. Elle essaya de deviner ce qu'il ressentait : incrédulité, horreur, douleur ? Avait-il déjà compris ?

Elle reprit son inspiration puis ajouta :

— Adela Pomeroy faisait partie de ces femmes-là.

Balantyne ne disait toujours rien.

— Son mari fréquentait des maisons où l'on prostituait des enfants. J'imagine que...

Elle s'interrompit. Pourquoi cherchait-elle à excuser Adela Pomeroy ? Pour absoudre Christina aux yeux de son père ? Il ne méritait pas d'être traité ainsi. Elle eut de nouveau l'envie irrésistible de le serrer dans ses bras afin d'alléger sa douleur, elle qui était si mal placée pour l'aider. C'était stupide de sa part. Elle ne ferait qu'accentuer son embarras et sa peine, en surestimant de façon grotesque le tendre penchant qu'il avait éprouvé pour elle, sentiment qui avait peut-être déjà été détruit par sa duplicité et par la menace qui planait sur sa famille.

— Je suis désolée, murmura-t-elle, sans cesser de fixer les flammes.

— Et les autres ? demanda-t-il d'une voix neutre.

— Le Dr Pinchin avortait les prostituées, et pas toujours avec succès. Il se faisait payer en nature. Mrs. Pinchin est une femme très respectable et pleine de principes.

— Et Bertie Astley ? insista-t-il, animé d'un souci d'objectivité, masquant ses sentiments à son égard... ou à celui de Christina, cherchant seulement à comprendre les faits.

— Il possédait toute une rue de Devil's Acre, des meublés, des ateliers et un bar clandestin dont il tirait des revenus non négligeables. Bien sûr, Beau Astley pourrait l'avoir supprimé pour hériter de sa fortune.

— Croyez-vous à cette hypothèse ?

Il paraissait très calme, mais la crispation de son visage et de sa main gauche trahissait son inquiétude. Un bref instant, elle vit un éclair étinceler dans son regard, avant qu'il ne détourne la tête.

— Non, fit-elle avec effort.

La porte s'ouvrit brusquement et Christina entra dans la pièce, très pâle, les yeux brillants. Elle était vêtue d'une grande cape et portait un grand sac à main en tissu.

— Tiens, tiens, Miss Ellison... Quel plaisir de vous revoir ! s'exclama-t-elle. Décidément, vous êtes la personne la plus studieuse que je connaisse. Vous serez bientôt capable de tenir une conférence devant un parterre d'érudits sur la vie des soldats anglais pendant la guerre d'Espagne. Car tel est bien l'objet de votre visite, n'est-ce pas ?

Le mensonge que Charlotte avait préparé lui vint naturellement aux lèvres.

— Mon savoir est infime, Mrs. Ross. Mais je connais quelqu'un qui s'intéresse beaucoup à ce sujet. Je désirais lui montrer ces fameuses lettres ; mais auparavant, je tenais à en demander la permission à votre père.

— Et bien entendu, vous vous êtes empressée de venir en personne, remarqua Christina tout en se dirigeant vers le bureau. Une femme moins audacieuse aurait fait appel à un garçon de course ou à la poste. Surtout par un temps pareil ! La neige tombe à gros flocons. Les rues sont déjà toutes blanches. Vous serez gelée avant d'être arrivée chez vous !

Sans quitter Charlotte des yeux, elle ouvrit un tiroir, y prit quelque chose qu'elle glissa dans son sac, dont elle claqua le fermoir avec vivacité.

Son agressivité envers Charlotte avait trop mis le général hors de lui pour qu'il songeât à lui demander ce qu'elle avait emprunté.

— Je ferai raccompagner Miss Ellison, dit-il sèchement. Je suppose que tu as pris ta voiture ?

— Évidemment ! Croyez-vous que je sois venue en omnibus ?

Elle se dirigea vers la porte et l'ouvrit.

— Au revoir, Miss Ellison. J'espère que votre... ami apprécie les guerres napoléoniennes autant que vous.

Sur ces mots, elle sortit et referma la porte derrière elle. Quelques instants plus tard, on entendit un martèlement de sabots sur le pavé, puis le claquement d'une portière.

— Je crois qu'elle vous a emprunté quelque chose, remarqua Charlotte, davantage pour briser le silence que pour l'importance du geste.

Balantyne alla à son bureau, ouvrit le tiroir et en examina le contenu d'un air perplexe. Des rides de chagrin creusaient son visage, sa bouche trahissait une vulnérabilité qu'elle ne lui avait jamais vue.

A présent, Charlotte était sûre qu'il savait ou avait deviné que Christina travaillait pour Max Burton. Mais qu'en était-il d'Alan Ross ?

Balantyne se tenait très raide, les yeux écarquillés par la stupéfaction. Le sang avait reflué de ses joues.

— Elle a pris mon pistolet.

Charlotte, un instant paralysée, bondit sur ses pieds.

— Vite, nous devons la rattraper ! ordonna-t-elle. Trouvez un cab. Elle vient juste de partir. Nous suivrons les traces de la voiture dans la neige. Quelles que soient ses intentions, nous arriverons à temps pour l'empêcher de faire une bêtise ou pour l'aider si elle est en danger.

En trois enjambées, Balantyne fut à la porte et appela le valet. Il lui arracha des mains le manteau de Charlotte, sans même penser à se munir du sien. Il la prit par le bras et la poussa vers la porte d'entrée. Quelques secondes plus tard, ils étaient dehors, au milieu d'une tempête de neige. Ils plissaient les yeux, car il faisait presque nuit et la lueur des réverbères n'éclairait que faiblement les trottoirs. Les flocons qui tombaient en cristaux glacés leur piquaient les joues.

Balantyne traversa la chaussée et partit en courant à travers le parc, dont la pelouse était recouverte de neige. De l'autre côté de Callander Square, ils virent l'attelage de Christina qui ralentissait pour tourner le coin de la rue. Au loin ils aperçurent, dans le halo des réverbères, un cab qui faisait le tour de la place.

— Cocher ! hurla Balantyne en agitant les bras. Cocher !

Charlotte avait toutes les peines du monde à se maintenir à sa hauteur, car il lui fallait courir au milieu des buissons et des arbustes enneigés. Ses bottines, le bas de sa robe étaient trempés et ses doigts tellement engourdis qu'elle ne chercha même pas à prendre la paire de gants qui se trouvait dans son sac.

Sir Robert Carlton se trouvait dans le cab. Balantyne ouvrit la portière et cria pour se faire entendre dans la tempête :

— Désolé, Robert, il y a urgence. J'ai besoin du cab !

Comptant sur la générosité de son vieil ami, il tendit la main pour l'aider à descendre, puis saisit Charlotte par la taille et la hissa à l'intérieur. Il ordonna au cocher de suivre l'allée où l'attelage de Christina venait de disparaître, tout en lui lançant une poignée de piécettes. L'homme, transfiguré à la vue de l'argent, lança, tel Jehu [1], son fiacre à la poursuite de la voiture. Balantyne, déséquilibré, faillit être précipité sur le plancher.

Charlotte s'assit sur la banquette où elle avait atterri et s'agrippa à la poignée. Elle ne songea même pas à arranger sa robe pour reprendre un aspect présentable. Le cab tourna à l'angle de la place, à toute allure. Balantyne, la tête à la portière, scrutait la rue, craignant de perdre de vue la voiture de Christina, dans ce maelström.

L'épaisse couche de neige absorbait le bruit des sabots des chevaux. Le cab lancé au grand trot était ballotté en tous sens quand les roues dérapaient, puis se redressait et reprenait sa route en tanguant dangereusement. En d'autres circonstances, Charlotte aurait été terrifiée, mais elle ne pensait qu'à la jeune femme armée d'un pistolet. L'angoisse lui donnait la nausée,

1. Référence à Jehu, roi d'Israël, qui conduisait ses chars comme un fou. (*N.d.T.*)

lui faisant oublier sa propre sécurité. Quelles étaient les intentions de Christina ? Avait-elle découvert que le tueur de Devil's Acre n'était autre que son propre mari ? Allait-elle l'assassiner, ou lui proposer de se suicider ?

Balantyne rentra la tête à l'intérieur. Son visage était rougi par le vent et ses cheveux tout incrustés de neige.

— Ils sont toujours devant nous. Dieu sait où elle nous emmène !

Les mots s'échappaient avec difficulté de ses lèvres glacées.

Charlotte fut brusquement projetée contre lui lorsque le cab prit un virage brutal. Il la retint un instant, puis l'aida à se redresser.

— J'ignore où nous sommes, reprit-il. On ne voit que de la neige et, de temps en temps, un réverbère. Je ne reconnais rien.

— Christina rentre peut-être chez elle ? suggéra Charlotte, qui regretta aussitôt ses paroles.

— Non, je ne crois pas. J'ai l'impression que nous nous dirigeons vers la Tamise.

Pensait-il lui aussi à Alan Ross ?

Le véhicule avançait par embardées dans un univers silencieux ponctué du bruit étouffé des sabots et du claquement du fouet du cocher qui encourageait son cheval de la voix. Ils ne voyaient au-dehors que des flocons de neige tourbillonnants dans les îlots lumineux qui entouraient les réverbères, puis se retrouvaient plongés dans l'obscurité, jusqu'à l'apparition du lampadaire suivant, avec sa petite lune ronde perchée en haut de son pilier de fer.

Le cab avait maintenant réduit l'allure, il filait au petit trot et tournait de plus en plus souvent. Apparemment, le cocher n'avait pas perdu de vue la voiture de Christina, car il ne se pencha pas pour demander des instructions.

Où diable allait-elle ? Prévenir Adela Pomeroy ? A

quel sujet ? Avait-elle loué les services d'un tueur pour assassiner son mari ?

Les réponses se bousculaient dans la tête de Charlotte et aucune ne lui semblait juste. Elle rejetait sans cesse la seule qu'elle savait être la bonne : Christina Ross retournait à Devil's Acre, vers le vice et la mort...

Balantyne ne disait rien. Il préférait combattre seul les cauchemars qui l'assaillaient.

Encore un virage, une rue enneigée, un carrefour et le cab s'arrêta enfin. Le visage du cocher apparut à la portière.

— Votre cliente est entrée là-dedans, dit-il en agitant le bras.

Balantyne poussa la portière d'un coup d'épaule et sauta au sol, laissant Charlotte se débrouiller toute seule pour descendre.

— Là-bas, reprit le cocher, avec un geste de la main. La maison des sœurs Dalton. Je me demande bien ce qu'elle va y faire. Si son mari est là-dedans, elle ferait mieux de fermer les yeux, au lieu de lui courir après comme une folle. Ça se fait pas. Et ça tient pas debout ! Enfin, les femmes, on peut jamais rien leur dire. Hé ! M'sieu ! Vous devriez laisser la p'tite dame dans le cab ! Vous allez pas l'emmener avec vous ! C'est pas un endroit pour elle !

Mais Balantyne ne l'écoutait pas. Déjà, il traversait à grandes enjambées la chaussée scintillante et gravissait les marches du perron. Les pas de Christina avaient laissé des empreintes dans la neige vierge.

— Hé, Miss, s'écria le cocher. N'y allez pas !

Mais c'était peine perdue. Charlotte courait après le général. Le bas de sa robe traînait par terre, lourd et mouillé. Elle le rejoignit sur le seuil. Personne ne barrait l'entrée. Ils soulevèrent le loquet et poussèrent la porte ensemble.

Ils se retrouvèrent dans le grand vestibule richement meublé, aux tentures et aux sofas rouges et roses, éclairé de lanternes colorées. Il était encore trop tôt pour que les filles soient descendues aguicher les clients. Il n'y avait que Victoria Dalton, vêtue d'une tenue d'intérieur marron, et sa sœur Mary, qui portait une robe bleue au corsage garni de dentelle. Christina, debout devant elles, les menaçait avec le pistolet.

— Vous êtes folles ! criait-elle d'une voix étranglée.

Ses mains tremblaient, mais elle pointait l'arme vers la poitrine de Victoria.

— Il ne vous suffisait pas de tuer Max, il a fallu que vous le mutiliez, puis vous avez tué tous les autres ! Pourquoi ? Pourquoi avez-vous tué les autres ? Je ne voulais pas ça ! Je ne vous ai jamais demandé de le faire !

Le visage de Victoria était curieusement dénué d'expression, lisse comme celui d'une petite fille. En revanche, une haine brûlante luisait dans ses yeux.

— Si, à neuf ans, on vous avait vendue à un proxénète, vous ne me poseriez pas la question. Vous vous prostituez pour le plaisir, vous laissez des monstres comme Max user de votre corps. Mais si des hommes s'étaient vautrés sur vous depuis votre plus tendre enfance, si, allongée sur votre lit, vous aviez entendu à travers la cloison les hurlements de votre petite sœur de sept ans violentée par ces bêtes en rut, haletantes et transpirantes, qui promènent leurs mains obscènes sur les corps des petits enfants, vous aussi vous prendriez du plaisir à leur enfoncer un couteau à travers le cœur et à leur arracher les...

Voyant les mains de Christina se crisper sur la crosse de l'arme, dont le canon se releva, Charlotte se précipita en avant et lui donna un coup de pied. Elle était trop loin pour atteindre le pistolet, mais elle parvint à lui faire perdre l'équilibre ; l'arme tomba à terre, sans que le coup partît.

Il y eut un hurlement de fureur ; Charlotte sentit des mains puissantes, telles des serres, cherchant à l'agripper. Elle tomba lourdement, sur la cuisse, à moitié étouffée par l'épaisseur de ses jupes. Elle se défendit bec et ongles, cherchant à attraper tout ce qui passait à sa portée. Ses doigts rencontrèrent une chevelure qu'elle empoigna à pleines mains et qu'elle tira de toutes ses forces. Il y eut un cri de douleur. Un autre corps atterrit sur elle ; des bottines pointues s'enfoncèrent méchamment dans sa chair.

Il y eut encore des cris. Christina poussa un juron. Charlotte se retrouva clouée au sol, à demi suffoquée sous un amoncellement de tissu et le poids d'autres corps. Son chignon se défit et elle sentit sa chevelure glisser dans son dos et sur son visage. Une main l'empoigna par les cheveux et les tira violemment. Malgré la douleur fulgurante, elle rendit les coups, poings serrés. Mais où était donc passé le pistolet ?

— Arrêtez !

La voix de Balantyne retentit comme un coup de tonnerre, couvrant le vacarme. Mais personne ne lui prêta attention.

Christina, à quatre pattes, les traits déformés par la fureur, hurlait des imprécations à l'adresse de Victoria. Mary, du revers de la main, lui assena une gifle monumentale dont le claquement résonna dans toute la pièce. Tant bien que mal, Christina se releva et lui lança un coup de pied qui l'atteignit à l'épaule. Mary tomba sur le dos en gémissant.

Victoria s'élança à la recherche du pistolet, mais Charlotte, devinant ses intentions, se jeta sur elle et la tira violemment par les cheveux. Sa robe était fendue jusqu'à la taille, révélant ses dessous et la blancheur laiteuse de sa cuisse. Elle chercha désespérément le pistolet des yeux, tout en criant avec autant de force que ses adversaires.

Soudain, le coup partit, avec un bruit assourdissant. Les quatre femmes se figèrent, terrifiées, comme si chacune avait été touchée.

— Arrêtez ! répéta Balantyne d'une voix de stentor. Relevez-vous ! Je tire sur la première qui me désobéit !

Lentement, elles se remirent sur leurs pieds, tout

égratignées, les vêtements déchirés, la chevelure en bataille. Charlotte tenta de renouer du mieux qu'elle pût les lambeaux de sa robe pour cacher sa nudité.

— Mon Dieu !

Balantyne, mâchoires serrées, très pâle, brandissait le pistolet. Christina fit un pas en avant.

— Ne bouge pas ! l'arrêta-t-il d'une voix coupante.

Charlotte sentit les larmes lui monter aux yeux. Elle comprenait tout, à présent. Et elle ne pouvait rien faire pour aider Balantyne, ni les sœurs Dalton, ni Alan Ross.

Le général s'adressa à sa fille comme s'ils étaient seuls dans la pièce.

— Ces femmes ont donc assassiné Max Burton ?

— Oui ! Elles sont folles ! Elles...

Elle s'interrompit et avala sa salive, horrifiée par l'expression de son père.

Celui-ci se tourna vers Victoria.

— Pourquoi maintenant ? Pourquoi avoir attendu si longtemps ?

Le visage de la jeune femme était tendu à l'extrême, ses yeux étincelaient.

— Elle m'a payée pour le faire, avoua-t-elle avec une terrifiante franchise, d'une voix neutre. Tout d'abord elle l'a pris pour amant, puis elle s'est prostituée pour lui... Ensuite, comme il commençait à se montrer exigeant et à la faire chanter, elle s'est affolée et a décidé de s'en débarrasser.

Un mélange de pitié et de mépris se peignit sur ses traits.

— Elle craignait que son mari découvre la vérité, le pauvre diable. Elle n'a gardé qu'un seul amant, Beau Astley.

Charlotte regarda Balantyne. La douleur le rendait livide. Mais il ne chercha ni à rejeter la vérité, ni à disculper sa fille.

— Et le Dr Pinchin ? demanda-t-il, tenant toujours le pistolet braqué.

— Lui ? Il méritait la mort, répliqua Victoria, froidement. C'était un boucher !

— Et Bertie Astley, pourquoi l'avoir exécuté ainsi ?

Victoria ébaucha un sourire dédaigneux.

— Il possédait toute la rue. Il louait des chambres aux beaux messieurs qui désiraient recevoir des filles dans l'intimité. Grâce à l'argent des loyers, les Astley pouvaient vivre dans le luxe et l'oisiveté et entretenir de jolies dames à la peau blanche. Tout ça sur notre dos ! Ils s'engraissaient grâce à notre sueur !

— Son frère aurait pu se montrer reconnaissant ! intervint Mary. Il aurait tout de même pu nous payer...

Elle ne termina pas sa phrase. Sa sœur s'était retournée et l'avait giflée à toute volée, laissant la marque rouge de ses doigts sur sa joue.

A cet instant, Charlotte fit un pas en avant, saisit le poignet de Balantyne et pointa l'arme vers Victoria.

Celle-ci s'empara d'une paire de ciseaux qui se trouvait sur un guéridon, à sa portée. On entrevit une brève lueur métallique. Trop tard. Elle avait déjà planté les lames dans la poitrine de Christina. Le sang jaillit. Le coup de feu partit vers le plafond.

Christina s'affaissa lentement ; elle tomba à genoux, puis se recroquevilla sur le sol. Balantyne la recueillit dans ses bras et la tint serrée contre lui.

Charlotte se saisit d'un tabouret et frappa Victoria, aussi fort qu'elle put. Celle-ci, atteinte à la tête, tomba en arrière sur le tapis rouge. Elle ne bougeait plus. Charlotte demeura debout au milieu de la pièce, le tabouret à la main, tandis que Mary, prise de panique, se penchait sur le corps inanimé de sa sœur, pleurant comme une enfant qui aurait perdu sa mère.

Pourquoi Pitt n'était-il pas là ? C'en était trop ! Toute cette souffrance était intolérable. Elle était trop épuisée pour ressentir de la colère. Elle éprouvait seulement une immense lassitude, un immense dégoût. Son corps était couvert d'ecchymoses. Des larmes coulaient sur ses joues, mais elle n'avait même plus la force de sangloter.

Balantyne allongea avec douceur le corps de sa fille sur le sol. Ses paupières étaient fermées ; une large tache rouge ensanglantait la dentelle de son corsage.

Charlotte tendit la main vers lui et effleura sa tête. Ses doigts se firent d'abord hésitants, puis, avec une infinie douceur, elle caressa ses cheveux, si doux au toucher. Soudain, elle se retourna et vit un agent de police qui se tenait dans l'encadrement de la porte. Derrière lui se dressait la haute silhouette dégingandée de Pitt. Les coups de feu avaient attiré les agents qu'il avait laissés en faction devant l'établissement ; il avait donc tout compris avant elle. Son intervention avait été inutile...

Tandis que l'agent sortait de ses poches des menottes pour les passer aux sœurs Dalton, Pitt traversa lentement la pièce. Il croisa sans un mot le général Balantyne... Ce qu'il pourrait lui dire ne changerait rien à l'horreur et au chagrin qu'il éprouvait. Quant à Christina, elle n'était plus de ce monde.

Il enlaça tendrement Charlotte et la tint serrée contre lui. Il toucha ses mains, ses bras, repoussa sa chevelure en arrière. Lorsqu'il se fut assuré qu'elle n'était pas blessée, qu'elle n'avait rien de cassé, il laissa libre cours à sa colère.

— Vous avez l'air ridicule ! Mon Dieu, dans quel état vous vous êtes mise ! Rentrez à la maison ! Et ne recommencez plus jamais ça, vous m'entendez ? Plus jamais ! Faites ce que l'on vous dit. Vous m'écoutez ?

Charlotte hocha la tête en silence, submergée d'effroi et de pitié. La certitude de l'amour de Thomas était son seul refuge.

Imprimé en France sur Presse Offset par

BRODARD & TAUPIN

GROUPE CPI

La Flèche (Sarthe), 13245
N° d'édition : 3039
Dépôt légal : juillet 1999
Nouvelle édition : juillet 2002